QUI VERRAIT LA TERRE DE LOIN

Du même auteur :

L'effacement du monde, La Différence, 2001, Minos 2004
Chambre avec gisant, La Différence, 2002
Les géocroiseurs, La Différence, 2004
Une très très vilaine chose, Robert Laffont, 2006
Sage comme une image, avec Françoise Pétrovitch, Pérégrines / Le temps qu'il fait, 2006
Cela n'arrivera jamais, Seuil, coll. « Fiction et Cie », 2007
L'écorce et la chair, avec Patricia Cartereau, éditions du Chemin de fer, 2008
Ne bouge pas poupée, avec Françoise Pétrovitch et Hervé Plumet, CIAV éditions, 2008
La nuit de la comète, suivi de *Ce matin la lune*, éditions Cénomane, 2009
*Le livre parfa*it, avec Pierrick Naud, éditions Circa 1924, 2009
Incident de personne, Albin Michel, 2010
Un matin de grand silence, avec Marc Desgrandchamps, éditions du Chemin de fer, 2010
La fête immobile, avec Hervé Plumet, Presque Lune éditions, 2010
N, avec Mikaël Lafontan, Les Inaperçus, 2012
Ôter les masques, Cécile Defaut, 2012
Muette, Albin Michel, 2013
La fille aux loups, avec Frédéric Khodja, éditions du Chemin de fer, 2014
Le démon avance toujours en ligne droite, Albin Michel, 2015
La hante, avec Patricia Cartereau, L'Atelier contemporain, 2015
En voie de disparition, Al Dante, 2015
Parfois, je dessine dans mon carnet, éditions de l'Attente, 2015
Lettre ouverte au banquier séquestré dans ma cave depuis plusieurs semaines, Le Réalgar, 2016
Sang des glaciers, La Passe du Vent, 2016
La nuit du second tour, Albin Michel, 2017
Un chagrin d'amour avec le monde entier, avec Virginie Sauvageon, éditions du Chemin de fer, 2017
Quichotte, autoportrait chevaleresque, Fayard, 2018
La connaissance et l'extase, éditions de l'Attente, 2018
Ce qui sauterait aux yeux du Martien fraîchement débarqué, Lanskine, 2019
Biji, livre numérique aléatoire, La Marelle, 2020
Photos de famille, L'œil ébloui, 2020

Théâtre

Tout doit disparaître, Théâtre Ouvert, 2010
La grande décharge, éditions de l'Amandier, 2011
Les inaboutis, Théâtre Ouvert, 2011
Dépouille, éditions de l'Attente, 2012
Le syndrome Shéhérazade, éditions de l'Attente, 2014
Cache-cache, L'École des loisirs, 2015
Pebbleboy, L'École des loisirs, 2017
De si beaux uniformes, Espaces 34, 2018
Dino et la fin d'un monde, L'École des loisirs, 2021

(suite p. 383)

Eric Pessan

Qui verrait la Terre de loin

roman

Fayard

Couverture : Hokus Pokus
ISBN : 978-2-213-72122-4

Tout ce que l'on rêve est fiction et tout ce que l'on accomplit est science, toute l'histoire de l'humanité n'est rien d'autre que de la science-fiction.

Ray Bradbury

On ne manquera certainement pas de pionniers lorsque nous aurons appris l'art de voler. Créons des vaisseaux et des voiles adaptés à l'éther céleste, et il y aura des gens à foison pour braver les espaces vides.

Johannes Kepler

Que sert à l'homme en effet de gagner l'univers, s'il vient à perdre son âme ?

Matthieu

Certes, tout ce que nous projetons maintenant, c'est l'exploration de notre environnement immédiat dans l'univers, l'infiniment petite place que la race humaine pourrait atteindre même s'il lui était possible de voyager à la vitesse de la lumière. Eu égard à la durée de la vie humaine – la seule limitation absolue qui reste à l'heure actuelle –, il est tout à fait improbable qu'il ira jamais beaucoup plus loin. Mais, même pour cette œuvre limitée, nous devons quitter le monde de nos sens et de nos corps, pas seulement en imagination, mais en réalité.

Hannah Arendt

I

La légèreté

Après avoir parcouru dans un état un peu second les trois cent quatre-vingts kilomètres qui séparent mon domicile de l'aéroport de Mérignac, en banlieue bordelaise, j'erre distraitement le long d'une zone industrielle à la recherche d'un restaurant ; j'ai l'esprit ailleurs, je me répète inlassablement qu'après-demain, libéré de la gravité, je vais expérimenter une sensation extraordinaire : je volerai. Difficile de m'extirper cette idée de la tête, je n'ai cessé d'y penser ces dernières semaines, j'ai réalisé un check-up complet avec un médecin spécialisé en aéronautique, j'ai passé le premier électrocardiogramme sous effort de ma vie, je me suis vu remettre avec soulagement un certificat médical d'aptitude, je sais dorénavant que mon corps est qualifié, seul l'esprit peut me jouer des tours ; j'ai entendu raconter des histoires de peurs paniques, de vertiges irrépressibles, d'affolements incontrôlables, on m'a dit qu'à bord un médecin sera présent pour remédier à d'éventuels malaises ou affolements, il est déjà arrivé qu'un primo-volant soit sanglé de force par l'équipage avant de subir une injection de tranquillisants. On ne sait pas comment on peut réagir sous l'emprise du stress. Depuis quelques jours, j'éprouve une curieuse dissociation en considérant mon corps comme un possible traître. Pour me rassurer, je convoque le souvenir de la seule fois où j'ai affronté une tempête en haute mer : je naviguais à bord d'un porte-conteneurs, je m'en étais plutôt bien sorti, mais les marins de l'équipage m'avaient confié que l'on peut subir cinquante cyclones sans être malade et vomir tripes et boyaux au cinquante et unième.

Mérignac, je roule au ralenti, longe des entrepôts, quelques magasins, des immeubles de bureaux, j'ai l'esprit brumeux, je tente de chasser mes craintes ; en vérité, j'ai plutôt peur de ne plus parvenir à dormir maintenant que le jour J approche, je me connais, je suis anxieux de nature, sujet à des crises répétées d'insomnie, trop têtu pour y remédier chimiquement. Je bâille, il est grand temps que je descende de voiture. Pour ce qui est de déjeuner ce midi, j'ai l'embarras du choix : les franchises de la nourriture vite faite, mal faite ont colonisé le bord des routes, j'hésite un moment, burger ? sushi ? chinois ? et finis par me garer sur le parking d'une pizzeria sans en avoir réellement pris la décision. Au moment où je coupe le moteur, je réalise qu'un CD tourne en boucle, sans doute depuis mon départ. Je prête habituellement davantage attention à la musique, mon esprit est vraiment ailleurs. *My Body is a Cage*, chante Arcade Fire, je m'arrête pour la première fois sur les paroles. Libéré de sa pesanteur, le corps n'est-il plus une cage ? Comment se manifeste-t-il ? Que reste-t-il de lui lorsque son poids s'est envolé ?

En impesanteur, je conçois très bien avoir mal si je heurte un obstacle, même en pesant zéro gramme j'ai des nerfs, de la chair, des os, des organes, du sang, un cœur, un cerveau, des membres, un sexe ; les muscles obéiront à mes ordres, et pourtant – une fois délivré de son poids – quelle conscience me restera-t-il de mon corps ? La chanson s'arrête net au moment où je tourne la clé. J'ai installé l'autoradio moi-même, j'ai loupé le raccordement du fil permettant de l'alimenter moteur éteint ; lentement, je déplie mes jambes, l'air ce midi est tiède, un grondement au loin rappelle – mais comment aurais-je pu l'oublier ? – la présence de l'aéroport ; j'ai l'impression que le vent charrie des relents de kérosène. Je fais quelques pas, j'ai encore le temps de penser à cette histoire de perception du corps, c'est de la cage des efforts que je serai libéré, j'imagine, pas de celle des chairs. Je flotterai sans rien contrôler puisque, dans deux jours, je volerai, pour de vrai, en apesanteur. Je marche encore une ou deux minutes en rond sur le parking, il est 12 h 30, j'ai roulé d'une traite, sans rencontrer de ralentissement, j'ai rendez-vous à 14 heures pour un premier briefing de sécurité et la présentation des équipes scientifiques qui se trouveront à bord avec moi. Va pour une pizza. J'entre dans un impersonnel restaurant où quelques affiches de films et photos d'actrices loupent leur objectif de créer une ambiance italienne, je mange seul à côté de deux hommes qui parlent d'une femme, la locataire de l'un d'eux. J'apprends sans le vouloir que cette femme a des enfants qui n'ont pas de père. Le loyer est payé sans retard bien que la femme n'ait pas de travail. L'un des hommes s'emporte : sa locataire le paie grâce aux allocations qu'elle touche, c'est-à-dire grâce aux impôts qu'il paie, lui. C'est comme s'il s'acquittait lui-même du loyer de sa locataire, explique-t-il. L'autre homme semble trouver cette logique imparable. Ils tombent alors tous deux d'accord sur une chose : il faut stériliser de force les pauvres pour les empêcher de profiter du système. Leur connivence imbécile me coupe l'appétit. Je bois un café, un employé dessert la table d'à côté. Les deux hommes sont partis, mais l'atmosphère paraît encore chargée de leurs propos eugénistes, criminels et stupides.

Je tente de ne pas perdre ma joie. Bientôt, je volerai. Bienvenue à Bordeaux, je pense, la ville où je suis né, où j'ai vécu jusqu'au baccalauréat, à l'exception d'une éclipse nîmoise entre mes 7 et mes 12 ans. Bordeaux, ville que je connais de moins en moins parce que je n'y ai plus aucune famille, aucune attache. Que le vol parte d'ici est un hasard que j'aimerais bien transformer en signe. C'est à Bordeaux que mon imaginaire s'est développé, à Bordeaux que j'ai rêvé aux étoiles. C'est ici qu'à Noël j'ai reçu les albums de Tintin où j'ai appris qu'une bulle de whisky pouvait s'élever d'un verre pendant que le buveur flottait à sa suite. Des générations de gamins ont sans nul doute découvert l'apesanteur dans le même album. Je ne me souviens plus de ma première lecture d'*On a marché sur la Lune*. Ai-je posé des questions aux adultes ? Ai-je simplement assimilé l'information ? Ai-je cru qu'il s'agissait d'une invention de l'auteur, une fantaisie comme il est fantaisiste qu'un canard milliardaire vive dans un coffre-fort, qu'une souris à culotte rouge parle et qu'un jeune homme masqué tisse des toiles entre les gratte-ciel de New York.

J'ai mangé en une demi-heure, je suis en avance, je refais quelques pas sur le parking, des avions décollent, atterrissent, des panneaux routiers annoncent la présence proche des industries Dassault, mais aussi d'un chenil, et je me demande si les chiens s'adaptent au voisinage des avions. Du coin de l'œil, je repère les deux types qui parlaient à la table voisine, ils fument une cigarette en continuant de discuter, ils n'ont pas l'air pressés. Celui qui se plaignait de sa locataire possède un ventre démesuré.

Mon enfance est celle du corps : les abdomens distendus, les crises de goutte, les régimes abandonnés au bout de deux jours. On est gros dans ma famille, gros et inquiet de son taux de cholestérol, de son diabète, de son taux de gammaglobulines. On est gros, on passe la barre des cent kilos en se répétant que l'on n'y est pour rien, que l'on a un gros squelette, des os massifs. Enfant, j'ai été presque gros moi aussi, assez pour me faire traiter de bouboule à l'école, j'ai été gros d'avoir trop mangé des plats trop gras accompagnés de boissons trop sucrées.

Mercredi, lors des cabrés de l'appareil, je vais peser 160 kilos. J'ai tout autant envie de ressentir cette hyperpesanteur que d'expérimenter l'absolue légèreté. Être gros pour quelques secondes, savoir quelle consolation on trouve à peser lourd, ressentir temporairement ce que ressentaient les hommes de ma famille lorsqu'ils s'abattaient sur un fauteuil, à la fin du repas, le dimanche, repus et hébétés.

J'ai quitté Bordeaux durant mon année de CP pour y revenir à mon entrée en cinquième. Ce retour adolescent a coïncidé avec ma découverte de la science-fiction. J'ai lu les classiques de l'âge d'or américain. Isaac Asimov, Ray Bradbury ou Arthur C. Clarke, des romans écrits par des auteurs qui étaient souvent des scientifiques de formation, qui inventaient des histoires étranges au très fort principe de réalité. Des images se sont sédimentées dans mon esprit et dans mon imaginaire.

Au capitaine Haddock se superposent les ballets ultraréalistes de Dave Boorman, la lenteur de ses gestes, l'oppressante gravité de son souffle et HAL 9000 qui n'en finit plus de défaillir. Je ne suis pas devenu auteur de science-fiction, j'ai écrit des textes qui – parfois – rendaient hommage à mes lectures et mes rêves d'enfance. Pourtant, dès que j'ai su que le Centre national d'études spatiales embarquait des écrivains lors de vols paraboliques, j'ai postulé, et j'ai été sélectionné en compagnie d'équipes scientifiques, d'astronautes à l'entraînement et d'autres troubadours comme moi.

La route qui mène aux locaux de Novespace, la filiale du CNES effectuant les vols zéro-G, est un no man's land comme il en existe beaucoup autour des aéroports : terrains vagues, bâtiments bas, grillages interdisant l'accès aux pistes, j'avance doucement sur un bitume atteint de pelade, un entrepôt en L blanc et bleu clôt une impasse, il y a deux tables en bois de pique-nique à l'extérieur, un parking sans délimitation de places où je laisse ma voiture ; je dois produire un sacré effort pour faire le deuil des images héroïques et technologiques que j'avais en tête, tout ici est cheap, fonctionnel, construit à la hâte et à bas coût. Heureusement que la queue de l'Airbus A300 modifié pour effectuer des vols paraboliques domine les hangars, je la fixe en m'avançant, la banalité extrême du cadre court-circuite mes rêves. Même filmé au ralenti avec une musique un peu pompeuse, j'aurais l'air d'un quidam au pas mal assuré s'avançant vers un quelconque entrepôt. L'étoffe des héros attendra.

Le briefing qui se tient dans un bâtiment proche débute par la présentation des équipes et de la structure – ponctuée par un petit frisson lorsqu'un célèbre spationaute français, ayant effectué trois vols en navette spatiale et séjourné dans l'antique station MIR, me serre la main. Je fais des efforts pour comprendre le principe du vol parabolique : un avion accélère brusquement en cabrant à 45°, ses passagers subissent une poussée de quasiment 2G, le pilote ensuite coupe les moteurs, tout ce qui se trouve à l'intérieur de l'avion est libéré de la gravité pour une période de 22 secondes, puis il faut remettre les gaz alors que l'avion tombe en chute libre vers le sol, là les passagers subiront une nouvelle poussée de 2G. Cela donne 20 grosses secondes où je pèserai 160 kilos, 20 grosses secondes où je ne pèserai plus rien et 20 secondes supplémentaires où mon poids doublera. Je connais le principe, mais ne comprends absolument rien aux équations qui sont vidéo-projetées durant l'explication. Heureusement, une autrice de bande dessinée, un metteur en scène et une équipe de France 3 feront l'un des trois vols prévus cette semaine, nous nous adressons des sourires navrés tandis que les scientifiques, majoritairement présents dans la salle, hochent la tête. Mon attention se perd lorsque certaines équipes de chercheurs expliquent dans un anglais rapide et très technique le but de leur vol, ils pourraient parler en français, je ne saisirais sans doute pas un mot de ce qu'ils racontent. À ma grande surprise, je suis – comme les autres troubadours présents – invité à expliquer les raisons de mon vol, alors je me lève, balbutie que je dois éprouver l'impesanteur pour tenter de la décrire avec des mots, le spationaute applaudit, *on a besoin de poètes*.

Arrive le tour du médecin, dont j'écoute attentivement le discours. J'apprends qu'il ne faut pas bouger la tête lors du cabré de l'appareil, pendant que le poids du corps est quasiment doublé. Bouger équivaut à risquer d'être malade. Le corps n'est pas fait pour peser 160 kilos, les muscles ne sont pas habitués à porter, le cerveau ne sait pas interpréter d'aussi brusques variations. Mon corps alourdi sera davantage affecté par l'hypergravité que par l'impesanteur. Sans pesanteur, les organes, nous prévient-on également, vont voler à l'intérieur de nos torse et abdomen. Il faut garder une certaine tonicité pour éviter de se sentir mal. On nous met en garde également contre les risques de conflit entre notre oreille interne et le reste de nos perceptions. À zéro G, l'oreille interne flotte paisiblement, elle se détend, mais notre champ de vision comme notre ouïe seront ultra-sollicités par l'agitation et le bruit qui régneront à l'intérieur de l'Airbus. Le cerveau de certains passagers a du mal à supporter ce contraste d'interprétations. Plus tard, un accompagnateur familier des vols paraboliques me conseillera de ne surtout pas essayer de nager. Vous ne pouvez pas prendre appui sur l'air, rien ne fait résistance, rien ne freine ou ne frotte ou ne retient ou n'épaissit ; rien ne ralentit ou ne produit de friction. Je l'écoute et je pense à mon enfance, je sautais de bien plus haut que je n'oserais le faire maintenant. Il y avait la joie d'une bravoure inutile : échapper à la pesanteur d'un bond, tomber du haut du mur sans jamais me briser de cheville, rire de la peur, rouler au sol sans me blesser. L'enfance est souple, l'enfance ne craint pas la déchirure d'un tendon, la cassure d'un os, la douleur et la conséquence.

Bien vite, je m'éclipse, je volerai après-demain, en compagnie de l'autrice de bande dessinée, je ne veux pas rester dans la triste zone hôtelière de l'aéroport, j'en profite pour revoir la ville où j'ai commencé à rêver, j'ai demandé asile aux Éditions de l'Attente, Françoise et Franck m'accueillent dans leur catalogue et déplient le canapé pour moi. Ils vivent à cinq cents mètres de là où j'ai vécu les premières années de ma vie. À mon grand étonnement, alors que je me répète qu'il me sera impossible de m'endormir, quelques verres de vin et un bon repas m'amollissent rapidement, je me couche tôt et sombre dans un profond sommeil.

Je n'ai pas noté mes rêves de cette nuit-là, je me souviens rarement de mes rêves, et je n'ai aucun souvenir d'avoir rêvé de voler, symbole – si l'on en croit les dictionnaires d'interprétation – de l'accomplissement sexuel. Tant pis pour moi.

Je relis les notes que j'ai prises à l'époque, le lendemain, en fin de matinée, je me suis rendu dans les locaux de Novespace, où l'on avait mis un petit bureau à ma disposition. J'avais laissé la porte ouverte afin de ne pas m'isoler du bouillonnement ambiant. Autour, des chercheurs préparent leur vol de demain ou commencent à exploiter les données recueillies lors du vol de ce matin. Des gens travaillent sur les fluides, la propagation, la lévitation acoustique, la motricité, les perceptions. Demain, nous serons quarante personnes à bord de l'Airbus A300 Zéro-G, plus des mouches et des crevettes. Je me suis improvisé un espace de travail pour tenter d'écrire la réponse à une question que je me pose : que vais-je ressentir que je ne suis pas capable d'imaginer ? J'ai du café, une connexion Internet, je visionne des images d'archives de la NASA ou du CNES, je vais écrire mon vol avant de le vivre.

Ensuite – dans quelques jours – j'écrirai ce que j'ai éprouvé vraiment. Je ne sais pas quelles seront les différences entre les deux textes. J'espère à la fois qu'elles seront grandes et minimes. Grandes, parce que l'expérience est irremplaçable. Minimes, parce que je me crois capable de décrire une chose qui ne m'est pas arrivée. J'écris pour savoir où se situeront les limites de mon imagination.

Dans les récits et les témoignages, tout le monde s'accorde à dire qu'il n'y a pas de mots pour transmettre la sensation d'apesanteur. Je visionne une conférence d'un artiste expliquant qu'il faudrait *des mots sans poids, des phrases flottantes, des qualificatifs à l'envers...* Je lis des choses aussi imprécises que *formidable* ou *indicible*. Je sais que l'on ne peut pas tout dire, je sais qu'il n'existe pas un mot qui exprime clairement une chose. Il faut additionner les termes pour aborder une notion complexe, il faut du vocabulaire, des inventions de tournure, un peu de chance sans doute. Je pioche dans les reportages et dans les quelques films réalistes de science-fiction que j'ai pu voir. Je constate avec surprise qu'il faut faire un effort pour trouver des scènes d'apesanteur dans le cinéma. Les chorégraphies aériennes orchestrées par Stanley Kubrick sous l'œil électronique de Hal 9000 sont des exceptions. Nulle apesanteur à bord de l'*US Entreprise*, monsieur Spock et le capitaine Kirk déambulent dans l'espace comme l'on traverse son salon. Nulle différence de gravité dans les multiples planètes où se déroulent les *Star Wars*. L'apesanteur a été évacuée de l'imaginaire spatial, les scénaristes n'ont rien trouvé à inventer qui soit cinématographiquement intéressant. Seuls quelques films récents se voulant ultraréalistes, comme le *Gravity* d'Alfonso Cuarón ou le *Ad Astra* de James Gray intègrent l'apesanteur dans leur scénario, mais nous sommes en avril 2013, ces films n'existent pas encore.

Je repense au capitaine Haddock nageant derrière son whisky farceur, l'absence de pesanteur avait l'apparence d'une évidence ; je ferme les yeux. Les gens parlent autour de moi, travaillent et rient. La recherche scientifique a des airs de bricolage, les machines sont entourées de mousse, de gaffeur, les ordinateurs sont des PC tenus par deux sandows. Je me répète le protocole du vol parabolique, le cabré, la gravité qui monte à 1,8 G, la parabole elle-même, annoncée par le terme *injection* qui offre 22 secondes de microgravité, la fin de la parabole, nommée *ressource*, qui s'abat de tout son poids sur le corps.

Trente et une fois je vais voler 22 secondes.

J'écris.

Tout d'abord, au moment de l'injection, lorsque la parabole commence et que la gravité s'annule, j'imagine une aspiration, comme lorsque l'on tombe, mais une aspiration sans direction. Ou plutôt : une aspiration qui partout s'exerce, vers le haut, le bas, la gauche, la droite. Je ressentirai certainement un léger vertige : le temps au cerveau de comprendre qu'il est soumis à des informations contradictoires. Je lutterai contre mes réflexes. La part de moi qui sait que je vais voler ne représente presque rien. J'ai beau me préparer, le cerveau a ses habitudes profondes, le corps a ses repères. Mon savoir n'est que superficiel. Ce savoir intellectuel n'est rien comparé à la sensation qui se produira. Je ne crois pas que j'aurai peur. Une nervosité, oui. Une appréhension. La nécessité de contrôler chacun de mes gestes pour pouvoir profiter pleinement de l'expérience.

Je volerai, donc, libéré de la pesanteur, si le vertige ne se fait pas trop présent, si les réflexes ne crispent pas trop mes muscles, je me vois très bien effectuer sanglé les premières paraboles à tenter d'intégrer les sensations avant d'aller dans la zone de free floating – petit espace délimité par des filets qui évitent aux planants d'aller faire foirer les expériences sérieuses se déroulant à bord –, où je m'abandonnerai enfin à la joie de la gravité zéro. Presque, j'imagine une certaine ivresse.

Je ne crois pas que je parviendrai à être détendu : j'ai 43 ans au moment du vol, quarante-trois années que j'expérimente à chaque seconde la possibilité d'une chute ; ce ne sont pas quelques minutes qui vont percer le bouclier. J'ai déjà mentionné n'avoir aucun souvenir de rêves d'envol, je ressens cependant encore la chute terrible qui précède certains réveils en sursaut. Mon corps ne connaît que la gravité, la lourdeur et la possibilité de tomber.

L'euphorie et ce que je nomme – à défaut d'autre mot – l'ivresse du vol, en revanche, je les conçois facilement : je fais appel à des souvenirs de natation, je me revois faire la planche dans le sud de la Grèce, dans la Méditerranée chaude et salée, porté aussi longtemps que je le souhaitais par une mer immobile. Je me revois l'été dernier, accroché au garde-fou de proue du cargo, épaulant de hautes et violentes vagues, soulevé brusquement jusqu'à ce que le bulbe jaillisse hors de l'eau et retombant tout aussi vite. C'est à l'instant précis de la retombée que je pense : à la sensation de vol que j'éprouvais, à l'ivresse de cette chute sans danger. J'étais pour huit jours dans le cargo, je criais ma joie aux vagues pendant que certains de mes compagnons de voyage vomissaient. D'y repenser me permet de chasser la peur d'être malade.

Je n'ai pas d'autres éléments de comparaison. J'ai toujours évité les manèges à sensation. Je n'ai jamais essayé ces machines qui font hurler les jeunes filles en vous plaquant contre le siège capitonné. Je volerai avec douceur, il ne s'agit pas d'une fête foraine, il ne s'agit pas de sensations fortes au sens commun de l'expression, plutôt de douceur immensément bouleversante.

Je serai bouleversé, j'en suis certain.

Ivresse, vertige, douceur et bouleversement, j'avance dans une tentative de définition. Précaution, aussi, puisque la moindre impulsion peut envoyer bouler mon corps cul par-dessus tête. Les accompagnateurs ont raconté des histoires de chutes ou de chocs terribles lorsqu'ils s'entraînent dans l'avion. Des fous rires de frayeur.

Dans l'espace du free floating, encagé dans les filets, je tenterai les pirouettes, la tête en bas. J'espère le pouvoir, je ne sais pas si cela changera quelque chose à la sensation profonde de l'impesanteur. Sans doute cela créera de nouveaux chocs : mes yeux ne connaissent pas le monde à l'envers. Je n'ai plus joué au cochon pendu depuis des années (et écrivant cela, il faut que j'évacue tout de suite le souvenir du sang qui descend dans la tête. En apesanteur, le sang n'a que le cœur qui l'aide à circuler, il ne descend ni ne monte, il va).

L'ivresse du vol, je l'imagine autant physique qu'intellectuelle : le corps sans poids et la pensée que ça y est, que je vis cette expérience, que je le fais réellement. Je ne suis pas capable de dire si voler était un rêve d'enfant. Peut-être que l'enfant que j'ai été assujettissait ses rêves au principe de réalité. J'ai rêvassé aux étoiles, je n'ai jamais pensé une seconde que je deviendrais astronaute.

Précaution, ivresse, bouleversement, vertige, douceur. Je qualifie le vol. Il manque d'injecter de la légèreté là-dedans, comme dans les ballons gonflés à l'hélium qu'enfant mes grands-parents m'offraient lorsque la fête foraine s'installait dans leur village. Peut-on gonfler ses mots à l'hélium pour les imaginer danser mollement au-dessus de nos têtes, artificiellement libérés de la pesanteur, condamnés dès l'envol à retomber au sol, à perdre leur légèreté ? À chuter ?

Enfin, pour imaginer au mieux mon vol, je ne sous-estime pas mon désir d'être heureux.

Ce soir-là, de retour chez mes amis éditeurs, je fais l'inverse de ce que l'on m'a conseillé, je dîne copieusement, bois un peu trop, me couche très tard. Avant de rejoindre le canapé de nouveau déplié, j'ai pioché quelques livres dans l'abondante bibliothèque de mes hôtes, afin de m'étourdir et d'arrêter de penser en boucle que, demain, je volerai. Où que j'aille, je trimballe de façon monomaniaque des carnets de notes. Dans celui qui correspond à la semaine de mon vol, je retrouve une citation que je pense – à tort – avoir noté ce soir-là. Il s'agit d'un extrait d'une des lettres qu'Alexandra Pizarnik, l'autrice argentine, adressait à León Ostrov, son premier analyste, par ailleurs professeur de psychologie à l'université de Buenos Aires. Isolée, atteinte de crises de bégaiement, addicte au tabac, à l'alcool et à certains médicaments, Pizarnik expérimente au quotidien la douleur de vivre et décide d'entamer une longue correspondance avec Ostrov. *Je n'appartiens tout simplement pas à ce monde. J'habite la Lune avec frénésie*, écrit-elle. *Je n'ai pas peur de mourir, j'ai peur de cette terre étrangère, agressive.*

Cela ne m'étonne pas trop d'avoir noté ce passage, je m'y reconnais : chaque jour, la réalité serre le nœud un peu plus fort autour de ma gorge, je partage ce sentiment, j'aimerais habiter la Lune avec frénésie, j'assite aux violences du monde en faisant de mon mieux pour ne pas y participer. Je veux bien me défausser pour ne pas jouer au grand jeu commun.

Comme je ne possède pas ce livre et que je souhaite vérifier l'exactitude de la citation alors que j'écris – sept ans plus tard – le récit de mon vol parabolique, j'en cherche une trace et je découvre qu'il a été publié seulement trois ans après cette soirée bordelaise. S'il m'arrive fréquemment de prendre de vieux carnets pour y inscrire des idées qui me passent en tête, je dois avouer que j'ai totalement oublié quand et où j'ai procédé à cet ajout. Internet m'apprend que le livre est épuisé. Tant pis, me voici avec deux mystères dans les bras : l'énervement produit par l'imminence du vol m'a fait totalement oublier les textes que j'ai lus ce soir-là, allongé dans le canapé, et j'ai perdu le moment où j'ai rouvert ce carnet pour noter cette si belle phrase : j'habite la Lune avec frénésie.

Je vole.

Nous y sommes.

Je vole.

Enfin le jour J.

Je.

Vole.

Et ma pensée vole.

Je vole. Littéralement, il ne faut pas chercher la métaphore, la figure de style ou un quelconque produit de l'imagination : je vole.

Je cherche mes mots, hésite un instant, mais pourtant c'est une évidence.

Je vole.

Je ne veux pas perdre ce souvenir-là, je ne veux pas l'enkyster dans le récit tout fait que j'ai répété depuis maintenant sept ans au fil des soirées et des questions, ce récit que j'ai fini par rabâcher mot à mot à chaque fois qu'un ami m'a demandé : et alors ?

Je vole. C'est merveilleux.

En suspens, rarement. Il se trouve toujours une cloison, un capitonnage, une sangle ou un filet pour stopper ma trajectoire. Il s'agit de ne pas faire des loopings n'importe où, d'aller buter contre un scientifique ou de perturber les expériences en cours.

Sagement, je vole, mais je vole, de la pointe de mes pieds au sommet de mon crâne.

Sans essayer de nager, je me souviens des consignes, je vole, c'est aussi simple que ça.

Je vole. La toute première injection me colle littéralement au plafond. Durant la vingtaine de secondes de l'accélération, je suis allongé sur le sol de l'appareil, dans la zone de free floating, je pèse 160 kilos ; la sensation n'est pourtant pas celle d'un poids phénoménal, je me sens aimanté, tiré vers le bas par une main invisible. J'ai suivi les conseils du médecin, je ne bouge pas la tête pour éviter toute compression des vertèbres qui produirait des vertiges ou des nausées. Puis le pilote annonce l'injection. Je m'étais préparé, j'avais sagement écouté les consignes, et je n'étais pas prêt. Je pousse un cri, je suis au plafond comme le ballon d'une fête foraine, flottant sans rien pouvoir contrôler, paradoxalement conscient d'avoir un corps inchangé mais libéré de toute pesanteur. Ce n'est pas le crawl ou la brasse ou rien de ce que j'ai pu déjà expérimenter. Ce n'est pas la nage, pas la planche sur des eaux salées. Je dresse ma main et je la relâche. Pas d'autres méthodes pour comprendre : ma main flotte au bout de mon bras. Je détends mes muscles, je suis parfaitement passif et ma main continue de flotter. Ce n'est pas physique, ce n'est pas un effort, je me décontracte, je prends soin de me laisser aller. Je n'ai pas l'habitude de perdre le contrôle. Ce n'est pas voler, je me trompe, je ne vole pas, voler est une action, un effort des muscles, un battement d'ailes et un appui sur l'air. Je ne vole pas, je flotte. Ma pensée flotte. Et un maladroit coup de pied en plein visage de l'autrice de bande dessinée me projette contre le plafond. Pas de doute, libéré de la pesanteur, le corps demeure sensible.

Je reprends mes notes de l'époque : mercredi 27 mars 2013. J'y suis. Je flotte. Très vite, trop vite, le pilote annonce 20°. Cela veut dire que l'avion pique déjà vers le sol. Quelques secondes plus tard, nous en sommes à 30°, soit à peine deux secondes avant la ressource : le retour au 1,8 G, le passage du zéro gramme aux 160 kilos. Je n'ai qu'une seule obsession : placer mes pieds vers ce que j'identifie encore comme étant le bas.

La chute est lourde, sans heurt. J'ai de la chance, je suis grand : en poussant avec les mains, je parviens à orienter mon corps. Je me sens euphorique, j'entends les chocs de ceux qui retombent plus maladroitement, je vois les habitués, le personnel de Novespace : à peine ont-ils volé ; en souplesse ils sont redescendus. L'euphorie ne me quitte pas. J'attends la prochaine parabole. J'en veux encore.

La seconde parabole, je la passe à maîtriser mon vol : je ne bouge pas lors de l'injection et pourtant je décolle de nouveau. J'apprendrai que l'avion passe par une microseconde de gravité négative. Ensuite, le corps conserve la moindre impulsion. Je vole, me cogne et j'en ris. La trentaine de paraboles va s'enchaîner par groupes de cinq, avec des temps de cinq à huit minutes entre deux séries permettant aux chercheurs de préparer les prochaines expériences. Au moment de monter dans l'avion, tôt ce matin, j'ai demandé une dose minime de scopolamine : si la molécule proposée en injection intraveineuse réduit le mal des transports, elle endort les sens. Je suis ma propre expérience, je veux être totalement conscient de mes sensations.

Passé les premières paraboles, je me sangle au sol. Tout à ma joie de faire des pirouettes et des cabrioles, j'en oublie d'écouter ce qui se passe dans mon corps : où est-il lorsqu'il est dépouillé de son poids ?

L'expérience répond à cette interrogation : le corps est bien là. Il ne change pas. Que je subisse allongé, assis ou debout les périodes d'accélération n'altère pas la perception de mon propre corps. Le poids fait ce qu'il veut, la masse demeure. À zéro gramme ou à 160 kilos, mon corps n'est en rien modifié. Il est soumis à des forces extérieures. Je ne suis ni gros ni maigre, je ne saurai pas ce que ressentent les hommes repus de ma famille. Je repense à ce que j'ai écrit hier : *précaution, ivresse, bouleversement, vertige, douceur*. L'ivresse, je la ressens, la douceur aussi. Aucun vertige pour ma part. Ce que j'avais sous-estimé, c'était l'euphorie. Voler provoque un grand court-circuit émotionnel.

Je flotte, donc.

Je.

Flotte.

Et je garde conscience de cet extraordinaire bonheur. Je ne suis en rien changé, j'ai la chance de n'être ni malade ni nauséeux. À l'aide d'une sangle lâche, je me maintiens pour éviter de dériver, je ferme les yeux, la sensation est encore décuplée. Je flotte, oui, grisé. Partout autour de moi, les passagers filment et photographient, je n'aurai aucune image de ce vol, je n'ai pas loué de GoPro, je n'ai pas embarqué d'appareil photo, je me contente d'enregistrer mes sensations, j'ouvre les yeux et j'attends la parabole suivante pour écrire ; le crayon de bois sur le carnet dessine de grandes lettres maladroites :

1,8 G. Le poids. Ma main, mes tempes, la lourdeur
l'estomac aussi.
0 G. On vole, sensation d'une illusion à regarder
la feuille,
le signet du carnet qui vole
1,8 G. L'aspiration vers le bas.

Et, une fois la parabole achevée, j'écris :

1,8 G. Le corps n'est pas lourd, il est collé.
0 G. Le corps n'est pas léger, il flotte.
Toute pensée vole.

Recopiant ces notes, je retrouve aussi la sensation de l'illusion, celle d'être plongé dans un film, un documentaire ou une fiction. À mesure que l'on approche des dernières paraboles, les passagères détachent leurs cheveux pour les laisser flotter, des rires se font entendre, les scientifiques finissent leurs expérimentations et s'offrent une parabole de pur plaisir. Un serpent en bois lancé par un chercheur traverse l'air devant mes yeux, et ce serait presque comme si rien de tout cela n'existait. Les images sont connues, j'ai vraiment besoin de refermer les paupières à nouveau pour retrouver le sensible. Je me dis que ceux qui photographient et filment n'auront que des images. Des preuves ? En fabriquer est à la portée de n'importe quel bidouilleur de Photoshop. Un fond vert et tout le monde vole comme Superman. Je referme les yeux et je flotte. Ça non plus, je ne l'avais pas prévu : cette impression d'irréalité, le besoin de me couper du constant brouillage visuel pour m'assurer – paradoxalement – que je ne rêve pas.

Je flotte.
Trente et une fois, je flotte.
Soixante-deux fois, je pèse presque 160 kilos.
Toujours, je retombe bien.
Et je flotte.
Heureux.

Alors, me demande-t-on depuis ce jour, ça fait quoi de voler ?

Flotter, je réponds, c'est comme la précaution et l'ivresse et le vertige et la douceur. C'est comme une illusion. C'est comme être porté par une force invisible. C'est comme dans Tintin. C'est comme dans les documentaires. C'est comme demeurer à la surface d'une eau qui n'existe pas. C'est comme une chute libre au moment de l'éveil. C'est comme je l'avais imaginé et pourtant c'est différent. C'est comme être un ballon gonflé d'hélium qu'un enfant a lâché par mégarde. C'est comme quand tu dors. C'est comme être dans l'absolue nécessité de se détendre et de faire confiance. C'est comme cet exercice de théâtre où tu dois accepter de tomber en arrière dans les bras des autres comédiens. C'est comme d'aller débrancher Hal 9000 avant qu'il ne te tue toi aussi. C'est comme devenir une bulle de whisky. C'est comme un espoir d'enfant. C'est comme dans les livres, en fait.

Précieuse, la sensation est maintenant en moi, elle niche dans mon esprit et m'offre une sacrée dose d'air frais. *Précaution, ivresse, bouleversement, vertige, douceur et bonheur*, je répète, et puis j'ajoute : mais, en fait, la légèreté, c'est assez indescriptible comme sensation.

II

La gravité

Sept années ont passé depuis ce vol parabolique, je me trouve à la gare Montparnasse, c'est la fin de journée, demain débutera une grève interprofessionnelle d'une ampleur rarement atteinte, le motif – l'affaiblissement des régimes de retraite –, s'il en est l'élément déclencheur, n'est pas moins un prétexte. Les gens sont fatigués de l'arrogance du pouvoir, de la violence avec laquelle la contestation sociale est réprimée, de l'impression d'être abandonnés alors que l'économie et la finance, elles, se portent bien. Je ne sais pas quels seront les résultats de ce mouvement social, j'écris ces lignes dans le train qui me reconduit chez moi, à Nantes. Aujourd'hui, je me suis rendu à Paris pour travailler à l'écriture d'un ouvrage sur l'imaginaire spatial. Il y a un présent dans lequel un auteur écrit un livre, le mien est celui des années 2019, 2020, 2021. J'avais anticipé la grève générale de demain, j'ai pris un billet de train avant 19 heures, je sais d'expérience qu'à la SNCF les grèves se répercutent sur le trafic de la veille au soir et du surlendemain matin. J'ai un billet, quasiment aucun train ne circulera d'ici dimanche prochain, je veux retourner dans ma famille. J'écris ces lignes parce que je suis saisi par l'ambiance qui règne à la gare : une foule très dense et étrangement calme. Çà et là, tout de même, quelques personnes gueulent, elles viennent de découvrir qu'elles ne pourront pas voyager ; bien que l'info fasse la une de la presse depuis plusieurs jours, elles ne savaient pas qu'une grève allait éclater. J'observe une femme hurler au visage de deux agents de renseignement, elle les insulte copieusement, en rajoute sur les fonctionnaires, sur les privilèges. Elle additionne un peu de haine à la haine. Je me demande comment certaines personnes peuvent découvrir une chose partout annoncée et commentée depuis des semaines. Je me demande aussi si les employés en nombre très élevé ce soir sur les quais sont salariés de la SNCF ou simplement vacataires recrutés par une société en sous-traitance, payés une misère pour servir de défouloir à la colère des voyageurs. En dehors de cette scène, le calme règne. Je regarde les visages, les attitudes, je suis un peu en avance, je marche entre les gens, je les écoute lorsqu'ils discutent. Je ne sais pas ce que cela fait d'attendre la venue d'un typhon, je n'ai jamais connu cette situation et pourtant c'est l'image qui me vient en tête. Nous pourrions nous trouver au soir de la grande fuite. Tout au long de la journée, mes interlocuteurs ont évoqué la grève à venir avec un mélange de fascination, de crainte et d'espoir. Je vois des visages fatigués, je vois des visages tendus et je vois des visages paradoxalement paisibles. Dans quel inextricable système s'est-on fourvoyés ? Nous avons construit une société qui génère du malheur. La douleur des gens se lit dans leurs gestes, dans leur espoir d'un train qui peut-être ne viendra pas, dans leur désir d'un retour chez eux. La douleur vient de cette grève que nombreux – comme moi – approuvent, même si, dans un premier temps, elle accroîtra le poids insupportable du quotidien. Des personnes parviennent à sourire. Mon train est annoncé, il roulera malgré le cyclone qui s'approche. Dans la voiture où je prends place, la même patiente souffrance ralentit les gestes. Des conversations spontanées naissent où s'exprime un mélange de pessimisme et d'espérance, on attend beaucoup du typhon, on veut sa venue bien que l'on craigne d'y perdre le peu qui nous reste.

Si je devais décrire l'attente anxieuse de pionniers en partance pour une autre planète, les derniers moments sur terre au pied des fusées dont on ne sait pas si elles parviendront à décoller avant l'apocalypse, je pourrais me servir de ces scènes entraperçues à la gare : les écharpes, les manteaux lourds, les visages, les incessantes annonces, les sonneries sur les quais au départ consécutifs aux derniers trains, les rires, les silences, les fatigues encore et toujours, les bagages, les yeux se détachant si peu des panneaux d'affichage, les conversations au téléphone où reviennent en boucle des phrases se résumant toutes à *j'espère que l'on va partir* ; celles et ceux qui demeurent immobiles, comme statufiés par l'épuisement, celles et ceux qui préfèrent marcher en rond ; et la tension qui coud chacun d'entre nous au canevas de l'événement. Ce soir, il ne s'agit pas simplement de rentrer chez soi après une journée de travail, il s'agit de rentrer la tête dans les épaules en prévision de la tempête dont on a tant souhaité la venue.

Ainsi s'achève mon premier jour de résidence au sein de l'Observatoire de l'espace, le laboratoire art/science du Centre national d'études spatiales. J'ai prévu de faire des allers-retours durant toute l'année scolaire, j'ai obtenu une bourse pour travailler, pourtant ce n'était pas gagné : quand il s'agit d'écrire le projet d'un roman pour le présenter à un éditeur, pour demander une bourse de création ou pour postuler à une résidence, je me sens désemparé. Je ne sais pas faire. Ce n'est pas une coquetterie de ma part, je suis sincère : j'ai un mal de chien à scénariser un texte, à en produire un résumé avant de l'écrire. Lorsque j'écris, je ne sais pas où je vais. Et j'ai besoin de ne pas savoir pour parvenir à le faire. Adolescent, alors que je rêvais de publier un roman, je bûchais tant et tant sur les personnages, les trames et les rebondissements que j'en perdais tout désir d'écriture. Il m'a fallu mûrir pour accepter le flou, pour ne pas étouffer l'envie dans une planification asséchante, pour faire confiance aux mouvements de la pensée, pour m'en remettre aux mots.

Le plus souvent, lorsque je commence l'écriture d'un texte, j'ai un sujet provisoire, quelques situations, de vagues idées, parfois moins : des notes, des phrases dont je pressens qu'elles peuvent impulser un nouveau projet... et c'est en écrivant que je trouve mon vrai sujet : je procède par essais-erreurs, par tentatives successives, les choses se figent au fur à mesure et non à l'avance. Il m'arrive de produire cinquante pages avant de me rendre compte que le texte auquel j'aspire se trouve ailleurs. Il n'y a pas le fond d'un côté et la forme d'un autre, mais bel et bien une invention concomitante. En bref, je tâtonne beaucoup, comme – j'imagine – un peintre ferait des esquisses avant de se lancer dans un grand format (et je sais combien cette image est réductrice, de nombreux peintres trouvent leurs sujets directement sur la toile, sans croquis préalables). J'ai un grand respect pour les planificateurs, pour les auteurs qui font des fiches, des plans et des frises chronologiques. Mais ce n'est pas ma méthode, il n'y a pas une seule méthode.

Alors, forcément, lorsqu'au printemps 2019 j'ai postulé afin d'obtenir les financements d'une résidence de dix mois, il m'a fallu mentir un peu, faire semblant d'en savoir plus que ce que j'en sais. Je joue un rôle, celui de l'écrivain porteur d'un projet clairement défini. Et l'institution joue le sien : celui d'une instance de validation des projets. C'est de bonne guerre, l'institution, dans le fond, n'est pas dupe : aucune collectivité finançant des résidences de création ne tiendra rigueur à un auteur si son projet dévie un peu.

Quand j'ai parlé à mes proches de cette possible résidence, tous m'ont à peu près posé la même question : alors, tu vas écrire un roman de science-fiction ?

Dans la note d'intention accompagnant mon dossier, j'avais écrit que, *de tout temps, philosophes et astronomes ont cherché des mondes habitables, d'abord dans la banlieue proche de notre planète (en imaginant que la Lune est peuplée de Sélénites), puis sur Vénus, ou encore Mars (où la présence d'une vie intelligente et civilisée était une certitude scientifique jusqu'à la première moitié du XX*e *siècle). Depuis que la sonde* Mariner 4 *(1964) a cartographié Mars et révélé que la planète n'avait pas abrité de grandes civilisations bâtisseuses et technologiques (pour la vie, on ne sait pas encore), les regards et les fantasmes des astrophysiciens se portent sur les exoplanètes : des planètes orbitant autour d'étoiles, situées dans ce que l'on nomme la zone habitable (ni trop proches, ni trop éloignées de leur soleil) et pourvues d'une atmosphère.*

À notre époque de pollution, d'épuisement des énergies fossiles, d'accélération du réchauffement et de disparition d'une partie de la diversité animale, cette obsession de découvrir ailleurs un monde propice à la vie m'intéresse tout particulièrement. Le fantasme de terraformer (rendre habitable) Mars, l'idée d'une planète B (comme on parle de plan B) pouvant accueillir l'humanité, sont à peine des sujets de science-fiction. Mon projet est d'écrire une fiction, très étayée sur le plan scientifique, autour de ces notions.

C'était plus ou moins mon idée, une idée vague, relativement indéterminée. Mais pas un roman de science-fiction, donc. En réalité, ce que j'aurais pu écrire dans mon dossier, c'est que j'avais envie de réaliser un rêve d'enfance. J'aurais peut-être tout de même obtenu cette résidence. Je n'en sais rien, je n'ai pas osé. J'étais enfant dans les années 1970, devenu adolescent, la science-fiction m'a éveillé. J'ai grandi en lisant des livres que l'on ne nommait pas encore des dystopies. Russes et Américains feraient un jour sauter la planète, à moins que la pollution ne décime l'humanité ou que des dictatures insidieuses broient lentement la liberté de pensée.

Quitte à écrire des choses sans nuances et outrageusement simplificatrices, il existe deux sortes de science-fiction. La première, l'anticipation engagée, politique et sociale, mettait le lecteur en garde contre les dérives du futur, cette science-fiction qui pourrait tout entière se ranger sous la devise de Rabelais : *science sans conscience n'est que ruine de l'âme*. Certains des romans de science-fiction que je lisais montraient des dictatures, des terres irradiées, des destructions et de terribles régimes totalitaires qui réécrivaient l'histoire, brûlaient les livres, lavaient les cerveaux ou modifiaient l'ADN. Je dévorais ces ouvrages avec délice, comme plus petit j'écoutais en frissonnant les histoires de grands méchants loups. C'étaient des fictions, des histoires inventées pour faire peur, pour conjurer des avenirs qui jamais n'adviendraient. C'était pour de faux. L'homme ne serait ni assez cupide, ni assez bête, ni assez cynique ou inhumain pour faire du futur un enfer. Et s'il se trouvait des apprentis dictateurs, les foules descendraient dans les rues pour les renverser. Puisque l'humanité était de plus en plus éduquée, elle éviterait les pièges qu'elle s'était tendus à elle-même depuis des millénaires.

L'autre branche de la science-fiction délaissait le message politique pour celui, rêveur et utopique, d'une exploration des mystères de l'univers, elle modulait le frisson ressenti en contemplant le ciel à la tombée de la nuit alors que s'allument les étoiles. Cette science-fiction-là n'est pas tant un avertissement qu'une exploration du frémissement né de l'inconnu comme du mystère, elle joue sur la poésie de l'incompréhensible. Longtemps c'est cette dernière qui a eu ma préférence, celle des frères Strougatski dans leur formidable roman *Un pique-nique au bord du chemin*, celle de *Solaris* de Stanislas Lem (l'un comme l'autre adaptés au cinéma par Andreï Tarkovski, le premier sous le titre de *Stalker*), celle de *Demain les chiens* de Clifford D. Simak, celle de *2001* et de *Rendez-vous avec Rama* d'Arthur C. Clarke. Dans ces fictions, l'humanité découvrait qu'elle n'était pas seule dans l'Univers, les auteurs tressaient des histoires pour proposer des réponses aux questions insolubles que l'homme se pose. Ainsi, ce n'était pas la volonté d'un dieu omniscient ou la pure contingence de particules qui donnaient sens à nos vies, mais l'action discrète d'un monolithe noir ou d'une civilisation cachée. Cette science-fiction posait mille questions à chaque fois qu'elle inventait une réponse et – en jouant sur la corde métaphysique – elle offrait à ses lecteurs un apprentissage de la philosophie.

Peu à peu, en toute logique, je me suis intéressé à l'espace, le vrai, pas celui que l'on parcourt dans des vaisseaux voyageant plus vite que la lumière, mais celui que l'on tente de sonder, d'explorer, de comprendre. Lors d'un séjour à l'hôpital, j'avais eu droit à un cadeau de mon choix, j'avais réclamé une encyclopédie Larousse en un volume sobrement nommée *L'Univers* (publiée en 1977, j'ai encore ce volume largement dépassé dans ma bibliothèque, il était traduit d'une édition anglaise, *The Joy of*

Knowledge Encyclopædia). Je feuillette ces pages jaunies par le temps, le système solaire compte neuf planètes, on ne sait pas si l'Univers est en expansion, la station spatiale *Skylab* préfigure les futures stations géantes en forme de roue, les premières bases lunaires permanentes devraient se développer dans les années 1990, ce seront des bâtiments construits en dur, tandis qu'en raison de la distance les bases martiennes seront certainement des dômes gonflables pressurisés. Parcourant ce vieil ouvrage, je retrouve immédiatement les rêves de mon enfance, le frisson imprécis qui me saisissait lorsque je songeais à l'espace.

Pour expliquer les raisons qui m'ont conduit à demander une résidence au sein de l'Observatoire de l'espace, il faudrait que je raconte un souvenir d'enfance. J'ai passé tous mes étés dans la monotone forêt des Landes, à l'extrême sud de la Gironde. Là – le plus souvent en compagnie de mes grands-parents – j'ai parfois fait l'expérience du ciel. En ville, il m'était impossible d'échapper à la surveillance de mes parents pour contempler le firmament voilé par les lumières urbaines, mais, à la campagne, la nuit était entière. Nous avions une maison à Labardin, lieu-dit situé sur la commune d'Uzeste, où – au moment d'écrire ces lignes – une brève visite grâce à Google Street View me montre que peu de choses ont changé, si ce n'est la disparition du petit bois qui abritait mes cabanes, rasé pour construire deux maisons avec piscine. Le soir, j'attendais que mes grands-parents s'endorment et je ressortais sur la pointe des pieds en prenant garde de ne pas trop faire grincer les lourds volets des portes-fenêtres, j'allais m'allonger dans l'herbe humide et je m'offrais des frissons métaphysiques en contemplant l'immensité de la nuit.

J'ai lu que, en raison de la pollution lumineuse, un tiers de l'humanité est privée de la vision des étoiles. Lampadaires, enseignes lumineuses comme industries masquent les astres et provoquent à la fois une disparition d'espèces animales nocturnes, une érosion de la biodiversité et une perturbation des rythmes du sommeil des hommes et des animaux. À la fin des années 1970, dans ce coin-là des Landes, à part quelques conducteurs rentrant de boîte à 4 heures du matin, rien ne venait déranger le lent scintillement des étoiles.

En secret, alors, je m'allongeais dans l'herbe et je me contentais de regarder, pas pour situer les constellations, simplement pour voir, pour que l'attraction des étoiles absorbe mon regard jusqu'au grand frémissement. Enfant, je voyageais peu, je ne savais pas combien les spectacles de la mer déchaînée ou des sommets montagneux peuvent provoquer ce même chavirement. J'avais les étoiles. Je ne jouais pas forcément à les peupler ou à inventer des histoires de rencontres du troisième type. Je regardais, me contentant de la beauté. Je ne cherchais pas non plus à mettre des mots sur ce que je ressentais, allongé dans l'herbe, dans la fraîcheur relative de la nuit, je n'étais plus dans la réflexion, mais purement dans la réception sensible. Dans l'émotion. Roulait le ciel que je ne quittais pas sans avoir aperçu au moins une étoile filante et fais un vœu, comme on me l'avait enseigné.

La paisible immensité de la voûte céleste m'offrait à la fois une vision claire de mon insignifiance et le bercement des énigmes. Cela me suffisait, jusqu'au moment où la rosée, la peur que l'on découvre ma minuscule fugue ou des craquements nocturnes ne me reconduisent, trempé et la tête emplie de vertiges, dans mon lit.

Très jeune enfant, j'ai renoncé à devenir astrophysicien, ingénieur spatial ou astronome – mes notes en sciences ne brillaient pas –, j'ai choisi les lettres et je suis devenu écrivain. Sous les étoiles, j'ai bien dû former le souhait d'être capable, un jour, d'écrire un livre, sans doute à l'époque j'aurais bien aimé devenir un auteur de science-fiction.

Voilà, il serait là, mon projet : je voudrais faire le lien entre le tremblotement incertain de l'immensité d'un ciel d'été et le goût que j'ai eu de la littérature de science-fiction qui m'a – un jour – donné envie d'écrire moi aussi des romans. Manque peut-être un troisième élément : la manière dont les futurs prévus ne sont pas advenus : il n'existe pas de bases sur Mars, de voitures volantes, de gigantesques roues en orbite (j'ai depuis appris que cette utopie-là est techniquement irréalisable). Pourtant, le monde dans lequel je vis est – d'une certaine façon – celui imaginé dans les dystopies et les romans d'anticipation. Il suffit d'un regard sur l'actualité pour être totalement sidéré. Grèves massives, réchauffement planétaire, extinction de masse du vivant. Je ne sais pas encore que la crise sanitaire du Covid-19 couve, pas plus que des émeutes aux États-Unis provoqueront peu à peu une colère mondiale contre les violences policières ; j'ignore combien ma résidence d'écriture va être bousculée par l'actualité, mais je sais que le monde entier ressemble à un (mauvais ?) roman de science-fiction. L'adulte que je suis vit dans l'un de ces mondes qu'adolescent je découvrais dans les livres. Voici des années – de Nuit debout aux Gilets jaunes, des protestations contre la réforme du régime des retraites à celles contre la précarité – que les manifestations et les grèves sont devenues la toile de fond de nos existences. Qu'aurais-je pensé, adolescent, d'un monde où des pétitions circulent contre la mise en place par les industriels de relais 5G ? J'ai fait mienne une citation lue voici quelques années dans un magnifique roman de Rodrigo Fresàn, *Le Fond du ciel*, dans lequel un personnage assiste à l'attentat du World Trade Center et reste figé en regardant les gens filmer l'événement avec leur téléphone. Il évoque des *appareils qui sont inconcevables pour quelqu'un comme moi, qui a grandi avec la conviction que les ordinateurs seraient grands comme des immeubles et ne pourraient être manipulés que par des hommes mûrs et sages, et non, comme c'est le cas aujourd'hui, par des enfants qui savent à peine parler, les glissent dans leurs poches et s'en servent pour partir au loin, les yeux dans le vague, grâce à la force minime mais toute-puissante de leurs pouces.* Cette sidération-là, je la ressens souvent. Je marche avec un téléphone dans la poche, un GPS me donne ma position exacte, des satellites guident mon chemin, c'est banal et – parfois – le vertige me prend : je suis devenu le personnage d'un roman de science-fiction.

Durant l'écriture de ce livre, je suivrai les polémiques contre la mise en orbite de véritables trains de satellites qui changeront l'apparence du ciel étoilé, je verrai s'élever des fusées construites par une société privée pour acheminer sans encombre des astronautes américains vers la Station spatiale internationale. J'entendrai le directeur de la société Space X promettre des vols habités sur Mars et des vols de plaisance autour de la Terre pour riches touristes spatiaux.

Et – bien sûr – il y a aura la crise sanitaire mondiale du Covid-19, qui créera sidération sur sidération. Nous serons enfermés chez nous,

nous signerons de nos mains des autorisations de sortie pour aller faire nos courses, nous verrons les rayonnages semi-vides des supermarchés, nous continuerons à travailler, totalement dépendants de nos ordinateurs et de la fiabilité de nos connexions à Internet. Nous serons interdits de théâtre, de cinéma, de musée, de café, de restaurant. Les pires fictions d'anticipation se dérouleront sous nos yeux.

D'une certaine façon, heureusement que je n'avais pas un projet verrouillé, déjà ficelé, heureusement que je m'autorise la porosité et les déviations de dernière minute : le roman sur lequel je travaille ricochera, rebondira, je le chercherai, je croirai l'avoir trouvé, je le transformerai, le réécrirai entièrement. J'arrêterai également quelque temps de l'écrire, passant les premières semaines du premier confinement dans une torpeur hébétée, me sentant totalement incapable de penser ce qui se produit, encore plus de m'en inspirer pour bâtir un texte. Et la stupeur des jours premiers m'éloignera aussi de la lecture. Lorsque j'ouvrirai un livre, mon esprit s'échappera, je serai dans l'incapacité de m'installer parmi les mots. Roman, poésie, essais me résisteront, tout comme je résisterai à l'offre du tout-écran : multiplicité soudaine de contenus gratuits, de chaînes supplémentaires, de visites virtuelles d'expositions, de spectacles mis en ligne, de concerts en salon, de lectures dans sa cuisine.

Le déferlement immédiat de toute cette culture à distance sera sans doute une belle chose – sans culture, pas d'humanité –, mais cette prolifération de cadeaux me renverra principalement à l'impossibilité d'arpenter à mon rythme les salles des musées ou d'aller voir un spectacle vivant justement pour ce qu'il est : le partage en temps réel de la vie des acteurs et de celle des spectateurs. Longtemps, je serai incapable de retrouver le fil de mon roman. La pandémie produira un paradoxal court-circuit : j'ai beau avoir lu des dizaines d'histoires de contagions apocalyptiques, d'Albert Camus à Stephen King, rien ne m'aura préparé à ce qui se déroulera. D'une manière générale, la littérature d'anticipation est souvent trop spectaculaire et cohérente : elle décrit des effondrements massifs, des replis sur soi ou des spéculations survivalistes, mais elle ne peut pas inventer des mondes aussi incohérents que le nôtre. Après les drames de la grippe espagnole, du virus Ebola, du sida, du SRAS, rien n'était prêt pour lutter contre une plus que probable épidémie majeure. Nous savons tous que le commerce, l'exploitation des sols et des ressources naturelles nous exposent à de constants risques ainsi qu'à la très rapide propagation d'une épidémie. Ma découverte de la sexualité a été placée sous la menace du sida, j'ai cessé des années de manger de la viande rouge en raison des risques d'encéphalite spongiforme, nous vivons depuis toujours sous la menace de la maladie, et quand une épidémie majeure se déclare : rien. Pas de plan d'urgence.

Les premiers jours, je n'y croirai pas parce que j'aurai du mal à me départir de mes réflexes de croyance en la classe politique. Maintenant, nous savons tous que, si demain un accident majeur se produit dans une centrale nucléaire française, il faudra certainement s'attendre au même cafouillage : minimiser d'abord, bricoler vite et mal ensuite, et réprimer enfin ; puisque ce sera aussi l'un des grands enseignements de la crise : la répression comme outil de gouvernance. Parce que, peu à peu, ce qui réveillera, ce qui agitera, ce qui permettra de ne pas tout à fait s'endormir, chez soi, dans sa cage – où l'obligation d'éduquer ses enfants et celle de continuer à travailler à distance seront présentées comme responsables, voire patriotiques –, ce sera la colère, immense, intense, qui n'en finira plus de croître.

La colère entrera dans mon manuscrit, un nouvel élément qui viendra se mêler aux pages déjà écrites.

Tout cela forme le terreau de ce texte, tout autant que les mille rencontres que j'ai eues au sein de l'Observatoire de l'espace et du CNES : des entretiens formels (avec des scientifiques, juristes, astrophysiciens, exobiologistes), mais aussi de simples conversations dans les couloirs, en prenant un café, au téléphone lorsqu'il ne sera plus possible de se déplacer. En fait, je comprends après coup ce que je cherchais sans trop le savoir : non pas que l'on me donne telle ou telle information, mais que je sois immergé, submergé, stimulé. J'ai plus appris par hasard qu'en cherchant des réponses à des questions précises. Cette émulation-là, constituée de rebords et d'échanges, est l'intérêt principal d'une résidence. C'est peut-être ce qui peut se passer de mieux en littérature : lorsque l'on trouve ce que l'on ne cherchait pas. Je repense au dossier déposé, au projet imprécis, il aurait fallu que je résume ma note d'intention à une simple phrase : je veux être en résidence pour devenir une bille dans un flipper.

Les amateurs de science-fiction connaissent l'anecdote par cœur : Philip K. Dick, totalement allumé, prononçant sa fameuse conférence à Metz, le 24 septembre 1977, expliquant à un auditoire d'abord ravi puis de plus en plus inquiet que *Si vous trouvez ce monde mauvais, allez en voir quelques autres*, enchaînant le plus sérieusement du monde sur le fait qu'il écrit ses livres sous la dictée inconsciente d'une entité supérieure et qu'il faut désormais les considérer comme un nouvel évangile. Il évoque alors des mondes parallèles et affirme que notre réalité est un logiciel programmé par une entité de couleur rose avec qui – dorénavant – il communique grâce à l'entremise d'une mystérieuse petite fille aux longs cheveux noirs. C'est la première fois qu'il accepte une rencontre en Europe, les organisateurs du 2e Festival de science-fiction de Metz ont mis le paquet pour le recevoir, ils ne sont pas déçus : la conférence est trop longue, le traducteur cesse de traduire, des gens crient, d'autres rient, certains quittent la salle ; et une petite poignée d'adeptes se rallient à sa cause. Chemise claire, large cravate, barbe soignée blanche sur les joues et noire au menton, le regard de Dick ne lâche pas les feuilles de son discours préparé avec soin. L'événement était filmé, la vidéo est disponible sur Internet. Dick a beau avoir freiné la consommation de drogue et d'alcool, il continue de subir des crises de paranoïa et de délire. Le grand génie de cette conférence est que jamais l'on ne sait s'il se fout de la gueule du monde ou s'il est totalement sérieux. Il semblerait toutefois – à lire ses biographes – que la seconde hypothèse soit la plus probable.

Il reste moins de cinq années de vie à celui qui deviendra à titre posthume une star internationale lorsque le cinéma s'intéressera à ses textes pour y puiser directement la matière de films comme *Blade Runner, Total Recall* ou *Minority Report*, et indirectement celle de la trilogie *Matrix*.

Sa suggestion polie d'aller voir d'autres mondes m'a toujours fait sourire, parce qu'elle offre un impossible comme alternative à la pesanteur de notre planète. Et c'est pourtant ce que je pourrais répondre aux amis qui me demandent si je vais écrire un roman de science-fiction. La société m'étouffe, j'ai décidé littéralement d'aller voir ailleurs, j'ai besoin d'écrire un livre pour y bâtir en douce ma cabane, ma petite utopie dressée vers les étoiles.

J'ai repris la lecture de romans de science-fiction, genre que j'avais un peu trop délaissé depuis la fin de mon adolescence. Ce que je cherche maintenant dans cette littérature de l'imaginaire, ce ne sont plus les dystopies sociales à la lecture desquelles je me suis forgé mes convictions politiques, ni les récits d'apocalypse – le train fantôme n'est plus une attraction spectaculaire, il est notre présent. Ce que je cherche, en définitive, c'est de l'utopie. Une utopie que partout alentour je peine à trouver. Le monde me déprime. Reste le merveilleux d'autres réalités possibles, le frisson, l'exaltation.

Il fut un temps où chercheurs, savants, inventeurs et philosophes incarnaient les utopies, ils carburaient au désir d'aller voir ailleurs si quelqu'un y était, ils polissaient les lentilles de leurs lunettes astronomiques, se perdaient en d'innombrables conjectures, s'empressaient de relier les points pour que le dessin achevé ressemble à celui qu'ils avaient en tête. J'ai pour eux une infinie tendresse, peut-être justement parce que leurs erreurs crèvent les yeux, parce qu'à les lire ou les étudier la première chose qui apparaît aux modernes que nous sommes, ce sont les filtres derrière lesquels ils cherchaient à déchiffrer les énigmes de l'univers. Ils sont d'un autre temps – Dick excepté, mais Dick n'est pas un chercheur, il avait trop à faire à se trouver lui-même –, ils veulent nouer la science avec la philosophie et la religion pour accrocher une corde à un coin de la Lune, ils ont des ambitions qui prêtent à sourire, mais ils m'émeuvent parce qu'ils n'ont pas attendu qu'une chose existe pour s'en servir, parce que j'ai l'impression que – comme moi – ils ont cherché une porte dérobée pour fuir les limites du monde. Certains rêves ne cicatrisent jamais.

De l'homme – par exemple – qui observe avec attention la planète Vénus à l'aide d'un télescope bricolé, je ne sais presque rien, à peine quelques dates et quelques actes. Il est plutôt trapu, nerveux en gestes comme en paroles, son front est plat, son cou curieusement court si j'en crois les rares portraits que j'ai pu glaner çà et là dans le foutoir de l'Internet. Assurément, il doit être chaudement vêtu pour se livrer dans la fraîcheur nocturne à l'observation des étoiles, redingote boutonnée jusqu'au cou, foulard, mitaines aux doigts et – sans doute – une couverture de laine jetée sur les épaules. Cet homme qui ne fera que passer dans ce livre se nomme Franz von Paula Gruithuisen, il est médecin et allemand, né à Burg Haltenberg en 1774, mort en 1852. La science garde de lui l'invention du lithotriteur, appareillage permettant de broyer les calculs urinaires et de les éliminer par voies naturelles sans recourir à la chirurgie, ainsi qu'un curieux traité intitulé *De l'existence du sentiment dans les têtes et les troncs des décapités* que je n'ai pas la curiosité de lire, effrayé à l'idée qu'il décrive bien ce que son titre laisse supposer. Le bonhomme s'intéressa aussi aux tremblements de terre et à l'espace puisqu'il rédigea plusieurs textes sur les comètes, la Lune, et cartographia avec grande précision la planète Vénus, précisément celle que – ce soir – il observe, allant de sa lunette à son carnet de travail, découvrant des bougies pour noter ses relevés, en masquant ensuite la lumière pour éviter les lueurs parasites faussant les observations. La nuit est claire, sans aucun nuage, c'est-à-dire froide, il travaille avec minutie et précision.

Ignoré de la plupart des encyclopédies, pratiquement absent de l'Internet francophone, on trouve mention de Gruithuisen sur quelques sites allemands (langue que je ne maîtrise pas) et anglais. Peut-être aurait-il dû s'en tenir à la médecine puisque ce qui me le rend attachant, c'est l'ardeur avec laquelle il fit fausse route dès qu'il s'agissait de tirer des enseignements de ses observations. Ainsi, le bon docteur bavarois confondit un cratère lunaire avec les traces des remparts d'une ville disparue qu'il baptisa Wallwerk.

Il ne se contenta hélas pas de dessiner des cartes de Vénus qui firent autorité durant de longues années, il observa également une aurore boréale dans son atmosphère et en déduisit tout naturellement que la population tirait des feux d'artifice pour fêter l'avènement d'un nouveau roi.

L'obstination avec laquelle ses analyses démentent ses observations me touche : plus il contribue par ses relevés rigoureux à cartographier notre système solaire, plus ses conclusions sont délirantes. Il y aurait là une généralité à tirer, un *syndrome Gruithuisen* menaçant les analystes, scientifiques et intellectuels, qui concluent trop vite que l'on tire des feux d'artifice dans le ciel de Vénus lorsqu'ils entrevoient de lointains miroitements.

S'il revient à Franz von Gruithuisen d'apparaître dans ce livre, c'est qu'il y sera chez lui parmi les foules bigarrées de celles et ceux, farfelus ou draconiens, qui ont levé les yeux au ciel à la recherche d'*un regard qui réponde au nôtre*, voire – à l'heure où l'on nous explique que nos jours en ce monde sont comptés – avec l'espoir de trouver une planète de secours où exporter notre folie.

Dès qu'il a compris qu'il vivait sur une bille catapultée dans le ciel, l'homme a échafaudé des plans pour s'en échapper. Il a lancé des cailloux vers les nuages ; il a écouté les étoiles en espérant entendre le son d'une voix amicale ; il a regardé les planètes non pour ce qu'elles sont, mais bien pour ce qu'elles pourraient lui rapporter ou pour ce qu'elles pourraient abriter de vies semblables à la sienne ; et il s'est posé la question d'aller vivre ailleurs, quitte à déclarer la guerre aux extraterrestres pour conquérir de nouveaux territoires.

De l'Antiquité à la première moitié du XXe siècle, l'homme a cru l'Univers peuplé d'autres civilisations. Au premier siècle avant l'ère chrétienne, Lucrèce écrivait : *Tout cet univers visible n'est pas unique dans la nature, et nous devons croire qu'il y a, dans d'autres régions de l'espace, d'autres terres, d'autres êtres et d'autres hommes.* Un siècle plus tard, Jean l'évangéliste rapporte une parole bien mystérieuse de Jésus : *Dans la maison de mon Père il y a beaucoup de demeures*, sur laquelle les théologiens n'en finissent pas de gloser. Je me garderai bien d'émettre une opinion sur cette phrase, celles et ceux qui veulent y entendre la preuve qu'il existe une multitude de mondes habitables ou habités dans l'univers n'ont pas besoin de mon avis. Ce qui me fascine, c'est cette obstination à chercher partout les preuves que nous ne sommes pas seuls. Le sage montre la Lune et je veux bien être l'imbécile qui regarde le doigt en m'interrogeant sur les motivations du sage.

Après avoir été l'apanage de deux nations (États-Unis et Russie), rejointes par l'Europe, le spatial s'ouvre à de nouveaux États, le 3 janvier 2019 la Chine a posé une sonde sur la face cachée de la Lune, le 7 septembre de la même année, la mission indienne Chandrayaan-2 a échoué de peu à déposer un atterrisseur nommé *Vikram* sur la surface de notre satellite. La technologie de pointe n'est plus entre les mains de rares élus. Et le privé s'en mêle. Lorsque je lis dans les journaux que le milliardaire Elon Musk a envoyé une voiture de la société Tesla qu'il a fondée dans l'espace, je peine à me départir d'un sentiment d'irréalité. C'est donc ça, le grand frisson métaphysique qui nous saisit lorsque nous levons les yeux vers l'immensité spatiale ? Une campagne de pub coûteuse pour une voiture envoyée vers l'orbite martienne ? Space X, Amazon comme Virgin développent le tourisme spatial à toute vitesse et proposeront bientôt des vols en orbite pour riches plaisanciers. La Terre nous a été confisquée par la finance et la spéculation afin qu'une poignée de milliardaires s'enrichissent au-delà de toute mesure, l'espace n'est pas loin de suivre ce chemin. Après s'être goinfré de notre monde, l'estomac des milliardaires souhaite bouffer les étoiles. Alors, avant qu'il ne soit déjà trop tard, j'ai envie de rêver, oui, j'ai envie d'ouvrir un musée des doux dingues qui ont conversé avec les étoiles, des Gruithuisen persuadés que des rois observaient des feux d'artifice sur Vénus, des ingénieurs qui ont imaginé comment se libérer de la gravité et des fous furieux qui sont montés dans une caisse métallique vissée à la pointe d'une bombe pour se propulser au-delà de notre atmosphère. J'ai la certitude d'avoir plus de choses à partager avec eux qu'avec Elon Musk, Jeff Bezos ou Richard Branson.

On le dit avocat raté, l'histoire a gardé qu'après de fastidieuses études de droit il a plaidé et perdu une seule fois et décidé alors de devenir auteur de théâtre. Sa mère, Marthe, portait comme nom de jeune fille Corneille, le frère de sa mère se prénommait Pierre, il vit peut-être là l'occasion de repartir de zéro et de faire carrière. Hélas, une autre histoire rapportée par Racine veut que le public ait inventé les sifflets à l'occasion des représentations de sa première pièce ; autant le dire d'emblée, Bernard Le Bouyer de Fontenelle eut du mal à trouver sa voie. Il écrivit des poésies pastorales dispensables, puis eut l'idée de se faire le porte-parole de pensées pointues, il se rua vers les écrits des astronomes et des philosophes. Il trouva enfin sa voie : décrypter les textes trop techniques et obscurs pour les rendre accessibles aux profanes. Il lut Ptolémée, Copernic, Tycho Brahe. Il lut Descartes. Et il inventa un genre littéraire : celui de la vulgarisation scientifique. En 1686, il publie son premier best-seller : *Entretiens sur la pluralité des mondes*. Trente-trois éditions de ce texte paraîtront de son vivant, Fontenelle est traduit en de nombreuses langues, il entre – non sans mal toutefois – à l'Académie française ; il a compris que le public a envie de comprendre sans vouloir faire l'effort d'ingurgiter de trop volumineux savoirs. Les gens lèvent le nez au ciel, voient les étoiles. Ils baissent les yeux vers la terre, voient les tombes. Ils ont soif de savoirs scientifiques et métaphysiques et n'ont pas le temps de démêler des textes réservés aux spécialistes. Ils veulent un résumé, un digest, une approche. Le résultat sans le calcul. Le frisson de la connaissance sans le laborieux et lent cheminement de la pensée. Dans quatre-vingts ans, Diderot et d'Alembert écriront l'*Encyclopédie* pour rendre tous les savoirs disponibles. La démarche sera plus rationnelle. Fontenelle, lui, se pique de littérature et donne une forme romanesque à ses *Entretiens*, dans lesquels, nuit après nuit, un docte narrateur instruit une blonde et belle marquise du fait que la Terre est ronde, qu'elle tourne autour du Soleil, qu'elle possède un satellite naturel nommé Lune, laquelle est peuplée de Sélénites, que toutes les autres planètes du système solaire sont pareillement habitées et que l'univers entier est constitué d'étoiles autour desquelles des mondes habités effectuent de plus ou moins longues révolutions. Le ton est à la conversation badine, on se promène après souper dans le parc, il y règne un *frais délicieux*, on lève les yeux au ciel, on contemple les étoiles, on loue la beauté de la marquise, on se décide à instruire cette tête *blonde qui ferait encore mieux rêver que la plus belle nuit du monde avec toute sa beauté brune*, on parle des mystères de l'Univers tandis que le si joli visage de la marquise frissonne. Le lecteur dont je suis espère l'amorce d'une tentative de séduction qui jamais hélas ne s'esquisse. Il ne s'agit pas de trousser son élève sous les voûtes étoilées, mais bien d'un prétexte pour dresser au lecteur de cette fin du XVIIe siècle l'état des connaissances en astronomie.

Et, on l'a compris, à cette époque, scientifiques comme philosophes croient dur comme fer que la moindre planète de l'Univers est peuplée d'êtres dont on peine à imaginer les traits, puisque déjà sur terre on voit *combien la face de la nature est changée d'ici à la Chine ; d'autres visages, d'autres figures, d'autres mœurs, et presque d'autres principes de raisonnement. D'ici à la lune*, conclut Fontenelle, *le changement doit être bien plus considérable.*

Lire intégralement les *Entretiens sur la pluralité des mondes* aujourd'hui – une fois que l'on a compris qu'aucune idylle ne se nouera entre le maître et l'élève – est un brin fastidieux. J'en retiens juste l'expression de cette certitude : le ciel est habité. À mesure qu'il a compris qu'il ne vivait pas au centre de l'Univers sur un disque soutenu par des tortues géantes ou des éléphants, l'homme a meublé le cosmos de formes de vie, et il a disposé un peu partout des planètes hospitalières. Il a imaginé que l'Univers serait tout sauf hostile et stérile. Comme l'écrit Fontenelle, le bon sens suffit à nous convaincre que partout la vie a su se développer. *Mettez toutes ces espèces d'animaux nouvellement découvertes, et même toutes celles que l'on conçoit aisément qui sont encore à découvrir, avec celles que l'on a toujours vues, vous trouverez assurément que la terre est peuplée, et que la nature y a si libéralement répandu les animaux, qu'elle ne s'est pas mise en peine que l'on en vît seulement la moitié. Croirez-vous qu'après qu'elle a poussé ici sa fécondité jusqu'à l'excès, elle a été, pour toutes les autres planètes, d'une stérilité à n'y rien produire de vivant ?*

Avec la même persévérance que celle qui a poussé ses ancêtres à lancer des expéditions pour savoir ce qui se trouvait de l'autre côté des déserts, des montagnes ou des mers, l'humanité commence à concevoir la possibilité de voyages pour explorer ces mondes lointains. C'est ainsi, depuis que l'homme est homme, il n'a su se retenir de gravir les collines, de descendre dans les gouffres, de vouloir assujettir les mers comme le ciel. Il faut reconnaître que notre monde est un formidable terrain de jeu : contrasté, hétéroclite et disparate. Derrières les déserts sont des steppes, et au-delà, les forêts ou les icebergs, les lacs ou les toundras. Cela donne envie d'aller voir là-bas ce qui s'y passe. C'est la même chose avec les planètes ou satellites : dès que l'on a approximativement déduit leur nature, on a désiré les explorer. Les explorer ou les soumettre, parce que l'homme est ainsi fait qu'il aime s'approprier ce qui n'est pas à lui. Il a déplacé vers l'espace ses désirs comme son vocabulaire. Il ne s'agirait pas de visiter les mondes lointains, mais bel et bien de conquérir l'espace. Il faudra se battre parce que, pour le commun comme pour l'homme de science, les cieux sont peuplés.

Lors de la troisième nuit de ses conversations avec la marquise, Fontenelle se permet une folie : il décrit la Terre vue depuis l'espace. *Qui verrait la Terre de loin*..., commence-t-il. Je lui vole cette phrase.

Qui verrait la Terre de loin survolerait un monde agité, inquiet, traversé de crises et de drames. Si celui ou celle qui nous observe de là-haut focalisait son attention sur notre pays, une fois par semaine, en moyenne, il pourrait suivre les cortèges des manifestations réclamant le rejet du projet de réforme des retraites. Le mouvement vient progressivement remplacer celui des Gilets jaunes qui – au bout d'un an – a fini par se démobiliser peu à peu. Les rassemblements du samedi continuent, mais petitement, alors que la défense des retraites donne une énergie nouvelle aux mécontents. Je me joins aux manifestations sans me sentir directement concerné, tout comme j'ai marché de temps en temps auprès des Gilets jaunes sans chercher à analyser mes accointances réelles avec leurs revendications. En ce qui concerne la retraite, au moins, les choses sont claires : depuis une petite vingtaine d'années que je n'ai plus d'autre métier que celui d'écrivain, j'ai renoncé à l'espoir d'avoir un jour une retraite décente. J'ai lu les témoignages d'auteurs vivant avec le minimum vieillesse, je ne peux qu'espérer bénéficier un jour d'une entraide nationale, si elle existe encore. Je manifeste à la fois par solidarité, pour exprimer mon mécontentement global, et pour voir de mes yeux comment les choses se passent en réalité : ne pas me contenter d'observer les violences policières sur les réseaux sociaux ni d'écouter à la télévision les démentis immédiats du gouvernement. J'ai besoin de voir, par moi-même, et nul autre choix que d'y être.

Le cortège épargne le centre-ville : départ d'en face du château des Ducs de Bretagne, marche vers le CHU, puis sur les quais de Loire, remontée le long de la Cité des congrès pour longer la rue Henri-IV et le cours Saint-André avant d'aboutir devant la préfecture. L'ambiance est joyeuse, la foule immense, on sait qu'en Chine un virus commence à faire des siennes, mais c'est loin, la Chine. On se tasse, on chante, on frappe des mains. Je me place stratégiquement dans le premier tiers du cortège, pas en première ligne ni trop loin en arrière. Je me doute qu'à un moment ou un autre les choses vont partir en vrille. J'ai l'habitude, malheureusement, depuis la lutte contre l'aéroport de Notre-Dame-des-Landes, Nantes la paisible n'a cessé de reproduire des scènes de guérilla urbaine. Je demeure prudent, je me suis fait gazer une fois à bout portant, lors d'une manifestation de protestation contre la présence du Front national au second tour de l'élection présidentielle de 2017, j'ai éprouvé physiquement la douleur d'étouffer et d'être aveuglé par les lacrymogènes, je fais mon possible pour ne pas revivre ça. Ma compagne et mon fils, eux, ont été nassés lors d'une manifestation à laquelle je n'ai pas participé puisque j'étais invité à l'autre bout du pays, le rassemblement entendait protester contre les violences commises lors de l'expulsion de la ZAD de Notre-Dame-des-Landes. Mon fils et sa mère se sont retrouvés coincés dans une rue étroite, bombardés de lacrymogènes durant dix bonnes minutes, ils suffoquaient, mais ne pouvaient s'enfuir sans risquer d'être matraqués. Ils avaient été coincés à la fin de la manifestation, alors qu'ils quittaient le cortège en tentant d'éviter les artères où les CRS chargeaient. Mon fils avait 15 ans à l'époque, il souffre d'asthme allergique, le déchaînement brutal de violence absurde et gratuite qu'il a subi ce jour-là a fait de lui un ennemi définitif de la police et du gouvernement. C'est ainsi : à force de taper, on gagne sans doute la bataille, mais on renforce aussi les convictions de ses adversaires. La police et l'État qui laisse agir la police à sa guise se fabriquent des adversaires durables. Combien de temps accepte-t-on de subir les coups avant de se décider à les rendre ?

Je manifeste, donc, les réseaux sont un peu saturés au milieu de la foule, de SMS en messages postées sur Facebook, je finis par retrouver des amis. Le temps est à la pluie, mais il ne pleut pas. On s'embrasse, on se donne des nouvelles de nos projets, de nos familles, on reprend des slogans à la volée. À part quelques profs, les amis que je retrouve sont tous artistes ou écrivains, aucun n'est directement concerné par la réforme des retraites, c'est une identique lassitude qui nous pousse à manifester. Chaque jour les records de profits s'exhibent pornographiquement en réponse aux licenciements et au détricotage des avantages sociaux. L'émotion et la colère nous empoignent, rien de plus logique : on nous a tant vanté le progrès, on a vu s'accroître notre espérance de vie tandis que diminuait la durée hebdomadaire du travail, on a grandi dans un pays où les services publics étaient forts et fiables, où l'on pouvait se soigner, s'éduquer, briser parfois le déterminisme social – j'en suis la preuve. On a grandi dans un pays qui – s'il n'en demeurait pas moins une nation d'héritiers et d'inerties – nous offrait tout de même un peu plus de confort qu'à nos parents, qui eux-mêmes avaient bénéficié de plus d'avantages que leurs propres parents. On avançait dans ce que l'on croyait être le sens général de l'histoire. Et avec violence, voilà qu'on nous aboie que la fête est finie, qu'il va falloir travailler plus, cotiser plus, gagner moins, accepter de prendre des assurances privées si l'on veut se soigner, si l'on veut une retraite décente, si l'on souhaite scolariser nos enfants. Ceux qui nous gouvernent évoquent les causes d'un contexte mondial, ils nous font la leçon, nous tirent l'oreille dès que l'on interroge les raisons d'une telle reculade. Après tout, on a beau regarder, on ne voit pas autour de nous les effets de la crise : on observe les puissants sabrer le champagne, on constate que l'écart entre le plus haut et le plus bas salaire d'une même entreprise – ce fameux écart qui allait de 1 à 40 en 1930, lorsque Henry Ford l'a modélisé – est maintenant de 1 à 300 en France, qu'il va de 1 à 10 000 000 au bénéfice d'une poignée de multimilliardaires. Partout, on voit que l'humanité produit de la richesse comme jamais, et partout les dirigeants nous sermonnent. L'âge d'or que l'on croyait devant nous se situe dans le passé. C'est d'une violence inouïe : on nous confisque nos espérances pour nous enseigner qu'elles sont de lointains souvenirs.

Qui verrait la Terre de loin, donc, assisterait au spectacle ahurissant de foules dansant de désespoir dans le chaos d'une répression de plus en plus brutale et aveugle.

La manifestation avance, il faut crier pour se faire entendre, un ami me montre sur son téléphone un article qu'il a archivé au sujet de l'écart d'espérance de vie entre les personnes précaires et le reste de la population dans les pays occidentaux. En Europe, la ville de Glasgow détient le triste record de la plus grande amplitude, les pauvres y meurent en moyenne vingt-huit ans plus tôt que les riches. Cette étude dont j'ignorais l'existence est l'une des centaines de raisons qui justifient ma présence dans la rue. Partout, ça craque. Partout, le néolibéralisme méprise la vie humaine. Le désir excrémentiel d'enrichissement tue les plus faibles comme les moins chanceux. Les survivants n'auront plus qu'à danser sur les ruines.

Revenu au niveau du château des Ducs de Bretagne, le cortège stoppe brutalement. Un barrage de CRS bloque l'itinéraire prévu, des cris s'élèvent, des huées roulent de bouche en bouche. La manifestation était jusqu'alors pourtant très calme, je regarde autour de moi, je vois beaucoup de syndiqués, je vois des retraités solidaires. Brusquement, des lacrymogènes pleuvent. Nous y voici, depuis des années le pli est pris : pas de manifestation sans affrontement. La situation est absurde une nouvelle fois, les forces de l'ordre bloquent une manifestation autorisée, la foule fait pression et c'est le bon prétexte au déchaînement de la violence. Sauf que les syndicats aussi ont l'habitude, ils empêchent de monter au front, nous nous écartons pour respirer, les *street medics* lavent les yeux au liquide physiologique – ce même liquide physiologique dont la présence dans un sac à main ou à dos pouvait vous conduire en garde à vue lors des samedis Gilets jaunes l'an dernier, la police décrétant que si vous aviez prévu de vous protéger, c'est parce que vous aviez prévu de vous battre –, des insultes fusent, mais aucun projectile n'est lancé, si bien que la police bat en retraite et laisse le cortège remonter vers la préfecture où, dans quinze minutes maintenant, les canons à eau entreront immédiatement en action. Je partirai à ce moment-là, quand sur les bords de l'Erdre il ne sera plus possible de voir à dix mètres en raison de la densité des lacrymogènes.

Je voulais voir. J'ai vu.

Rien ne change depuis des années, les gens jettent des pavés à la gueule des CRS, qui ne se gênent pas pour leur rendre la politesse à grands tirs de flashballs à hauteur de visage, à coups de lacrymo, à l'aide de canons à eau glaciale. Œil pour œil, littéralement. La société en est là. Ou plutôt : œil en moins pour celles et ceux qui osent se mettre en travers de la grande financiarisation de nos vies.

Dans les dystopies que je lisais adolescent, la menace était clairement identifiée : gouvernements autoritaires, eugénisme, guerres, soulèvement des machines, invasion. L'homme vivait un enfer, mais il savait pourquoi. Il lui fallait brûler les livres, réécrire le passé, participer activement à la propagande, être obligatoirement heureux, trier les individus en fonction de leurs gènes, participer de force aux jeux du cirque. Le fascisme de science-fiction cernait et identifiait l'ennemi.

Big Brother is watching you. La révolte s'organisait en sourdine : des individus recouvraient leur libre arbitre ; une fois décillés, ils décidaient de combattre ou de fuir, ils organisaient la résistance ou quittaient à tout jamais ces mondes tyranniques.

Autour de moi, alors que je me dirige vers le bus, des individus marchent l'œil rivé à un écran, je suis certains qu'ils ignorent qu'une manifestation est en train de dégénérer à trois cents mètres de là. Ailleurs, un continent de plastique étendu comme trois fois la France flotte sur l'océan Pacifique et tue des poissons et mammifères marins par centaines de milliers, les espèces animales les plus fragiles ou les plus chassées s'éteignent les unes après les autres, un tiers des oiseaux européens a disparu en vingt ans, il pourrait bien ne plus y avoir d'insectes sur terre dans cent ans, des laboratoires mettent au point des micro-drones pouvant remplacer les abeilles, la fortune des milliardaires s'accroît de manière hallucinante, les pauvres restent pauvres, mais les riches ne l'ont jamais autant été de toute l'histoire, même en France une personne sur cinq n'a plus les moyens de faire trois repas par jour, l'Europe se barricade pour se protéger des flux migratoires, la température augmente chaque année, les calottes glaciaires fondent, le permafrost se réchauffe en libérant des gaz à effet de serre, la planète subit des ouragans et des orages avec une régularité inouïe, les extrêmes droites gagnent des voix en Europe, des hâbleurs fanfaronnants sont élus sur leur faconde et non plus leurs idées. Et les banques s'enrichissent. Et la moindre contestation sociale finit gazée par des flots de lacrymogènes. Et on nous demande de sourire dès que l'on nous met la main au cul.

Où sont Guy Montag, Winston Smith, Li RM35M4419 surnommé Copeau ? Notre monde est celui contre lequel Ray Bradbury, George Orwell, Ira Levin, Aldous Huxley, Eugène Zamiatine nous ont mis en garde. J'ai relu de nombreux romans d'anticipation ces dernières années, à mesure qu'élection après élection les gouvernements trahissaient leurs promesses et appliquaient des politiques de plus en plus libérales, de plus en plus répressives. Qui se souvient que dans *Fahrenheit 451* la menace n'est pas tant la destruction des livres par le feu que l'aliénation du libre arbitre par le virtuel ? Dans le roman, les gens se surendettent lourdement pour installer des écrans sur les quatre murs de leur salon afin d'être plongés dans le spectacle permanent de *La famille*, une sorte de mix entre un réseau social et un feuilleton soap qui happe les consciences, libère du temps de cerveau disponible pour la propagande et focalise à ce point l'attention des masses que plus aucune pensée critique n'est possible. Ce livre a été publié en 1953, c'est-à-dire maintenant. Le présent a si souvent été écrit autrefois.

Il m'est de plus en plus difficile d'ouvrir un journal : des usines rentables ferment. Pour enrichir les actionnaires, il ne suffit plus de faire des bénéfices, il faut baisser les salaires, dénicher la main-d'œuvre la moins chère de la planète, confier la production à des ouvriers sans aucune protection sociale, sans repos, sans syndicat, sans retraite, sans revendication, sans le choix puisque ces ouvriers accepteront tout pour ne pas voir leurs propres enfants mourir de faim dans leurs bras impuissants.

Big Brother is selling you.

Big CAC 40 is eating you.

Au nom de la finance, d'une compétitivité folle dont on se demande bien à qui elle peut bien profiter, les services publics et les acquis sociaux sont massacrés rigoureusement. Partout, dans les entreprises, ceux qui ne peuvent suivre éjectent ou se suicident. Chaque vague de protestations ouvre la porte, en représailles, à un pas en avant vers la paupérisation. L'État rogne sur le remplacement des départs en retraite, de partout les aides se raréfient.

Je suis certain que ces phrases feront sourire en raison de leur naïveté. Tant pis, cela signifie qu'en moi l'adolescent révolté et l'enfant rêveur ne sont pas morts. J'ai lu cette même semaine dans un journal le témoignage d'une personne âgée, très âgée, qui s'excusait de déranger le journaliste recueillant ses propos et expliquait qu'elle n'avait plus les moyens d'acheter à manger avec le montant de sa retraite. Le journaliste ajoutait qu'elle consomme parfois de la pâtée pour chat. C'est notre présent. Et je reste sidéré que les colères si nombreuses ne parviennent pas à se cimenter pour engendrer une révolte.

Chaque matin, les journaux donnent les chiffres des gardes à vue et des comparutions immédiates. Les médias indépendants sur Internet évoquent les tabassages, les yeux crevés par des tirs à bout portant de flashball, les arrestations arbitraires, les fouilles, la morgue méprisante du pouvoir, la brutalité comme seule justification. Fatalement, chaque manifestation débouche sur des actes de violence et des saccages. Vitrines brisées pour yeux arrachés. Chaque semaine, le plafond atteint par les troubles devient le plancher des prochaines bestialités. Certains parlent de guerre, d'autres rient et nient cette dramatisation excessive. La liste des blessures n'en finit plus de s'allonger et fait presque oublier que partout c'est peu ou prou la même chose : les pays riches finissent par dévorer leurs populations alors que les pays pauvres se vident de leurs forces. Du Chili et de Hong Kong parviennent des images de foules en guerre contre des policiers cuirassés ; des révoltes naissent, on tue des gens qui prennent la rue parce que le prix du ticket de bus augmente. Les gouvernements multiplient les communiqués scandalisés chaque fois que les peuples refusent de se laisser traiter comme du bétail. Et – je me répète, il faut se répéter puisque les gouvernements n'entendent rien – les mers montent, des cyclones d'ampleur inédite rayent des îles peu peuplées de la carte, des dizaines de milliers de personnes meurent chaque mois de canicules répétées, les barques se renversent. Danser sur les ruines est devenu notre quotidien. Ma grève serait invisible, alors j'écris.

Retour aux étoiles : en octobre 1995, un astronome de l'observatoire de Genève, Michel Mayor, et son étudiant, Didier Queloz, parviennent à réaliser ce qui sera la première observation officielle d'une exoplanète gravitant autour d'une étoile, elle sera baptisée 51 Pegasi b et – comme son nom l'indique – elle tourne autour de l'étoile N°51 de la constellation Pégase, à environ cinquante et une années-lumière de la Terre. Si, depuis longtemps, la science supposait l'existence d'autres planètes que les huit tournant autour de notre soleil, leur mise en évidence a suscité de grands émois dans le monde scientifique ainsi que dans le grand public. Une partie des astrophysiciens défendaient l'idée que notre système solaire ne pouvait pas être une particularité, que si des planètes avaient coagulé autour de notre soleil, il en serait de même autour des autres étoiles. Mais rien jusqu'alors n'en apportait la preuve. Je me souviens parfaitement des premiers articles publiés à cette occasion, qui allaient un peu vite en besogne et évoquaient la possibilité de trouver de la vie hors du système solaire. Si la vie existe sur 51 Pegasi b, il est fort peu probable qu'elle ressemble à ce que l'on connaît. Gazeuse, si proche de son étoile qu'une année dure à peine plus de quatre jours, la température à sa surface est évaluée à 1000°. Mais peu importe : des siècles durant, le système solaire a été l'objet de tous les fantasmes. Maintenant que l'on sait qu'il est très incertain d'y trouver des traces de vie plus développées que des bactéries, le regard se porte plus loin.

Depuis, la mise en orbite de télescopes spatiaux permet de découvrir quasi quotidiennement de nouvelles exoplanètes ; plus de 4400 sont dénombrées à ce jour. La formation de planètes autour d'une étoile n'est pas un phénomène isolé, notre système solaire n'est en rien une exception, nous revoici condamnés à la banalité. Les recherches actuelles se focalisent sur ce que les astronomes appellent la *zone habitable* des systèmes planétaires, c'est-à-dire la région de l'espace ni trop proche d'un soleil ni trop lointaine, là où la vie telle que nous la connaissons aurait le plus de chances d'apparaître.

Régulièrement, une nouvelle découverte agite la communauté scientifique : une échelle a été mise en place qui va de 0 à 1 pour définir la similarité avec notre planète en termes de taille, d'atmosphère, de gravité, de température... En résumé, 1 correspondrait à une planète identique en tous points à la Terre et 0 s'appliquerait à un monde supposé inhabitable.

La question naïve et sans doute pas inintéressante que je me pose depuis l'adolescence est celle de la pertinence d'une recherche de vie carbonée et intelligente semblable à celle qui s'est développée sur terre. Ne pourrait-il pas exister des vapeurs conscientes au sein des grandes planètes gazeuses ? Des minéraux dotés d'intelligence ? C'est l'hypothèse développée par Stanislas Lem dans son roman *Solaris*, dont Andreï Tarkovski puis Steven Soderbergh ont tiré deux films : la vie n'y est pas qu'organique, une planète entière pourrait être vivante et consciente.

C'est l'une des choses que j'ai passionnément aimées dans la science-fiction : cet art de douter de tout, cette possibilité de formuler des questions ouvertes. En littérature comme dans la vie, les problèmes ne surviennent que lorsque l'on imagine les réponses.

Je retrouve cette même question soulevée avec humour par Roland Barthes. Je ne sais pas si on lit encore ses *Mythologies*, mais en 1957 il se moquait doucement d'un article publié dans le *Courrier de Lyon* affirmant au sujet des soucoupes volantes et des Martiens l'impossibilité *que des êtres ayant atteint un tel degré de civilisation qu'ils puissent arriver jusqu'à nous par leurs propres moyens, soient « païens »*. Barthes s'amuse de la ressemblance supposée entre les Martiens et nous-mêmes. *L'altérité est le concept le plus antipathique au « bon sens »*, ajoute-t-il, avant de conclure que *tout mythe tend fatalement à un anthropomorphisme étroit, et, qui pis est, à ce que l'on pourrait appeler un anthropomorphisme de classe. Mars n'est pas seulement la Terre, c'est la Terre petite-bourgeoise* (...).

En formulant l'hypothèse que des planètes semblables à la nôtre seraient propices à l'apparition de la vie, je me demande à quel point les scientifiques ne tombent pas dans ce travers anthropomorphique ? Partout alors ce serait le même processus à l'œuvre : des bactéries, des proliférations de cellules, de l'ADN, des animaux marins, puis des vertébrés, des mammifères, des boîtes crâniennes se développant, des bipèdes, des pouces opposables, le feu, l'outil, la roue, la civilisation, la monnaie, la libre entreprise, le libéralisme, la semaine de travail à 35 heures, la retraite à 65 ans ? La vie petite-bourgeoise dans l'univers entier ?

Les hommes n'ont pas attendu l'invention des avions puis des fusées pour s'envoler, que l'on se souvienne d'Icare ou des croquis de Léonard de Vinci. Puisqu'il s'agit de peupler un musée avec celles et ceux qui ont tenté de vaincre la gravité pour rallier les étoiles, j'ai besoin de délimiter un point de départ, et va pour un saint tutélaire. Celui dont il va être question, il faut l'imaginer pupilles révulsées, les membres agités de spasmes nerveux, il a joint ses mains, ses lèvres murmurent à toute vitesse une prière inaudible, et il vole. Oui, il vole, ce fut attesté et prouvé bien des fois. Il s'élève, tremble, il est comme suspendu à un filin, mais nous devons nous faire à l'idée qu'il n'y a là aucun trucage. Cet homme, habillé d'une crasseuse bure de moine, flotte à quatre mètres du sol, son visage est parcouru de tics, il est possible qu'il bave un peu, tout comme il est possible que – tout à son ravissement – il bande sous la bure à la façon dont les pendus, dit-on, connaissent une dernière extase. Il prie. C'est un miracle. C'est l'anti-Gagarine : pas de moteur, pas de gloire. Le secret silence du mystère.

Pour échapper à la gravité, il faut des machines, des flammes, de la poudre. On ne peut pas voler, comme ça, en claquant des doigts parce que l'on a décidé de le faire. Et pourtant, ce moine vole, il est parfaitement immobile, cloué dans l'air. Si l'on en croit les vies des saints, les récits multiples des témoins et même l'attestation d'un pape, Joseph de Cupertino est le premier homme à avoir connu l'apesanteur.

Internet et un saut au rayon théologie de la bibliothèque municipale me permettent de recomposer ce que fut la vie du moine. Si certains naissent avec une petite cuillère en or dans la bouche, pour d'autres les choses se présentent plus difficilement. Lorsqu'il vient au monde le 17 juin 1603, à Cupertino, dans les Pouilles italiennes, Giuseppe Maria Desa est littéralement sur la paille. Son père, également nommé Giuseppe, était charpentier – l'histoire de l'Église catholique regorge de charpentiers prénommés Joseph – et il a la mauvaise idée de mourir dans un accident en ne laissant que deux choses à sa mère, Francesca : un enfant gonflant son ventre et de très importantes dettes. Les créanciers du début du XVIIe siècle n'étant pas très différents des créanciers contemporains, la pauvre femme fut chassée de sa maison et elle se retrouva à la rue, sans un sou, si bien qu'elle accoucha dans une étable – autre coïncidence récurrente.

Couvert de mucus, Giuseppe poussa ses premiers cris allongé sur la paille. L'histoire ne dit pas si un âne et un bœuf se tenaient à ses côtés. Les vies de celui qui deviendra saint Joseph de Cupertino ne donnent aucun détail de ce que fit sa mère pour se relever d'une si grande disgrâce. On sait juste qu'elle avait au moins deux frères devenus franciscains. Si l'on en croit la légende, l'enfant grandit mal : la misère et quelques pathologies héréditaires le condamnent à une douce idiotie. Il n'arrive ni à apprendre à lire, ni à écrire, il est distrait, maladroit, il va la bouche ouverte et se cogne contre tout ce qui se dresse sur sa route. Surnommé *a bocca aperta* – « bouche bée » – par les autres enfants, il est vite l'idiot du village. Pas dangereux, mais inutile.

Tant bien que mal, Giuseppe devient un jeune homme. Comme il n'a rien su faire de sa tête, on a instruit ses mains pour qu'il devienne cordonnier, mais le travail du cuir, la découpe, la couture, tout cela est trop complexe pour celui qui régulièrement lève les yeux au ciel et s'absente dans de longues prières extatiques. À force, il est possible que sa mère n'ait plus supporté d'avoir cette bouche bée à nourrir, il a 17 ans, il est incapable de gagner sa vie, elle l'envoie auprès de l'un de ses frères pour qu'il entre au couvent à Naples. Là, espère-t-elle, il sera nourri et logé et il pourra prier tout son saoul. Nouvelle déconvenue : ne devient pas franciscain qui veut. L'entretien se passe mal, les frères à qui Giuseppe explique son désir de rejoindre leur communauté le jugent idiot et irrécupérable. Retour à la rue, les oncles écrivent quelques lettres de recommandation et Giuseppe parvient à se faire admettre chez les frères mineurs capucins. Il est officiellement frère lai, c'est-à-dire celui qui effectue les travaux manuels tandis que les autres se vouent à la prière. Une nouvelle fois, *a bocca aperta* va se montrer incapable d'accomplir les tâches qui lui sont confiées. La vaisselle est sale parce qu'il est entré en extase, le jardin n'a pas été arrosé, les mauvaises herbes pullulent et étouffent les semis, le balai n'est pas passé, et après la lessive le linge est plus taché qu'avant. Il oublie, il rate, loupe, échoue, échoue encore, échoue mieux avec une insistance beckettienne, et se fait virer au bout de huit mois.

Retour auprès de sa mère. Celle-ci n'en peut plus de ce poids mort maintenant adulte. Elle supplie son frère Jean Donato de le débarrasser de l'idiot. L'oncle plie et Giuseppe se retrouve au couvent de la Grottella, au hameau de Balsorano, tout à côté de Copertino. Il est admis avec la charge de s'occuper de l'unique mule que possèdent les moines et – premier véritable miracle de sa vie – il y parvient. Il trouve auprès de l'animal la force de se concentrer. Les frères le voient rire, sont impressionnés par sa dévotion, ils le prennent en sympathie, tentent en vain de lui apprendre à lire et à écrire, l'admettent peu à peu parmi eux. *A bocca aperta* devient *frère âne*, sa piété et sa gaîté de simple d'esprit sont citées en exemple.

Le second miracle officiel de sa vie a lieu le 3 janvier 1627. Il faut bien décider de ce que l'on va faire de lui : l'admettre ou le garder éternellement comme gardien de mule. Giuseppe bouche bée est conduit auprès d'un évêque nommé Jérôme de Franchis, celui-ci regarde d'un mauvais œil cet attardé qui sent la mule, il prend une bible, l'ouvre au hasard et demande à frère âne de commenter le verset qui se trouve en haut de la page. Il s'agit du verset 27, chapitre XI, de l'Évangile de saint Luc : *Heureux le sein qui vous a porté, et les mamelles que vous avez sucées !*, le seul verset du Nouveau Testament que l'idiot n'ai jamais su mémoriser. Cette parole est dite par une femme à Jésus durant l'un de ses prêches. À cette femme, le fils de Dieu répondra : *Heureux plutôt ceux qui écoutent la parole de Dieu et qui la gardent !*

Surpris, l'évêque écoute l'idiot lire le verset et parvenir à l'expliquer. Giuseppe commente la parole de Jésus, il évoque Francesca, sa propre mère, et il parle de l'importance de connaître la parole divine et de lui obéir. Les moines qui l'accompagnent n'en croient pas leurs oreilles.

Certains pensent que *frère âne* a beaucoup de chance, d'autres se disent que le hasard masque la volonté divine ; si Dieu veut qu'il soit admis, l'évêque ne peut que s'exécuter. *Frère âne* entre dans les ordres mineurs, il rit, bave un peu, veut courir annoncer sa réussite à sa mule. Il recevra le sous-diaconat et le diaconat dans les deux mois qui suivirent, puis l'ordination sacerdotale le 4 mars de l'année suivante. Ses frères de couvent s'arrangèrent pour qu'il soit dispensé de l'examen d'ordination. Un miracle s'est produit une fois, il est plus prudent de ne pas titiller trop souvent les hasards divins.

Passent quelques mois, le 4 octobre 1630 est organisée dans les rues de la minuscule bourgade de Copertino une procession en l'honneur de saint François d'Assise, le saint tutélaire des franciscains. Nul témoignage dans les chroniques de la météo de ce jour-là. Giuseppe est dans la rue, il prie en observant l'avancée d'une statue du saint portée par deux moines (tâche qu'on ne lui a pas confiée, de crainte qu'il ne foute François d'Assise par terre). Soudain, une raideur s'empare de lui, sa tête tourne, il ne comprend pas ce qui se passe, son ventre se noue, son sexe – Dieu lui pardonne – se bande, ses yeux se révulsent, et il s'élève, là, à la vue de tous, il s'élève, survole la procession, pantin que nul fil n'anime, marionnette imperturbable, inconsciente de la panique qui se propage quelques mètres plus bas. Tout le village et ses frères de foi témoigneront du prodige. Frère âne vole. L'idiot est littéralement ravi. Et pire, son élévation coïncide avec sa jouissance. Il est tout à fait possible que Giuseppe ait connu son premier orgasme en public, à l'âge de 27 ans, sous les yeux de tout un village : femmes, hommes, enfants, vieillards, lui qui était si pieux que jamais sa main n'a tenté d'empoigner son sexe.

Aussi lentement qu'il est monté, il redescend. Les gens se signent, se prosternent, évoquent la main de Dieu comme le signe du démon. Sortant de sa transe, Giuseppe prend peur et s'enfuit en courant. La foule s'écarte, pas une main n'est assez courageuse pour se dresser vers lui. Les cœurs sont terrorisés, les esprits médusés. Lui-même ne sait pas ce qui vient de se passer, il a honte, il est paniqué.

Des heures durant, l'imbécile demeure caché, se sentant coupable d'une faute dont il ignore comment il a pu la commettre. Tremblant, hébété, il prie le Seigneur de bien vouloir lui pardonner ses péchés. Dans son esprit confus et simple, il cherche les causes d'une punition aussi radicale. Il ne doute pas une seconde avoir offensé Dieu pour être de la sorte exhibé, poupée de chiffon sans volonté qu'une petite fille capricieuse aurait envoyée en l'air. Il ne sait pas qu'il vient d'inventer le métier de cosmonaute.

Si peu de grands maîtres de la peinture se sont aventurés à représenter ce béatifié tardif, lui préférant les vies de Jésus, des apôtres et celles des saints des premières heures de la chrétienté, Ludovico Mazzanti (qui réalisa au XVIIIe siècle de nombreux tableaux et fresques pour des églises italiennes – ainsi qu'une coupole, celle de la cathédrale de Città di Castello, détruite par un tremblement de terre peu d'années après son achèvement) peignit un saint Joseph de Cupertino que l'on peut toujours contempler dans l'église homonyme d'Osimo, petite ville située sur la côte est de l'Italie, dans la région administrative des Marches. Sur ce tableau, *frère âne* lévite de profil, la tête ceinte d'un nimbe. Deux moines expriment leur surprise d'une manière expressive, et – au loin – une famille paysanne menant des vaches est visiblement médusée d'assister au prodige : l'homme est figé, la femme contemple le saint volant sans s'occuper de sa petite fille, qui s'accroche terrifiée à ses jupons. Les vaches, elles, n'en ont que faire, ce qui n'est pas le cas d'un bataillon d'anges, d'angelots et d'archanges qui dégringolent en grappes compactes des nuages. Le visage du saint est apaisé, presque souriant, il a écarté ses mains, la cordelette qui ceint sa taille volette comme l'ensemble des plis de sa bure : Mazzanti a anticipé les effets de l'apesanteur. Un autre portrait peint à peu près à la même époque par Felice Boscaratti pour l'église San Lorenzo à Vicence reprend des codes similaires : visage apaisé, robe aux amples plis flottants. Boscaratti, lui, dirige les yeux du saint vers le sommet d'une croix.

Il faut se méfier des illuminés et des imbéciles : il leur arrive d'accomplir de grandes choses simplement parce qu'ils ignorent qu'elles sont impossibles. C'est peut-être ainsi que des hommes et des femmes ont atteint la sainteté au fil des siècles : en accomplissant, sans se poser la question des limites. Son ravissement apporte au pauvre Giuseppe une publicité dont il aurait sans doute bien aimé se passer. À la suite de son premier vol spectaculaire, le voici qui n'arrête plus de déroger aux lois de la gravité. Dès que les noms de Marie ou de Jésus sont prononcés en sa présence, il décolle. À chaque célébration d'une messe, il vole. Modeste, Giuseppe est le premier à craindre ce qui lui arrive. Il jeûne, ne daigne s'alimenter qu'un jour sur trois, prie à chaque instant, même si le remède entraîne de nouvelles crises d'envol.

Au couvent où il a bien fini par revenir, on se tait à son approche. Le miracle est toujours à double tranchant : bénédiction divine ou preuve d'un odieux trafic avec le démon ? Le faste lumineux des décollages d'un moine fait tache avec les vœux d'humilité et de pauvreté d'un ordre discret. Pourtant, Giuseppe s'enferme, refuse de quitter sa cellule, manque les offices, jeûne maintenant trois jours sur quatre, mortifie sa chair, mais sa réputation se répand comme une traînée de poudre. Il devient de notoriété publique qu'un couvent franciscain des miséreuses Pouilles cache un incroyable prodige. L'Église appelle tout autant que redoute les miracles. Bien contrôlé, un miracle est une formidable publicité pour les dogmes en vigueur, mais si la superstition s'en mêle, on ouvre la porte aux rites païens, voire on favorise les noirs desseins du démon. L'affaire demande du tact, du discernement, de la diplomatie et un certain sens de la mise en scène. Un idiot en lévitation doit être employé à bon escient, avec précaution et parcimonie.

Premiers trous dans la biographie de celui qui sera canonisé le 16 juillet 1767 à Rome par le pape Clément XIII : les années filent, les envols de Giuseppe se multiplient, et rien ne se passe. Il demeure bien tranquille dans son couvent ; sa notoriété pourtant grande – des milliers de témoins ont assisté à ses ravissements – n'attire pas plus les foules qu'elle ne pousse l'Église à diligenter une enquête.

Peut-être faut-il croire les biographes : tant que le miracle se déroulait dans l'enceinte d'un monastère sans importance d'un village minuscule, l'Église ne s'en préoccupait pas. Pourtant, huit ans après le premier envol, Giuseppe quitte Copertino pour Assise, où il va continuer à voler dans l'indifférence générale. Il faut attendre 1645 pour que l'amiral Juan Alfonso Enriquez de Cabrera ait vent des dons prodigieux de l'idiot et réclame une audition avec lui. Neuvième amiral de Castille, cinquième duc de Medina de Rioseco, huitième comte de Melgar, le bonhomme représente le Saint-Siège, il descend d'une des plus vieilles familles d'Espagne, il sera vice-roi de Naples et majordome-major du roi Philippe IV, autant dire qu'il est craint, respecté, écouté. Dès le premier regard, son opinion est faite : le moine qui lui présente ses respectueux hommages est l'un de ces paysans illettrés et stupides qui grossissent les rangs de l'Église. L'entrevue ne dure guère, Giuseppe a le bon goût de ne pas s'envoler ; pour l'ambassadeur du Saint-Siège, l'affaire est claire : la réputation du moine volant est une plaisanterie ou l'expression de quelques obscures candeurs locales.

Son épouse – aucun des ouvrages que j'ai pu consulter ne mentionne son nom – désire à son tour rencontrer ce brave idiot de moine. Il est convenu d'une entrevue dans l'église du couvent. Honteux d'attirer autant de curiosité, Giuseppe entre dans la chapelle, sa tête lui tourne, un éblouissement voile son regard, et il tombe dans un grand trou noir dont il ne se réveillera que pour s'entendre raconter qu'à peine avait-il croisé le regard de l'épouse de l'ambassadeur qu'il s'était élevé jusqu'à quatre mètres pour traverser toute la nef et s'arrêter face à une statue de la Vierge.

L'ambassadeur et ses compagnons restèrent graves et silencieux. L'épouse au prénom oublié, elle, s'évanouit et il fallut lui faire sentir des sels pour qu'elle retrouve ses esprits.

La machine était lancée une seconde fois, il ne s'agissait plus de minimiser les affabulations de paysans, des nobles avaient vu de leurs yeux nobles ce dont était capable *frère âne*. La suite de la vie de Giuseppe consiste en une succession quasi ininterrompue de démonstrations de son petit numéro de voltige acrobatique devant des dignitaires de plus en plus nombreux. Lorsqu'il s'élève en pleine messe célébrée par plusieurs cardinaux dignes de foi, on fait passer le tranchant d'une épée partout autour de lui pour savoir si un fil invisible ne le relie pas à quelques poulies dissimulées. Mais non, s'il y a bien un mécanisme, celui-ci est divin : Giuseppe est soulevé par la corde de la foi, et c'est d'au-delà des cieux que les poulies sont activées. De ducs en princes, d'évêques en cardinaux, la réputation de *frère âne* grandit encore. On cherche à savoir pourquoi lui en particulier est l'élu.

L'un de ses nombreux biographes, Ernest Hello, écrit dans son ouvrage *Physionomie des saints* (Éditions Perrin, 1921) qu'enfant il souffrait d'un ulcère gangréneux, qu'il pourrissait sur pied, et qu'il n'a dû sa survie qu'au passage d'un mystérieux ermite. Il fut frotté d'huile et il guérit. Il n'en faut pas plus pour penser à un ange déguisé en mortel, venu oindre l'enfant misérable choisi entre tous pour on ne sait quelle divine raison. Plus tard, alors qu'il est enfin prêtre, Giuseppe recevra une seconde visite mystérieuse. Sans le sou, *frère âne* porte une tunique déchirée, et un étranger frappe à la porte de son couvent pour lui en offrir une neuve avant de disparaître dans la nuit. Seconde visite de l'ange ?

Les foules s'amassent aux portes de son couvent. L'Église ne peut plus ignorer cette publicité, aussi le pape Urbain VIII le convoque. Giuseppe est lavé, parfumé, il arrive accompagné de ses supérieurs un tantinet anxieux : l'affaire est grave, leur avenir se joue sur l'impression que fera Giuseppe au Saint-Père. *Frère âne* se prosterne, ses supérieurs sentent de la sueur glacée courir le long de leur échine dorsale. Rien ne se produit, le pape soupire d'ennui et soudain Giuseppe s'envole et flotte au-dessus du trône pontifical. Puis le temps passe, *frère âne* ne redescend pas, son ravissement s'éternise, Urbain VIII se tait. Il voit de ses yeux ce qu'il cherchait à voir : la marionnette béate et idiote qu'empoigne la main du Seigneur. Nul ne sait ce qui se déroule sous le crâne du pape. Peut-être songe-t-il encore à faire étouffer cette affaire : fichez-moi tout le monde en prison, on évoque l'hérésie, on assassine en douce, et on n'en parle plus. À moins qu'il ne ressente de la jalousie : ce paysan débile et chétif est touché par Dieu alors que lui, instruit, issu de noble lignage, n'a jamais capté que le faible bruit de fond de l'activité divine.

Un temps passe, Giuseppe ne se décide pas à redescendre, alors ses supérieurs s'énervent un peu et lui ordonnent d'arrêter son cirque. Pataud, il retombe au sol sans grâce (n'oublions pas que – toujours selon Ernest Hello qui semble bien renseigné – Giuseppe était *incapable de toucher une assiette sans la casser* et que, *pour transporter un peu d'eau d'un lieu à un autre, il lui fallut un mois entier*). Un autre biographe du saint, Angelo Pastrovicchi *(Saint Joseph de Copertino thaumaturge et prophète* – Paris, Demonville, 1820), écrit qu'après un long silence Urbain VIII déclara que *si Joseph mouroit pendant son Pontificat, il délivreroit une attestation de sa propre main de ce qui venoit d'arriver.*

Revenu dans son couvent, *frère âne* n'est pas pour autant tiré d'affaire. L'Église a besoin de miracles, mais elle aime bien en garder la maîtrise. Urbain VIII, qui se proposait de faire béatifier Giuseppe, monte assez rapidement au ciel. L'Inquisition reprend le dossier, on enferme Giuseppe puisqu'il est trop célèbre pour être éliminé, on l'éloigne des foules toujours plus nombreuses qui viennent le visiter en pèlerinage (d'autant plus que maintenant il sait parler aux animaux et qu'il ressuscite même les brebis mortes d'un pauvre berger), ce qu'attestent Angelo Pastrovicchi comme Ernest Hello (le dernier se référant à la correspondance du saint, sans jamais expliquer à quel moment l'idiot a pu se faire entrer l'alphabet dans le crâne). Isolé à Pietrarubbia puis à Fossombrone dans des couvents capucins de la région des Marches, il est questionné par l'Inquisition, relâché, envoyé en exil à Assise où sa réputation l'a précédé. Il finira sa vie à Ossino, reclus dans une cellule (non sans avoir fait pousser des melons dans le jardin d'une pauvre femme miséreuse, en chemin). Les linges entrés en contact avec sa peau se chargent d'une *odeur infiniment suave*, et il connaît là de *douces extases* (les mots sont d'Angelo Pastrovicchi). Il semble qu'à la panoplie de ses super-pouvoirs une sorte de vision X s'ajoute puisque, sans quitter sa cellule, il sait décrire ce qui se passe en ville, y compris l'intérieur des maisons. Il se met ensuite à prophétiser l'avenir sans jamais se tromper.

Le dixième jour du mois d'août de l'année 1663, une fièvre s'empare de lui, *il fut si loin de s'en plaindre qu'au contraire il s'en montra extrêmement joyeux*. Le dix-septième jour de septembre, il vole dans tout le couvent *entouré d'une lumière surhumaine*. *L'ânon commence à gravir la montagne*, dit-il. Puis : *Ah ! Voici l'ânon arrivé au sommet de la montagne ; la pauvre bête ne peut plus se remuer : il faudra qu'elle y laisse la peau* (Angelo Pastrovicchi) et il meurt.

Passons sur les procès en béatification, la meilleure conclusion se trouve dans le récit d'Ernest

Hello : *Joseph passa une partie de sa vie en l'air, réellement et physiquement en l'air, entre le ciel et la terre, suspendu.*

Au hasard de mes recherches sur ce bon vieux saint Joseph de Cupertino, à qui je voue une affection amusée, j'ai découvert que la ville de Copertino a donné son nom à une petite bourgade californienne où s'est développée la Silicon Valley et où Apple est installé, informations qui ne servent qu'à encombrer l'esprit et à inventer des complots paranoïaques.

Si cette histoire de moine volant relève du folklore catholique et sans doute d'une certaine forme de propagande, j'ai décidé de la glisser dans ces pages en raison d'un fait particulier : ce brave Giuseppe a officiellement été nommé saint patron des aviateurs et de celles et ceux qui voyagent en avion. Et il y a une autre chose qui me chiffonne : bizarrement, l'Église catholique ne lui confia pas le sort spirituel des astronautes, il fut évincé de cette besogne qui incomba à sainte Alpais. Née à Cudot, dans l'Yonne, elle fut atteinte d'une maladie qui la paralysa et provoqua la décomposition de ses chairs. Elle puait tellement que sa propre famille renonça à lui rendre visite. Puis, un jour, comme souvent chez les saintes et les saints, elle reçut la visite de la Vierge Marie qui la souleva dans ses bras, la nimba de lumière et de parfum. Miraculeusement guérie, elle dédia le reste de sa vie à Dieu – qui ne l'aurait pas fait ? – et eut quelques visions dont l'une où elle voyageait hors de son corps dans l'espace et où elle vit la Terre comme une boule *suspendue au milieu d'une mer d'azur*. Cela suffit à faire d'elle la sainte patronne des astronautes. J'imagine bien que ne pas puer est une nécessité vitale lorsque l'on voyage engoncé à plusieurs dans une capsule spatiale de quelques mètres carrés, mais je ne peux m'empêcher de regretter que l'on n'ait pas décidé de confier la protection des astronautes à ce brave *frère âne*, il me semble que son super-pouvoir de lévitation leur serait de plus grande utilité.

J'en profite pour me renseigner : si François de Sales est le saint patron des écrivains et Jean Bosco celui des éditeurs, il n'existe pas de saint tutélaire des lecteurs ; cette activité n'étant pas protégée par l'Église, elle demeure aux risques et périls des usagers.

Tout au long de l'année scolaire 2019-2020, j'anime un atelier d'écriture spécifiquement lié à mon projet de roman ; partant de la constatation que l'on met entre les mains des élèves des livres achevés, corrigés et édités, j'avais envie de venir avec les fragments du mien, commencé depuis deux ans : des bribes, des morceaux, un foutoir épars sans vrai début, mais avec déjà une fin. J'avais envie de partager avec eux non pas la création accomplie, mais celle qui tâtonne dans le noir à la recherche d'un interrupteur, montrer ce qu'est un chantier de roman : le cambouis, la poussière, les chapitres amputés, les idées orphelines, la hantise d'une obsession floue qui cherche une forme et une trame pour s'exprimer. Semaine après semaine, le rituel est devenu familier : quand j'arrive au lycée, je passe par la loge de l'accueil, je plaisante avec la personne qui me fait remplir le cahier des visiteurs, je vais retrouver la professeure de lettres sur la mezzanine de la salle des profs, nous allons jusqu'à sa salle, nous saluons les élèves, dont je finis par reconnaître les visages, nous descendons les chaises des tables, nous faisons tourner une feuille de présence. Ils sont entre quinze et vingt en fonction des séances. Je lis des fragments de ce texte (et parfois d'autres textes, ou bien je montre des archives liées au spatial) et je demande aux élèves quelles solutions ils imagineraient aux questions que je me suis posées. Bien entendu, je ne suis pas là pour dérober des idées : je garde une tête d'avance, je les fais plancher sur des passages déjà achevés. Je propose un pas de côté : permettre aux élèves de ne plus être les commentateurs d'un texte verrouillé dans ses certitudes. La littérature est vivante, la preuve : on plonge nos mains dans sa mécanique hésitante et palpitante.

La toute première fois que je lis un chapitre en classe, un garçon lève le doigt, il me demande si quelqu'un d'autre a entendu ce passage avant. Non, personne. Pas même un proche ? Un éditeur ? Personne, je réponds.

Pour définir ce qui se déroule dans un atelier d'écriture, j'en passe régulièrement par la négative. J'explique qu'il n'est pas question d'y fabriquer de la littérature, l'atelier ne va pas produire des écrivains. Je reçois de plus en plus de réclames dans ma boîte mail de branquignols se vantant de vous apprendre à écrire un best-seller. Il m'arrive de cliquer par curiosité avant de les supprimer.

Ce que je lis me révulse souvent : construire le scénario, bâtir ses personnages, travailler une intrigue. La littérature est envisagée comme une fabrique normée, c'est-à-dire comme autre chose que de la littérature.

Quand je me retrouve devant les participants, je leur demande de ne pas déguiser leur langue, ils ne doivent pas s'essayer à bien écrire dans des registres qui ne sont pas naturels. Ensuite, je parle de mon rôle : donner l'impulsion de départ, offrir de la confiance, autoriser les participants à se lancer, les écouter avec bienveillance, valoriser les textes produits, ouvrir vers de possibles réécritures, s'amuser. Et puis je parle de la confiance : ce qui s'écrit dans l'atelier n'en sortira pas tant qu'il demeurera des doutes ou des insatisfactions : si quelqu'un a écrit un texte trop personnel, il n'est en rien obligé de le partager. De même, il arrive que l'on ne se sente pas capable d'écrire durant un atelier. Ce n'est pas grave, on essaie, on tente, on peaufinera, on effacera, on reprendra, on détruira ou – au contraire – on réussira du premier coup et on pourra en être fier. Les deux mots que j'emploie le plus sont confiance et plaisir.

Lors d'une séance, je leur montre une vidéo de l'expérience Mars 500 (six aspirants astronautes ont été enfermés durant 520 jours dans une réplique de vaisseau spatial située en banlieue de Moscou afin d'étudier les conséquences d'un confinement prolongé, les 520 jours correspondant à la durée moyenne d'un voyage vers Mars). Je les fais travailler sur l'ennui d'un long voyage spatial (puisque, de la vidéo, il ressort qu'à bord d'un vaisseau le pire des dangers est le désœuvrement). Je leur demande ensuite quelles raisons ils auraient de quitter la Terre. Comme toujours, quelques questions précisent ma proposition et – très vite – le silence se fait. Certains sont rapidement plongés dans leur feuille, d'autres cherchent longtemps leurs idées. Cette fois-ci, ça grippe un peu. J'avais présupposé récolter des textes sur la violence du contemporain : la peur des attentats, des accidents, des catastrophes climatiques ou politiques. J'attends. Je reformule pour ceux qui le souhaitent, je donne des exemples sans vouloir proposer des chemins de réponses. M'intéresse la manière dont ils vont écrire plus que le contenu des réponses elles-mêmes. Les ateliers ne sont qu'un prétexte à travailler la langue, il faut écrire à partir de soi et pas forcément à partir de l'image que l'on se fait d'un beau texte. Enfin, des textes apparaissent, amples ou courts, c'est selon. Les élèves bossent donc, m'appellent pour me poser une question, pour partager un doute, puis un à un – s'ils le souhaitent, mais je les encourage en ce sens – ils lisent leur production : les textes contiennent des maladresses, ils sont parfois inachevés, mais peu importe – ce sont des premiers jets, écrits dans un temps minuté. De la première consigne – le long voyage –, il ressort que le silence éternel des espaces infinis doit être sacrément emmerdant. La seconde consigne – les raisons de quitter notre monde – a produit des réponses plus contrastées, les textes peuvent se regrouper en trois grandes catégories. Le mal-être propre à l'adolescence serait un prétexte à la fuite : la relation à l'autre, les jugements, la difficulté d'affirmer celui que l'on pressent être, l'inquiétude diffuse de la transformation en adulte, la crainte/attirance de la relation amoureuse... Ensuite, il y a ceux qui évoquent l'état du monde : la pollution, la corruption, ce qui nous cerne et nous menace. Puis le dernier tiers des élèves écrivent spontanément une chose à laquelle je n'avais pas pensé : ils ne partiront pas. Leurs réponses me flanquent un coup au cœur. Ils sont formels : partir, c'est avouer sa défaite, c'est laisser le monde à ceux qui le salissent, c'est au mieux se mettre la tête dans le sac, au pire une lâcheté. Ils tiendront bon, ils ne lâcheront pas la place, même si elle est assiégée. Le fardeau est lourd, mais ils l'acceptent et ils iront au front. C'est ici qu'il faut se battre. C'est ici que les barricades doivent être érigées. La colère est un beau moteur d'écriture. Ils ont entre 15 et 18 ans, j'en ai 50. Ils ont la force de la jeunesse, je n'ai que ma métaphore dans les mains. En quittant cet atelier, alors que je marche vers la gare Montparnasse pour prendre un train qui me conduira vers mon village, je forme le vœu qu'ils aient raison : ils n'ont pas vraiment respecté ma consigne. Je rayonne. S'ils ont compris que l'on peut refuser d'obéir, peut-être que nous n'aurons pas à fuir notre planète.

Avant d'inventer des radiotélescopes permettant de scanner le bruit de fond de l'Univers en cherchant des traces de civilisations technologiques, il était déjà possible d'entrer en contact avec les extraterrestres. Entrons, par exemple, dans cette grande maison bourgeoise, l'ameublement est cosy : rideaux épais, poêle à charbon, table, vaisselier, secrétaire de bois brun avec plaque de marbre clair, portraits obscurs d'ancêtres à la gloire oubliée sur fond de papier peint à grands motifs floraux, un intérieur européen de la fin du XIXe siècle. Dans le salon, un groupe de gens endimanchés a pris place autour d'une table ronde, les regards des six ou sept personnes assises silencieusement convergent vers les paupières closes d'une jeune femme. Sur son front courent des rides, formant des vagues qui apparaissent et disparaissent à mesure que sa bouche se tord ou se détend. Nul n'ose la déranger, les gens attendent, le souffle court, qu'il se passe quelque chose. La jeune femme, dont les traits expriment la plus grande concentration, est vêtue d'une longue robe dont la couleur est difficile à déterminer, sans doute un blanc cassé ou un écru. Elle porte également une veste, cintrée, brune ou sombre. Soudain, son visage tremble. Et on réalise qu'elle tenait un crayon lorsqu'il lui échappe, roule sur la table et tombe au sol, où un épais tapis à motifs géométriques noie le son de sa chute. Une tension intérieure se propage à son corps, sa tête roule maintenant, et elle éclate de rire sans ouvrir les yeux. Les gens réunis autour de la table répriment un cri de joie, il s'agit de ne pas briser la transe, ils observent ses lèvres bouger : elle parle, à toute vitesse, formule des choses incompréhensibles à un interlocuteur invisible. La langue qu'elle emploie ne ressemble pas à celles que l'on a pu entendre. On ne repère aucune racine connue, aucune parenté ni aucune familiarité avec des langages de ce monde. Brusquement elle ouvre les yeux, son regard traverse sans les voir ceux qui ont pris place en face d'elle, et elle continue de parler. C'est comme si sa tête était séparée de son corps : ses bras pendent vers le sol, ses jambes sont affaissées, elle donne l'impression de pouvoir couler hors de son fauteuil d'un instant à l'autre, seul son visage demeure expressif. Il est possible qu'elle dorme, elle se trouverait alors en pleine crise de somnambulisme. Elle parle depuis un rêve agité ou depuis une transe profonde. Sa bouche s'ouvre en grand, elle crie maintenant. Une main – la gauche – s'élève et un doigt pointe le lustre situé au-dessus de la table. De l'autre main, elle cherche le crayon. L'homme situé à sa droite s'empresse de le ramasser et de le glisser entre ses doigts, elle le serre et se met à griffonner à toute vitesse sur une feuille disposée en face d'elle. Des frissons d'émerveillement et d'épouvante dressent les cheveux coupés court sur la nuque des hommes présents. Les femmes, elles, sentent une électrique chair de poule parcourir leurs avant-bras. Dans l'air, une tension invisible crépite en silence. La femme a refermé les yeux, elle écrit ou dessine ou gribouille, la main tendue est retombée et elle pend mollement sur le côté de son corps. Ses yeux roulent sous ses paupières baissées, puis d'un coup son corps tout entier est traversé de spasmes : elle lâche le crayon, halète, sa poitrine se soulève alors qu'elle se rejette en arrière dans son fauteuil.

Plusieurs n'ont pu contenir un « oh ! » de stupéfaction. Si certains pensent que cette femme assise avec eux autour de la table vient de jouir, ils gardent cette incongruité au creux de leur esprit. Alors que très lentement elle se recroqueville sur son fauteuil, la tension quitte son visage. Le spectacle est fini, elle va se réveiller.

Nous sommes à Genève, le 2 février 1896, cette femme se nomme Élise Müller, elle sera surnommée Hélène Smith dans le livre qu'écrira le médecin psychologue Théodore Flournoy à son sujet.

Nous venons d'assister à une séance de spiritisme. Ce genre de sport est assez courant à cette époque dans la bonne société instruite des grandes villes européennes : on invite un médium, il entre en contact avec un esprit et c'est parti pour le grand frisson métaphysique. Ce jour-là, ce fut le jackpot. Hélène Smith vient d'entrer en contact avec Cagliostro – aventurier italien qui a inspiré trois romans à Alexandre Dumas. Cagliostro était porteur d'un message : les Martiens vont par l'entremise d'Élise/Hélène entrer en contact avec l'humanité.

Retour en arrière, septembre 1853, Victor Hugo en exil sur l'île de Jersey cherche à entrer en contact avec sa fille Léopoldine décédée dix ans plus tôt. Une médium, Delphine de Girardin, va organiser des séances pour lui ; elle est au fait d'une méthode révolutionnaire tout juste importée des États-Unis : on se place autour d'une table ronde à trois pieds, on joint ses mains, on invoque un esprit, on lui pose des questions et il répond en donnant des coups dans la table : un coup pour oui, deux pour non. S'il veut exprimer des choses plus complexes, l'esprit indique les lettres de l'alphabet en frappant le nombre de coups correspondant à leur rang : un coup pour A, deux pour B, et ainsi de suite, jusqu'à vingt-six coups pour Z. La méthode est fastidieuse mais efficace. Durant les deux années de son exil, Hugo ne cessera alors de parler à des morts célèbres : Shakespeare, Molière, Racine, Jésus-Christ, Mahomet, et lors d'une séance mémorable, c'est la Mort en personne qui lui répond. Hugo apprendra ce dont Hélène Smith se souviendra sans doute plus tard : les âmes survivent au décès des corps et elles vont parfois se réfugier sur d'autres planètes. La transmigration des âmes est une théorie à la mode, Hugo y adhère totalement.

Ainsi, le mardi 13 septembre 1853, lors d'une séance, l'esprit d'une comète se manifeste. Hugo est à la table, avec une dizaine de personnes, dont Adèle, son épouse, Adèle, leur fille, Charles, leur fils aux importantes capacités médiumniques, Delphine de Girardin et d'autres amis de passage. C'est Juliette Drouet, la maîtresse officielle d'Hugo, qui fait office de secrétaire. Hugo demande à la comète si les astres sont des êtres. *Oui*, répond-elle. *Des intelligences ? Oui. La Terre est une intelligence ? Oui*. Puis il demande si l'âme d'un astre peut le quitter et venir sur terre, et la communication s'interrompt comme souvent dans ces séances où la moindre distraction de l'un des participants brouille l'échange avec les esprits.

À mi-parcours du XIXe siècle, alors que les astronomes tiennent pour certaine l'existence d'une civilisation pensante évoluée sur Mars, le spiritisme quitte l'outre-tombe pour se lancer vers l'aventure spatiale. On cherche, à l'aide de médiums, à entrer en contact avec les extraterrestres comme l'on entrait en contact jusqu'alors avec Jules César ou Alexandre le Grand. Lorsqu'il sera en ces pages question de Camille Flammarion, on verra que les plus grands scientifiques ne se sont pas privés de faire tourner les tables. Peu à peu, certains se mettront à penser que les Martiens et les morts sont une seule et même espèce. De nombreux spirites enseigneront que l'âme des défunts transmigre vers d'autres planètes. Cela permet de simplifier un peu la donne : le problème de la survivance de l'âme après la mort s'additionne au problème de la vie sur Mars et propose une solution qui ne manque pas de faire frissonner : mourir consiste à déménager sur Mars.

Mais revenons à Hélène Smith / Élise Müller, elle est assise sur un tabouret face à un chevalet, elle porte une longue jupe, un chemisier blanc, et elle s'active, trempe un pinceau dans de l'eau, mouille l'aquarelle contenue dans une petite boîte. Un peu rond de joue, son visage n'exprime pas la tension de la transe, elle est simplement concentrée sur ce qu'elle dessine : des flammes jaillissant de boules marron réunies en cercle et disposées en cinq points d'un paysage. Approchons-nous. Au centre, un homme au visage horizontalement sphérique, au crâne chauve et aux oreilles pointues tient dans la main droite une sorte de sceptre noir surmonté d'un croissant de lune tandis que, de la gauche, il flatte le crâne orné de quatre cornes d'un animal brun, poilu et griffu, pourvu d'une queue épaisse et de mamelles pendantes. La bête possède deux grands yeux et une sorte de courte trompe. Pour en revenir au personnage dont la silhouette évoque celle d'un homme, il est torse nu, deux larges bretelles retiennent une jupe plissée et il a chaussé ses pieds de sandales en cuir ajouré. Alentour, c'est le désert, gris, minéral, le ciel est bleu et des colonnes de boules marron maintiennent à l'arrière-plan une lourde pierre flottante. L'exécution est naïve, Hélène Smith ne se soucie ni de rigueur perspective ni d'ombres portées. La question n'est sans doute pas de faire l'artiste, mais de partager avec le plus grand nombre les spectacles auxquels elle assiste lorsqu'en pleine séance de spiritisme son esprit est arraché à son corps et qu'il visite librement de lointains mondes habités.

L'aquarelle qu'elle retouche çà et là se nomme *Paysage ultra-martien*, ses dimensions sont modestes (23 × 30 cm) et cela signifie que nous sommes en 1896. J'ai découvert l'existence d'Hélène Smith lorsque j'ai vu ses dessins exposés il y a une vingtaine d'années au musée d'art brut de la halle Saint-Pierre, à Paris. L'exposition s'est tenue du 13 septembre 1999 au 27 février 2000 si j'en crois Internet, elle se nommait « Art spirite, médiumnique, visionnaire, messages d'outre-monde ». Elle englobait de nombreuses œuvres peintes ou dessinées par des médiums, des chamans, des télékinésistes liés au monde des esprits. Son cas a également intéressé André Breton : en 1940, alors qu'une partie du groupe surréaliste s'est réfugiée à Marseille en attendant de pouvoir fuir aux États-Unis, les artistes s'occupent comme ils peuvent et créent un jeu de cartes, inspiré du tarot de Marseille. Hélène Smith apparaît sur l'une des cartes, dessinée par Victor Brauner. Elle incarne à leurs yeux la sirène de la connaissance.

Jeune fille rêveuse, née à Genève d'un père hongrois et placée dès ses 15 ans en apprentissage dans une grande maison de commerce, Catherine Élise Müller était une indécrottable rêveuse, elle aimait occuper ses loisirs à dessiner et broder des motifs de son invention. Au médecin psychologue qui a consacré des années de sa vie à l'étude de son cas, elle confia n'en avoir *point de mérite, car cela ne me donnait aucune peine ; j'étais poussée à faire ces ouvrages et ces dessins je ne sais comment, parfois avec de petits morceaux d'étoffe qui s'assemblaient en quelque sorte d'eux-mêmes sous ma main*. Ce qu'il interpréta comme une première disposition aux activités automatiques, exécutées sans être tamisées par le filtre de la conscience.

Timide, sérieuse, renfermée, la jeune Élise n'allait pas jouer avec les fillettes de son âge.

Parvenue à l'adolescence, elle sombre régulièrement dans des états de rêverie profonde, le soir, le dimanche après-midi, alors qu'elle somnole dans un fauteuil, elle voit : des lions de pierre à tête mutilée, des ruines, des chimères sur un piédestal. Bientôt, ce sont des lueurs qui dessinent des caractères inconnus sur les murs de sa chambre. Quelquefois, des hommes lui apparaissent, ils lui font signe, ils tendent vers elle leur main. Il arrive que ces hommes se matérialisent en plein jour et, si Élise appelle à l'aide, ils disparaissent avant qu'un adulte affolé n'intervienne.

Cela ne l'empêche pas de continuer ses études, d'apprendre le commerce. De temps à autre, certains de ses pressentiments deviennent réalité, mais pas assez régulièrement pour qu'elle puisse se soupçonner un don de prescience. Finalement, elle entre dans l'âge adulte sans autre événement spectaculaire. Au fond d'elle, la jeune fille porte un poids : elle se sent *étrangère et dépaysée*, elle vit comme en exil au sein de sa propre famille ; son père, sa mère, ses frères lui paraissent irréels, incompréhensibles, elle ne partage ni leurs goûts, ni leurs joies, elle vit dans ce qu'elle qualifie elle-même de *profond isolement du cœur*. Élise grandit, ses rêves s'espacent, les grandes frayeurs qu'elle ressentait à la tombée de la nuit s'estompent, ses absences également. La puberté la libère de ses troubles, mais pas de son sentiment d'être à part. Elle travaille dans un grand magasin, là où elle a effectué son apprentissage, elle est appréciée pour son sens de la rigueur, et elle fuit toute tentative de flirt.

Élise est née le 9 décembre 1861, c'est durant l'hiver 1891-1892 qu'elle entend parler du spiritisme. Un certain Léon Denis – un peu oublié depuis – a publié voici un an un ouvrage nommé *Après la mort* qui est un véritable best-seller. L'homme parcourt l'Europe pour clamer de conférence en conférence que l'âme survit au trépas et qu'il est possible de communiquer avec les défunts. Élise a lu ce livre, elle est subjuguée. Une amie l'invite à une séance de spiritisme. En cette charnière de la fin du XIXe siècle, les groupes de spirites sont courants, les séances se déroulent plus ou moins de manière similaire : on se réunit à quatre ou cinq, on prend place autour d'une table ronde, l'un des membres du groupe a été recruté pour son talent médiumnique, on se concentre, on évoque l'esprit d'un mort, on le questionne et celui-ci répond par le biais du médium. Depuis Hugo et Delphine de Girardin, la méthode s'est améliorée. L'esprit peut prendre possession de la main du médium, qui se livre alors à de l'écriture automatique – procédé qui sera cher à André Breton par la suite. Il peut aussi déplacer un objet en face d'un alphabet pour composer lettre à lettre des mots et des phrases. Plus spectaculairement, il peut parler par la bouche du médium entré en transe.

Les esprits répondent très volontiers aux questions, ils expliquent qui ils sont, révèlent des vérités connues seulement par l'un ou l'autre des participants et ne se privent pas de prédire l'avenir.

Les notes des séances auxquelles assiste Élise ont été conservées et sont consultables. La toute première se déroule le 20 février 1892 chez une certaine mademoiselle Z., la table oscille un peu, sans plus. Six jours plus tard, nouvelle tentative : la table bouge, un esprit salue tous les membres rassemblés et s'empare de la main d'Élise, qui écrit quelques phrases difficilement déchiffrables au grand étonnement des participants, puisque ce n'était pas elle le médium attitré, mais une certaine madame Y. Le 18 mars de la même année, Élise entre en transe lors d'une séance et *voit un ballon tantôt lumineux, tantôt s'obscurcissant ; elle n'a jamais rien vu auparavant.*

Elle écrit *mécaniquement une assez longue communication du père de M. K.*, un étudiant bulgare présent à la séance. Il n'en faut pas plus pour que le petit groupe de chatouilleurs de fantômes explose, deux médiums ne peuvent se tenir à la même table. Élise devient la médium consacrée d'une petite communauté qui va se réunir toutes les semaines durant deux ans. Onze personnes prennent place autour d'une vaste table et c'est le gymkhana : la table se met en mouvement, plusieurs esprits accourent. Le 25 mars, Élise voit de *vagues lueurs, de longs rubans blancs s'agitant du plancher au plafond, puis enfin une magnifique étoile qui dans l'obscurité s'est montrée à elle seule pendant toute la séance.*

Le 1er avril, l'esprit prénommé David qui répond d'habitude aimablement aux questions des spirites est chassé par un super-esprit : Victor Hugo – encore lui – vient d'entrer en communication avec Élise, le vieil Hugo décédé depuis sept ans s'impose de lui-même comme son fantôme tutélaire personnel, il l'a choisie entre tous pour communiquer depuis l'au-delà. Effroi et ravissement dans l'assistance. C'est le gros lot. Plus tard, lorsque le Cagliostro d'Alexandre Dumas deviendra l'intermédiaire entre Élise et le monde des esprits, il prendra étrangement un pseudonyme, celui de Léopold, comme si cet esprit devait se protéger pour pouvoir communiquer avec une personne vivante. Les célébrités mortes se bousculent pour répondre aux questions de cette femme dont la réputation de médium exceptionnelle n'est plus à faire.

Il ne s'agit pas d'écrire la biographie d'Élise, alors je passe plus vite sur la suite. En 1894, Théodore Flournoy, professeur de psychophysiologie à l'université de Genève, s'intéresse au paranormal. Il cherche à creuser le sujet, à faire la part entre la superstition, l'autopersuasion, la supercherie et l'hystérie. Il entend parler des talents d'Élise, la rencontre et – avec son autorisation – se met à l'analyser. C'est lui qui durant six années va accumuler les rapports de séances et tenter de mettre au jour quels mécanismes souterrains de la psyché humaine se cachent sous le masque du paranormal. Sceptique, positiviste sans être totalement borné, il va faire d'Élise *son* cas, sa grande étude. C'est lui qui la nommera Hélène Smith pour préserver son anonymat et sa vie privée, et il publiera en 1900 la somme de ses recherches sous le titre : *Des Indes à la planète Mars, étude sur un cas de somnambulisme avec glossolalie.* Je retrouve l'ouvrage de Flournoy sur le site de la Bibliothèque nationale de France, la première édition est suisse (chez Eggimann et Alcan) ; tombé dans le domaine public, le livre n'a cessé d'être réédité par la suite. Je le feuillette rapidement pour me faire une idée. Il est indéniable que Théodore Flournoy analyse le cas d'Élise Müller/Hélène Smith d'un point de vue scientifique. Il ne cesse de la complimenter comme pour excuser son scepticisme. Son tort est sans doute de croire que, en expliquant à Élise Müller les mécanismes de ses autosuggestions, celles-ci disparaîtront. Le contraire se produit : plus il tente de lui démontrer qu'elle n'est pas vraiment en contact avec des esprits et qu'elle ne visite pas vraiment la planète Mars, plus la conviction d'Élise Müller se renforce.

En lisant le livre qui lui a été consacré, Élise se fâchera à tout jamais avec Flournoy, qui, lui, n'arrêtera jamais de l'étudier. Il fera appel au linguiste Ferdinand de Saussure pour examiner les mots écrits par Élise lors de ses crises, il rencontrera Carl Gustav Jung pour évoquer son analyse de la médium, mais passons.

Au mois d'octobre 1894, Élise se livre à ses séances de spiritisme chez un scientifique – M. Lemaître – qui travaille avec Flournoy. Chez lui, elle fait la connaissance d'une femme, appelée Mme Mirbel par Flournoy (il s'agit également d'un pseudonyme), qui est en deuil de son fils de 17 ans. Un mois plus tard, Élise entre en transe lors d'une séance et se voit marcher sur une terre inconnue. Elle demande où elle se trouve, un esprit non identifié répond : *Sur une terre, Mars*.

Hélène commence alors une description de toutes les drôles de choses qui se présentent à sa vue et lui causent autant de surprise que d'amusement. Des voitures sans chevaux ni roues, glissant en produisant des étincelles ; des maisons à jets d'eau sur le toit ; un berceau ayant en guise de rideaux un ange en fer aux ailes étendues, etc., etc. Ce qu'il y a de moins étrange, ce sont encore les gens, qui sont tout à fait comme chez nous, sauf que les deux sexes portent le même costume formé d'un pantalon très ample, et d'une longue blouse serrée à la taille et chamarrée de dessins.

Pour finir, Catherine voit distinctement l'esprit qui lui a servi de guide jusqu'à Mars : Alexis, le fils décédé de Mme Mirbel.

Durant les quinze mois qui suivirent, jamais Élise ne retrouvera cet esprit, puis le 2 février 1896, Léopold/Cagliostro entraîne Élise sur Mars, où Alexis s'est réincarné, et l'informe qu'il va lui apprendre à parler martien. Sa transe l'arrache à l'atmosphère terrestre, elle se tétanise lorsqu'elle parvient au vide et oscille des épaules et du buste lors de sa rentrée dans l'atmosphère martienne. Puis la visite commence tandis qu'autour de la table Mme Mirbel s'approche pour savoir si Élise a de nouveau retrouvé Alexis. Élise, toujours dans un état de transe, saisit les mains de la femme et les caresse exactement comme le fils mourant le faisait. Frissons dans l'assistance, sanglots de la mère brisée, Élise est bien sur Mars en compagnie du fils décédé de Mme Mirbel. Sa bouche s'ouvre, elle articule un babil que l'on s'empresse de noter autour de la table. D'après le très sérieux ouvrage de Flournoy, le tout premier message des Martiens aux humains est donc (je cite) : *mitchma mitchmou minimi tchouanimen mimatchineg mnsichinof mézavi patelki abrésinad navette naven navette mitchichénid nalcen chinoutoufiche*. Le reste est dit d'une voix trop rapide pour être noté, c'est bien dommage.

Il faudra à Élise un an et demi pour apprendre le martien, puis autant de temps pour en maîtriser l'alphabet, qu'elle tracera dorénavant durant ses séances. Prenant des cours de dessin, elle se lancera par la suite à la réalisation – comme on l'a vu – de peintures martiennes, détaillant la faune, la flore, les habitations, les êtres, dont le *Paysage ultra-martien* est l'une des pièces maîtresses.

La fameuse écriture martienne est tout en arrondis, Flournoy en reproduit plusieurs extraits :

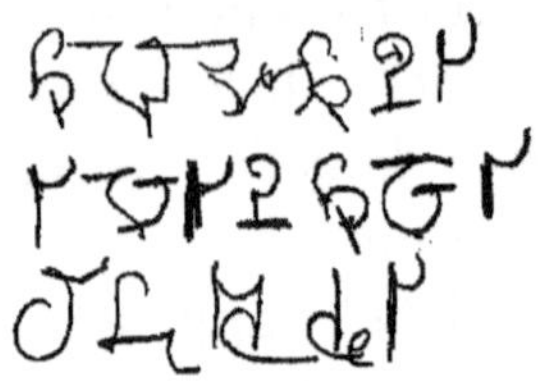

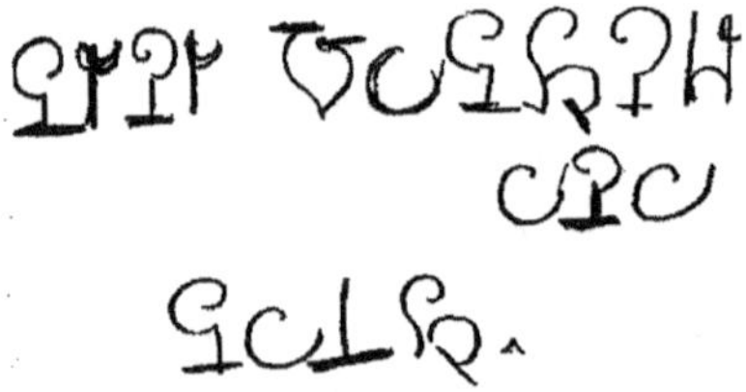

Une page d'écriture automatique :

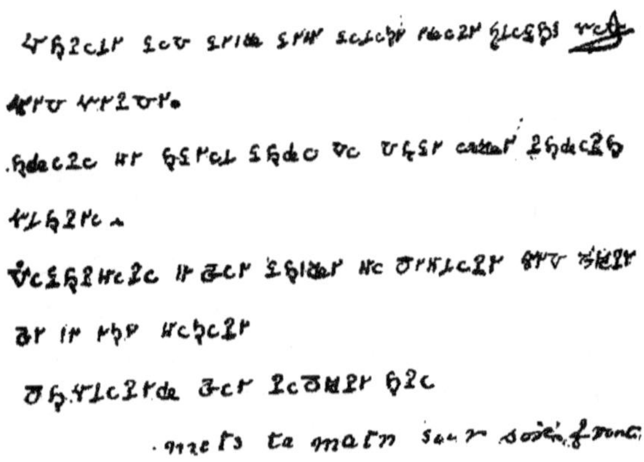

Une autre page, où l'on voit que le martien glisse, dans la dernière ligne, au français : « Mets ta main sur son front. »

Si je veux être tout à fait honnête, je dois dire que j'ai sauté quelques épisodes dans la vie d'Hélène Smith. Il semble qu'avant le cycle martien elle se soit découvert des vies antérieures, elle a consécutivement été la fille d'un cheik arabe au XIVe siècle, la onzième épouse du prince du Kanara, sur la côte occidentale de l'Inde, et Marie-Antoinette. Mais avançons et sautons directement aux épisodes qui concernent les preuves de la vie extraterrestre. Flournoy recueille avec précaution les messages martiens, il analyse sa phonétique, ses formes grammaticales, sa syntaxe, découvre que les glossolalies d'Élise ressemblent à s'y méprendre au français : les structures de phrase, les conjugaisons, la place des mots dans la phrase, tout est similaire, jusqu'à la négation *ne pas* que l'on retrouve. Si l'étymologie diffère radicalement, tout comme l'alphabet, pour le reste le martien *est le produit d'un cerveau ou d'une personnalité qui a certainement du goût et des aptitudes pour les exercices linguistiques, mais qui n'a jamais su que le français se préoccupe peu du rapport logique des idées, et ne se met pas en frais pour innover en fait de phonétique, de grammaire, ni de syntaxe, ne soupçonnant probablement pas même l'existence de toutes ces belles choses et la possibilité de tels raffinements.*

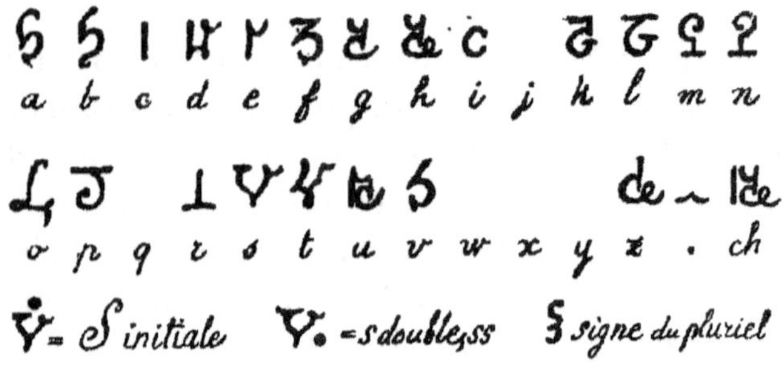

Transcription de l'alphabet martien et de son équivalence en français qui fait penser aux énigmes que l'on trouvait dans les magazines destinés aux enfants : à l'aide d'une grille de décodage il s'agissait de comprendre ce que disait un personnage. La syntaxe était toujours parfaitement française.

En résumé, le martien parlé et écrit par Hélène est un français crypté et non une langue extraterrestre exotique. Plus le temps passe, plus le scepticisme de Flournoy grandit, cela fait plus de quatre ans qu'il étudie Élise, il se lasse. Il profite d'une séance, le 13 février 1898, alors que la médium est sur Mars, pour interpeller Léopold/Cagliostro à travers elle, il explique fermement que le langage martien est une invention d'Élise, Léopold nie, Flournoy ne se laisse plus faire, il explique qu'il est impossible que le martien et le français soient exactement la même langue, Léopold/Cagliostro répond par la bouche d'Élise qu'il y a des choses plus extraordinaires.

Durant les mois suivants, Flournoy revient à la charge, il discute à plusieurs reprises de l'artificialité du martien avec Élise alors qu'elle est éveillée. Elle l'écoute, le plaint presque de ne pas être allé sur Mars. Rien n'y fait. D'ailleurs, Flournoy ne cherche pas l'aveu d'un mensonge, il est persuadé de la sincérité d'Élise, il veut lui ouvrir les yeux sur les mécanismes de l'autosuggestion. En conséquence de quoi, Élise cesse d'aller sur Mars, elle va bien plus loin, sur une planète qu'à défaut de savoir nommer elle qualifie d'ultramartienne.

L'ultramartien, donc, n'est pas Mars, le paysage avec l'homme en jupe et l'animal étrange est celui d'une planète si lointaine qu'Élise ne sait pas la situer. Une planète hors de notre système solaire.

Assez de détails, la conclusion maintenant : Flournoy conclut à l'autosuggestion, il explique que l'Hélène Smith adulte et responsable cède la place dans ses transes à une personnalité enfantine et puérile.

La publication du livre de Flournoy – loin de la décrédibiliser – lui apporte une soudaine célébrité. Élise, qui a lu le livre, ne veut plus entendre parler du psychologue, une médium américaine, une certaine Mme Jackson, entre en contact avec elle et lui offre une rente à vie. Élise peut quitter son emploi et se vouer à ses visions ; plus tard, elle se consacrera à peindre des images du Christ, et si l'on en croit ses biographes, elle meurt à 67 ans, le 10 juin 1929 à Genève.

Dans le tout premier chapitre où j'ai dépeint Hélène Smith, j'ai comparé sa transe à un orgasme. L'ouvrage de Flournoy ne fait aucune allusion à des jouissances liés aux transes, l'idée m'a été suggérée par un article publié en 2007 dans le numéro 18 de la revue *Essaim* ; son auteur, la psychanalyste Geneviève Piot-Mayol, étudie la relation entre Élise et l'esprit Léopold/Cagliostro, elle explique que, une fois la rupture consommée avec Flournoy, une jeune femme psychiatre reprend le flambeau, elle profite des transes d'Élise pour interroger Léopold, elle lui demande si un esprit peut faire l'amour et Élise se livre alors à *des scènes érotiques et même obscènes.* De l'article, il ressort que, si jamais Élise ne se marie, c'est que les esprits la comblent, à tout point de vue, y compris sexuel. Flournoy, peut-être, était trop pudique pour en faire mention, il est également possible qu'Élise ait dissimulé au mieux ses orgasmes pour ne pas se donner en spectacle devant un homme. Il a fallu les questions directes d'une psychiatre pour que la vérité éclate : chaque transe la conduit au plaisir.

Il serait temps de quitter les affabulations parapsychiques pour retrouver les sciences dites sérieuses. Février 1877, grande agitation : l'astronome italien Giovanni Schiaparelli observe Mars depuis la lunette de l'observatoire de Brera, à Milan. À plusieurs reprises, il a contribué à la cartographie de cette planète si proche de la nôtre, mais là, *c'est étrange*, il voit une chose qu'il n'avait pas remarquée auparavant : deux formations rectilignes et parallèles qui s'étirent sur plusieurs milliers de kilomètres, quelque chose que la nature ne peut ni ne sait produire : des canaux d'irrigation. Petit homme ventripotent à la barbe brune fournie, il trotte de sa lunette astronomique à un grand tableau noir. Son cœur s'emballe, soir après soir il affine ses observations : il n'a pas eu la berlue. En 1879, il se sent tenu de communiquer au monde entier le fruit de ses recherches : là-bas, sur Mars, tout porte à croire qu'une intelligence a creusé des chenaux pour conduire l'eau des océans vers des zones arides. Bien que les conclusions de ses années de recherche prouvent que les Martiens existent puisqu'ils cultivent leur monde et disposent d'un savoir technique et agraire, il ne cessera de douter. La preuve irréfutable de la vie sur Mars vient d'être apportée, mais il demeure sceptique, il observe encore et encore la planète rouge, se demande si des éléments ne lui ont pas échappé ; toujours, il remettra en question l'artificialité des canaux.

Curieux bonhomme que ce Schiaparelli, qui deviendra sénateur à la fin de sa vie : spécialiste des pluies de météores, sa découverte l'a rendu célèbre mais pas heureux. À son corps défendant, ses observations serviront de preuve à une théorie que jamais il ne défendra. Il est mort en 1910 sans parvenir à trouver de quoi contrecarrer ses propres observations. La communauté scientifique a baptisé deux cratères en son honneur, l'un à la surface de la Lune et l'autre sur celle de Mars, où, en définitive, l'on finira bien par découvrir que les canaux n'ont pas été creusés par une civilisation avancée puisqu'ils sont une simple illusion d'optique. Mais n'anticipons pas, nous avons encore rendez-vous avec de nombreux astronomes qui ont fantasmé Mars et ne se sont pas gênés pour lui inventer des habitants tellement il est tentant d'interpréter les lueurs lointaines comme étant des feux d'artifice tirés pour l'avènement d'un roi.

1898 : le scientifique comme l'homme de la rue croient dur comme fer à l'existence d'une civilisation martienne, l'écrivain et vulgarisateur scientifique Herbert George Wells terrifie le monde entier avec son roman *The War of the Worlds*, dans lequel il confirme que non seulement les Martiens existent, mais qu'ils sont hostiles. À l'époque où les grandes nations ne cessent de développer leurs empires coloniaux, H.G. Wells tend un miroir à ses lecteurs en imaginant que les Martiens vont nous envahir et nous soumettre. L'émotion est vive, le succès colossal. Et, au fil des années, les Martiens n'ont jamais cessé d'être la métaphore de nos terreurs : colonisateurs technologiquement avancés désirant soumettre les nègres que nous sommes, puis – de film en film – métaphore de la vermine communiste agressant les démocraties libérales (dans la version tournée par Byron Haskin en 1953), ou encore terrorisme intérieur sournois (dans celle tournée par Steven Spielberg en 2005).

Grâce ou à cause de Wells, le mythe de la vie sur Mars va maintenant devenir celui d'une possible guerre des étoiles. Le succès du roman va dorénavant imposer le genre de l'invasion et, plus tard, Hollywood y verra l'occasion de produire des films à grand spectacle et à fort retour sur investissement. L'idée que les Martiens existent et qu'ils se préparent à nous attaquer va longtemps nidifier dans l'imaginaire collectif.

D'ailleurs, lorsque le 30 octobre 1938 le jeune Orson Welles diffuse sur les ondes du réseau radiophonique américain CBS son adaptation de *La Guerre des mondes* du presque homonyme H.G. Wells, l'émission rencontre un succès foudroyant, les auditeurs sont enthousiastes justement parce qu'ils croient encore dur comme fer à l'existence des Martiens malgré les réfutations de plus en plus nombreuses apportées par des astronomes. L'émission est à ce point commentée que des rumeurs naissent : on parle de scènes de panique et de suicides, une légende urbaine vient de naître, elle possède la solidité de toute légende puisque, dès que j'avoue m'intéresser à Mars ou à la vie extraterrestre, l'un au moins de mes interlocuteurs me demande si je sais que des gens se sont jetés par les fenêtres lors de la première diffusion de *La Guerre des mondes* à la radio américaine, ce qui est – je me répète – une affabulation complète.

16 avril 1894, quinze ans après Schiaparelli, l'homme d'affaires américain Pervical Lowell inaugure l'observatoire de Flagstaff, dans l'Arizona, et dénombre une quarantaine de canaux, écrit trois livres, accumule des tournées triomphales, gagne beaucoup d'argent en racontant comment les Martiens ont enrayé le réchauffement de leur monde en développant un plan planétaire d'irrigation. Selon lui, pour lutter

contre la désertification de la zone équatoriale, les Martiens avaient creusé des canaux d'irrigation depuis les calottes polaires. C'était dans l'air du temps, on cherchait à expliquer pourquoi une civilisation ancienne et très avancée, capable de creuser des canaux à la surface de son monde, n'entrait pas en contact avec nous. Alors on empilait les hypothèses avec l'insistance de qui arrache six pattes à une puce et en déduit qu'elle devient sourde puisqu'elle ne répond plus à l'ordre de sauter.

Pièce de choix pour qui s'intéresse à l'astronomie, à la vie extraterrestre, aux Martiens, à la vulgarisation scientifique comme – encore un – au spiritisme dont il est un grand adepte à ses heures perdues, l'infatigable Camille Flammarion mérite son chapitre. Né en 1842 et mort en 1925, fondateur de l'observatoire de Juvisy et de la Société astronomique de France, pas une ville de France qui n'ait baptisé un boulevard, une avenue, une rue, voire une impasse à son nom.

Sa brève notice dans le dictionnaire est un crève-cœur pour qui s'intéresse un minimum à sa vie. Quelques dates et deux-trois titres ne disent rien d'un homme. D'autant plus que Flammarion n'a été ni un découvreur, ni un inventeur, simplement un touche-à-tout nostalgique d'un temps où le cerveau d'un seul homme pouvait contenir tous les savoirs disponibles. Flammarion n'a pas souvent vu juste, c'est pour cela que je l'aime : pour son obstination à défendre l'indéfendable, pour ses erreurs et ses faiblesses, ses aveuglements et ses tocades.

Observons-le observer les étoiles : trapu, grande barbe et épaisse chevelure, il a exactement la tête que l'on imagine à un savant. Il porte une curieuse chemise blanche boutonnée jusqu'au col, une tenue de travail qui tient à la fois de la blouse et du haut de pyjama. Assis sur les marches d'un escalier de bois, il règle l'optique d'une impressionnante lunette astronomique (celle du fameux observatoire de Juvisy-sur-Orge ?), scrute le ciel, se détache à grand-peine de ses examens, demeure un instant pensif, puis court noter ses pensées dans un grand carnet ouvert sur un bureau adjacent. Commençons par un balayage des moments saillants de sa vie avant d'entrer dans les détails : passionné d'astronomie depuis son plus jeune âge, passant le bac en candidat libre – il a été retiré de l'école pour être placé en apprentissage, sa famille étant trop pauvre pour financer de longues études –, devenu élève astronome à l'Observatoire impérial de Paris, l'homme s'est très tôt fait connaître en publiant des ouvrages où les considérations scientifiques les plus strictes côtoyaient les extrapolations les plus folles. À vingt ans, il publiait *La Pluralité des mondes habités*, sous-titré : *Étude où l'on expose les conditions d'habitabilité des terres célestes discutées au point de vue de l'astronomie, de la physiologie et de la philosophie naturelle*. L'ouvrage fait

481 pages, c'est le troisième publié par le jeune homme. Celui-ci – où, comme son titre l'indique, Flammarion expose sa certitude que l'homme n'est pas seul dans l'univers – touche un plus large public et vaut à son auteur un début de renommée et un licenciement immédiat. Il ne faudra pas un an avant qu'il soit réembauché : ses affabulations irritent le monde scientifique, mais son expertise des calculs d'orbes célestes le rend nécessaire. En soixante ans de carrière, l'homme va être rédacteur scientifique, astronome, fondateur de sociétés savantes, il va également noircir des dizaines de milliers de pages, publiant livre sur livre (plus de cinquante au total), reprenant à son compte l'intuition de Bernard Le Bouyer de Fontenelle sur la nécessité de proposer un savoir partageable avec les simples curieux. Flammarion sera le premier véritable vulgarisateur scientifique de France. Il est le strict contemporain de Jules Verne, les gens se passionnent pour les sciences, Camille Flammarion est là pour leur expliquer les enjeux de l'observation spatiale. Son frère cadet, Ernest, fonde les éditions qui portent encore aujourd'hui son nom. En 1878, Camille publie le premier best-seller de l'histoire des sciences : *L'Astronomie populaire*. Les Éditions Flammarion sont à flot, Camille devient riche, le résumé de sa vie ressemble à une locomotive lancée à toute vitesse : il enchaîne les conférences, effectue des vols en ballon pour observer

les étoiles en s'élevant au-dessus des perturbations atmosphériques, se marie deux fois (sa première épouse, Sylvie Pétiaux – qui mourra de la grippe espagnole –, était une scientifique, féministe et pacifiste, elle fondera une association dont le nom me fait rêver : La Paix et le désarmement par les femmes). La popularité de Flammarion est immense, il organise de grandes fêtes de la science sous la tour Eiffel. L'homme se veut également poète et, surtout, ne s'interdit aucun sujet, se passionne pour le spiritisme (et je me demande si Camille Flammarion a eu connaissance de l'existence d'Hélène Smith, son autre contemporaine ; ces deux-là paraissent tellement proches parfois, Flammarion finira par penser qu'une fois morts nos âmes partent hanter Mars), s'acharne à démontrer que nous ne sommes pas les seuls hommes de l'Univers. Il travaillera d'arrache-pied, se fera autant d'admirateurs que d'ennemis et mourra d'une crise cardiaque à l'âge de 83 ans, assis à son bureau, la plume à la main, alors qu'il est occupé à écrire ou calculer.

Avec précaution, Camille Flammarion s'installe sous son télescope, il manœuvre quelques commandes, fait le point, tape nerveusement du pied et s'absente un long moment dans ses observations.

J'ai écouté hier sa voix, des enregistrements ont été conservés. Celui qui de son propre aveu avait passé sa vie à *la divulgation populaire des vérités acquises* possédait un débit rapide et haché, comme si sa respiration était courte. Sa carrière de vulgarisateur estimé ne l'a pas empêché de louper souvent sa cible. L'histoire retient que le 31 décembre 1909, alors que tout le monde évoque le prochain passage de la comète de Halley, Flammarion explique que la Terre va croiser la chevelure de la comète et qu'il est possible qu'elle empoisonne l'atmosphère. Il évoque un *étouffement général à bref délai* (…) *si l'oxygène de l'atmosphère venait à se combiner avec l'hydrogène de la queue cométaire.* Comme la communauté scientifique ignore dans les grandes lignes la composition de cette queue, il propose également un second scénario : *Si au contraire, c'était une diminution de l'azote, une sensation inattendue d'activité physique serait éprouvée par tous les cerveaux, et la race humaine périrait dans un paroxysme de joie, de délire et de folie universels, probablement, au fond, très enchantée de son sort.* Puis une troisième : *L'oxyde de carbone, au contraire, pourrait amener l'intoxication de tous les poumons.* Il a beau tempérer ses déclarations, dire qu'il ne s'agit que de suppositions et qu'il est plus probable que rien ne vienne bouleverser l'atmosphère terrestre, il n'en faut pas moins pour déclencher une vague de panique en Europe comme aux Amériques. La presse fait du sensationnalisme, l'analyse spectrographique de Halley laisse supposer qu'elle rejette des gaz cyanogènes. Des gens se suicident, une mère noie volontairement son bébé pour qu'il ne s'étouffe pas (*sic*), des patrons vendent leur entreprise pour profiter de leurs derniers jours ; et des escrocs font fortune dans le commerce de masques à gaz ou de pilules miracles à base de glucose et de quinine. Le gouvernement français met en demeure Flammarion de calmer les foules, il organise des conférences publiques au Trocadéro, répète que le danger est minime, mais ne peut s'empêcher de déclarer théâtralement qu'un esprit scientifique sait que le risque zéro n'existe pas. En mai 1910, la comète passe. Et rien ne se produit pour la bonne raison que les calculs étaient faux, la trajectoire de la comète a évité l'orbite terrestre. Plus tard, Abel Gance s'inspirera de cette affaire pour son premier film parlant : *La Fin du monde* (1931) et les scènes d'orgies finales doivent certainement beaucoup aux prédictions catastrophiques de Flammarion.

Toute sa longue vie, Flammarion n'a cessé de vouloir soulever le voile pour atteindre par la science une sorte d'épiphanie absolue : il cherchait la vérité unique, celle qui expliquait l'homme, l'Univers, la mort, la religion, l'au-delà, la vie extraterrestre. Il cherchait une réponse indivisible à une foule de questions éparses, comme beaucoup à son époque. En un sens, l'idée était belle : ne pas renoncer ni accepter de vivre l'absurde d'un monde impénétrable, mais chercher dans l'observation des mouvements célestes à percer le secret du mécanisme qui agiterait la moindre vie. Il ne fallait pas résoudre un problème ou comprendre une partie, mais tout. La vérité serait d'un seul bloc.

En définitive, c'est sans doute l'un des derniers à avoir pensé de cette façon : cet homme totalement dévoué au futur était piégé dans une idée du passé ; maintenant que la recherche est éclatée en une foule de domaines de plus en plus complexes, il est évident que l'ensemble des réponses à trouver dépasse de loin l'entendement d'un seul individu. Il semble évident également que certaines réponses n'appelleront que de nouvelles questions.

Nous ne voulons point être isolés du reste du monde : nous ne voulons point être froidement assis au milieu du vide, et nous sentir étrangers dans cette immense cité de la création, a-t-il écrit dans son très lyrique essai sur *La Pluralité des mondes habités*. Il n'a cessé de chercher dans l'univers des traces de vie. Son étude sur la planète Mars, dont certaines observations et certains calculs font encore autorité, n'avait pour autre but que de prouver que des hommes vivaient là-haut. *L'habitation actuelle de Mars par une race supérieure à la nôtre est très probable*, conclut-il d'un grand nombre d'éléments, dont les fameux canaux qui ont longtemps tracassé les astronomes, tant ils semblaient avoir été légués par une civilisation industrielle.

Il s'agite, Camille Flammarion, il redescend de son escalier, court vers son bureau, s'assoit face à une pile de papiers, dessine une chose que nous n'arrivons pas à distinguer, écrit à toute vitesse. Il a l'éternité pour trouver la réponse, il est dans son observatoire, il a du papier, du temps, ses instruments. Est-il heureux ? Si un hamster peut ressentir du bonheur dans sa cage, alors oui, Camille Flammarion est heureux. Regardons-le depuis le futur d'où nous l'observons, il cherche à démontrer des choses que nous apprenons depuis à l'école primaire, s'échigne à observer les étoiles avec un instrument obsolète. Comment pourrait-il concevoir que dans un siècle les hommes bâtiront un ensemble de télescopes surpuissants dans le désert d'Atacama, au nord du Chili, à plus de 2500 mètres d'altitude ? Lui qui montait dans des aérostats pour échapper aux diffractions imposées par l'atmosphère, a-t-il rêvé à Hubble, Gaia, Kepler ou Spitzer, des télescopes spatiaux orbitant autour de la Terre ? Il s'agite, froisse une feuille, reprend des calculs, cherche un futur dont il ne sait pas s'il sera radieux ou apocalyptique, pense que la science un jour saura résoudre tous les problèmes et ne servira pas simplement les intérêts financiers d'une minorité. La question de l'origine de la vie le taraude, il veut extirper du sens aux mouvements des astres. Je contemple son beau visage, sa barbe s'agite, il parle à voix basse, son regard roule.

Je ne résiste pas au plaisir de recopier quelques citations aux verbes lourds et aux images appuyées ; par exemple ce passage extrait de *La Pluralité des mondes habités : Ils* [les mondes lointains] *éveillent une pensée d'infini qui est une source de mélancolie en même temps qu'une source de pures jouissances ; ils planent là-haut comme des séjours qui attendent en silence et roulent loin de nous le cycle de leur vie inconnue ; ils attirent nos pensées comme un abîme, mais ils gardent le mot de leur énigme indéchiffrable. Contemplateurs obscurs d'un univers si grand et si mystérieux, nous sentons en nous le besoin de peupler ces globes en apparence oubliés par la Vie, et sur ces plages éternellement désertes et silencieuses nous cherchons des regards qui répondent aux nôtres.*

Flammarion passe une main dans ses cheveux, il se gratte la cuisse, tape du pied, il est en constant mouvement. Je l'envie de vivre dans le perpétuel chavirement métaphysique de sa pensée. Le voici qui tourne une roue pour faire pivoter son télescope. Lui qui voulait prouver que religion comme philosophie découlaient de l'astronomie ne connaît peut-être l'extase que lorsqu'il parcourt de son esprit les immensités que l'optique lui laisse entrapercevoir ?

Il contemple Mars, suit de l'œil les canaux dont il possède les plans dessinés par Giovanni Schiaparelli, frissonne de joie. La preuve est sous ses yeux. Soit le Martien est là, soit – s'il n'est plus là – il a laissé l'évidence des ruines de son passage.

À regret, je me résigne à abandonner Flammarion, j'ai un inventaire à faire, la biographie du savant fiévreux serait un projet de livre à part entière, projet qui rejoint la somme considérable des livres que j'ai envisagés sans jamais les écrire.

Revenons à nos Martiens, le premier bémol dans l'euphorique découverte des preuves de l'habitation de Mars est apporté en 1909 : le comte de La Baume Pluvinel démontre que les canaux sont en grande partie des illusions d'optique. Il ose affirmer que Schiaparelli et Flammarion ont fait erreur. Il faut dire que l'astronome français, qui entrera à l'Académie des sciences pour ses travaux sur la physique solaire, dispose d'un outil formidable et inédit : le télescope flambant neuf du pic du Midi. On évoque alors des glaciers gigantesques se déplaçant à la surface de la planète et traçant lors de leur progression de colossaux traits parallèles. Sa thèse est accueillie par des *hum hum* sceptiques tant il paraît évident à l'homme de la rue que Mars fourmille d'une faune et d'une flore aussi exubérantes que rouges ou vertes.

28 novembre 1964, le coup de grâce est donné aux espoirs de civilisations martiennes : dans

une lourdeur paradoxale, ses tuyères enfantant d'épais nuages, un lanceur Atlas-Agena D décolle de Cap Canaveral, emportant dans son nez la sonde *Mariner 4* qui volera durant sept mois et demi en direction de Mars et survolera la planète rouge deux jours durant les 14 et 15 juillet 1965. La technologie de l'époque permet de prendre vingt et une photos et quart et de les transmettre à la Terre, où l'on découvre qu'en fait, *non, ah tiens ?* Mars est un désert rocailleux impropre à la vie, criblé d'impacts de météorites et de cicatrices géologiques qui sont tout sauf des canaux d'irrigation.

26 novembre 2011, une fusée Atlas V quitte la Terre pour déposer le 6 août 2012 un rover ultra-équipé nommé *Curiosity* dans le cratère de Gale. Sa durée de vie est prévue de 669 jours Martiens, soit 687 jours terrestres. En définitive, et malgré des pannes répétées, le rover présenté souvent à tort comme un petit robot bien qu'il pèse quasiment une tonne est encore actif au moment où je corrige ce texte, il a parcouru 26,61 km malgré des crevaisons et, s'il a bien confirmé que l'eau a coulé sur Mars, il n'a pas trouvé à ce jour de trace de vie, ni de villes, de canaux, de tripodes équipés de rayons de la mort, ni même pu certifier la présence de la moindre bactérie.

Au début de sa mission, *Curiosity* a été une star internationale, la NASA a fait sauter le compteur de visites de son site Internet, les journaux télévisés du monde entier ont diffusé des images recolorisées de vastes plaintes caillouteuses martiennes. Puis, peu à peu, justement parce que la mission devenait répétitive et que l'espoir encore vivace de tomber nez à nez avec un homme vert s'amenuisait chaque semaine un peu plus, *Curiosity* a été oublié comme une vieille star télévisée que plus personne ne reconnaît dans la rue. Je suis d'ailleurs persuadé qu'à ce jour (en mars 2021, le jour où j'écris cette phrase) une bonne partie des lecteurs de ce texte pensaient qu'il avait cessé de fonctionner depuis belle lurette ; il faut dire qu'une nouvelle star mécanique nommée *Perseverance* est depuis quelques semaines l'objet de toutes les attentions, mais ceci est une autre histoire.

Depuis 2012, heureusement, des milliers de blogueurs entretiennent la longue tradition de la recherche de vie sur Mars, celle de la théorie du complot, et la non moindre tradition humaine de la paranoïa. Ainsi en décembre 2013, ce blogueur japonais qui révèle au monde entier ce que les ingénieurs n'avaient pas vu : un rat mort photographié par *Curiosity*. Pour preuve, un agrandissement d'une photo piochée paradoxalement sur le site de la NASA où il semblerait que, *attendez, avec un petit effort, maintenant que vous le dites, c'est un peu flou, mais je veux bien vous croire*, un caillou ressemble au loin à un rat, *oui*.

Face aux démentis de la NASA, d'autres blogueurs qui pratiquent en dilettantes l'étude des écosystèmes extraterrestres ont alors suggéré que *Curiosity* avait déposé des animaux terrestres sur Mars pour savoir s'ils allaient survivre, et que – dans ce cas – on nous ment et Mars possède une atmosphère respirable. D'autres verront des boules de pétanque, ou carrément une statue, et prendrons les démentis de la NASA comme autant de preuves, puisqu'en définitive rien n'a changé depuis que le vieux Montaigne écrivait – c'était en 1580 – que c'est aux hommes (je cite) *une occasion de croire que de rencontrer une chose incroyable.*

En résumé : de l'Antiquité aux années 1950-1960, l'Univers était habité. Penseurs, philosophes, savants, astronomes, astrophysiciens étaient persuadés que partout la vie s'était développée comme sur terre. La science comme la superstition peuplaient les étoiles. Des théologiens tressaient des théories pour unifier notre vision de Dieu à celle d'un Univers partout fourmillant. Et si d'aventure les extraterrestres s'avéraient athées, il s'agirait alors de les évangéliser comme le prévoyait ce bon vieux Hermann Oberth, la moins connue des célébrités de l'histoire spatiale, que l'on rencontrera plus loin dans ces pages. Depuis les années 1960, le déploiement de radiotélescopes servant à écouter les ondes émises par de lointaines civilisations nous apprend que, s'il règne un bordel monstrueux dans l'espace faussement silencieux, aucune onde ne semble produite par une intelligence. On observe, on cherche, on traque. Rien. On s'affole dès que l'on capte un signal régulier et récurrent, et on se calme dès que l'on finit par identifier la signature d'un pulsar. Pendant ce temps, les sondes et robots envoyés sur Mars et au-delà nous font parvenir avec patience des vues de sols apparemment dépourvus de vie.

Pourtant, et c'est un paradoxe, on sait maintenant que la vie est possible hors de la Terre, on a trouvé des composés organiques dans des météorites, de nombreux scientifiques imaginent que la vie est apparue dans l'espace et que les comètes et météorites ensemencent littéralement les planètes. Fin novembre 2019, une équipe internationale de chercheurs ayant analysé des météorites tombées en Australie et en Amérique du Nord révèle qu'elles contiennent du ribose, un sucre indispensable à la fabrication de l'acide ribonucléique présent chez presque tous les êtres vivants. À ce jour, environ 140 molécules organiques ont été trouvées dans l'espace. La sonde *Rosetta*, qui s'était approchée de la comète Tchourioumov-Guérassimenko en 2016, a détecté de la glycine, des acides aminés et du phosphore, l'une des briques de l'ADN. Des indices de vie sont là. Alors ? Pourquoi n'est-on pas heureux ? Parce que cette vie possible serait une bactérie et non un homme ? Parce que l'on ne cherche pas la vie, mais bien un miroir, un interlocuteur, un être pensant et civilisé, technologique et évolué. La vie petite-bourgeoise partout dans l'univers, donc.

Cela fait à peine deux tiers de siècle que le ciel est vide. On sait bien que nos moyens d'investigation sont limités, mais tout de même. Pas la moindre onde radio. Pas le moindre message. Longtemps nous avons eu la prétention d'être élus à défaut d'être uniques, aurions-nous dorénavant peur d'être seuls ? Une singularité à l'échelle de l'infini. Autant dire une erreur. Ou aurions-nous peur que l'absence d'autres civilisations prouve que, si la vie se développe en sociétés et invente une technologie pointue, elle s'autodétruit avant de parvenir à voyager ? En ce sens, capter un signal quelque part dans l'espace, ce serait nous offrir une espérance.

Enfant, j'ai cru que s'il existait une autre civilisation, technologiquement plus avancée que la nôtre, elle serait sage. Elle serait *bonne*. Je n'ai jamais pris au sérieux ces histoires d'invasions. Le cinéma des années 1950 aux années 1970 a utilisé des extraterrestres comme métaphore de la guerre froide. Le Martien était le Soviétique venu coloniser le monde entier. Une fois les antagonismes du vieux monde dépassés, Hollywood a continué à produire des *Independance Day* à la chaîne simplement parce le genre était rentable. Aucune raison de cesser de faire des films d'invasion s'ils permettent de gagner des millions de dollars. Ces films n'ont aucun fondement. Je les ai vus, ils m'ont distrait sur le moment, et je les ai oubliés. J'ai toujours préféré l'image d'une rencontre pacifique (rencontre dont Spielberg s'est fait le spécialiste avec les *Rencontres du troisième type*, puis *E.T.*), ou – s'il y a menace – elle est accidentelle, comme le montrent les films *Alien* : les humains tombent sur des bestioles qui les déciment comme dans la jungle birmane un explorateur malchanceux peut devenir le repas d'un tigre affamé.

En 1938, alors qu'il travaille au top secret projet Manhattan qui aboutira à la mise au point de la bombe atomique, le physicien italien Enrico Fermi a posé une question qui est demeurée sans réponse. Partant du principe que notre soleil est bien plus jeune qu'une grande partie des étoiles observables, que la vie sur terre s'est développée au point de produire une intelligence maintenant capable de tripatouiller les atomes, si la vie extraterrestre existait, il y aurait de fortes chances qu'elle soit plus vieille que nous, et technologiquement plus développée. En conséquence de quoi, les représentants des extraterrestres devraient déjà être entrés en contact avec nous. Or – à moins d'adhérer aux théories du complot selon lesquelles nos dirigeants ont des contacts secrets avec des civilisations extraterrestres – ce n'est pas le cas.

Où sont-ils donc ?

Cette question, nommée paradoxe de Fermi, est la tarte à la crème des exobiologistes comme des théoriciens du complot. Certains répondent que la vie n'est apparue que sur terre, ce qui représente une curieuse probabilité à l'échelle d'un univers infini. D'autres soupçonnent qu'ailleurs la vie n'a pas envie de voyager dans l'espace. Les plus paranoïaques supposent que des espions extraterrestres sont parmi nous. Des philosophes ou des scientifiques soutiennent que le développement de la vie n'implique pas forcément celui de la technologie. D'autres échafaudent des civilisations piégées sous des océans glacées ou à l'intérieur de mondes creux. Carl Sagan (l'un des pères fondateurs du SETI, le Search for Extra-Terrestrial Intelligence, regroupant divers projets de diverses nations consistant à surveiller l'espace pour y détecter des signes d'activité extraterrestre) a souhaité répondre à ce paradoxe, il a conjecturé une sorte de code de bonne conduite : chaque civilisation avancée ne doit pas entrer en contact avec une civilisation plus reculée par crainte de perturber son développement. Son hypothèse porte le nom de *zoo humain*. Nous sommes dans un zoo, et les aliens ont pour consigne de ne pas nous lancer de cacahuètes tant que nous n'avons pas inventé de nous-mêmes les outils techniques permettant de scier les grilles de nos cages.

Une autre réponse a été avancée pour répondre à la question de Fermi : pourquoi des civilisations plus vieilles que la nôtre ne sont pas entrées en contact avec nous ? Tout simplement parce toute vie intelligente développant une industrie détruit sa planète avant de pouvoir perfectionner le voyage interstellaire. Toute civilisation technologique développe un penchant suicidaire. Il suffit de lire les journaux, de regarder l'insouciance avec laquelle nous courons vers l'abîme, pour prendre au sérieux cette hypothèse. Je doute fort que nous puissions inventer des moyens de voyager loin dans l'espace avant que le réchauffement climatique, la disparition des énergies fossiles et le fossé de plus en plus profond entre ceux qui possèdent et ceux qui meurent de faim ne fassent périr notre civilisation. Enfant, j'ai grandi avec l'idée que pour des raisons politiques et idéologiques l'humanité pouvait disparaître lors d'une guerre nucléaire. Adulte, je vis avec la conviction que le cynisme financier et capitaliste nous tuera tous. La question de Fermi, posée lors d'une conversation autour d'une tasse de café alors que se construisait l'arme la plus redoutable de l'histoire de l'humanité, devrait être prise plus au sérieux. Nous crèverons lorsque nous laisserons quelques milliardaires taxer l'air que nous respirons. Nous n'aurons pas le temps d'essaimer les étoiles ni de mettre en garde de lointaines intelligences du danger qu'il y a à devenir une civilisation avancée.

Au train où vont les choses, si l'on envisage sérieusement l'hypothèse du zoo humain, j'espère de tout cœur que les trop discrets extraterrestres vont finir par sortir de leur cachette avant que nous ne finissions de scier la branche sur laquelle nous sommes assis. Si je comprends fort bien qu'il ne faille pas trop nous perturber en débarquant d'un coup, je me demande s'il n'existe pas un code spatial pénalisant la *non-assistance à civilisation en danger* ? Cette idée du zoo dont nous serions les animaux est assez répugnante : *ils* seraient donc là, au spectacle, à regarder les mers gommer une à une les îles indonésiennes, les industriels se dépêcher de vendre ce qui peut encore l'être, les populations vivre les pieds dans l'eau ou se déshydrater sous la canicule, et *ils* ne bougeraient pas ? Ce code de conduite extraterrestre spécifierait donc que, si une race est trop stupide pour développer l'empathie, l'entraide, le partage et le développement raisonné, elle mériterait de crever ? Chaque matin, quand la lecture des journaux voûte ma joie, *ils* nous observent en mangeant des pop-corn ?

Je chasse ces images, je repense au conte de Voltaire, le gigantesque Micromégas ne voyait pas les humains, trop minuscules pour être perceptibles par ses yeux colossaux. Peut-être sont-ils là, les E.T., autour de nous, trop petits ? Trop grands ? Invisibles ? Gazeux ? Immatériels ? Insaisissables ? Peut-être ne sommes-nous pas doués de sens permettant de les apercevoir ? Ils ne sont pas fatalement les voisins petits-bourgeois moqués par Barthes.

Ma fierté m'empêche de m'imaginer simple attraction de leur zoo ; naïvement, je garde l'espoir qu'une civilisation plus évoluée serait également plus morale.

Pliées en quatre dans un carnet de notes, j'ai gardé les deux premières pages du journal *Libération* daté du 8 août 1996, je me souviens très bien l'avoir acheté dans une petite maison de la presse, en Centre-Bretagne ; c'était l'été, je prenais mes quinze premiers jours de vacances en famille, avec la nouveauté radicale d'avoir un bébé à mes côtés. J'étais père depuis exactement sept mois et trois jours ce jeudi-là. En une du journal, la planète Mars et le titre : « Un soupçon de vie sur Mars », suivi de la phrase : « Un organisme primitif aurait été décelé dans une météorite martienne. » Dès que l'on ouvre le journal, le conditionnel se tait, chassé par le sensationnalisme, le titre intérieur est catégorique : « On a trouvé des traces de vie martienne. » L'article, lui, demeure plus prudent : des chercheurs américains ont analysé une météorite découverte en 1984 après avoir passé treize mille ans dans les glaces de l'Antarctique ; elle contiendrait des structures tubulaires qui seraient des traces fossiles de bactéries, et tout laisserait à penser que cette météorite nommée ALH 840 001 serait d'origine martienne. L'information a été publiée deux jours avant par la NASA, et si un peu partout dans le monde des scientifiques crient *We are not alone*, les auteurs de la découverte eux-mêmes restent prudents. Bill Clinton, alors président, tempère tout en demeurant emphatique. *Si cette découverte est confirmée, ses implications sur notre Univers seront considérables*, déclare-t-il. Je ne sais plus exactement pourquoi j'ai conservé cet article. J'ai 26 ans, l'espace me fascine ; scotché plus loin, dans le même carnet, un entrefilet non daté annonce qu'un astéroïde risque de percuter notre planète en 2014. L'article sur la bactérie, lui, évoque une possible mission habitée vers Mars pour 2015. Encore une fois, le futur ne ressemble pas à ce qu'il aurait dû être. Dans le reste du monde, ce jeudi d'août 1996, l'armée russe essuie des revers en Tchétchénie, Jean-Louis Debré – ministre de l'Intérieur – refuse de régulariser ces migrants qu'à l'époque l'on nommait les sans-papiers, et le franc dégringole face au mark allemand.

C'était l'été et je crois que je me foutais un peu de l'état du monde. Bien sûr, je devais avoir mauvaise conscience d'être heureux, mais je l'étais, et ce bonheur, s'il ne résolvait rien à la détresse des guerres et des reconduites à la frontière, était une sacrée armure pour affronter le marasme. Ma fille glissée dans un porte-bébé, je foulais les sentiers de randonnée avec la souplesse que confère cette illusion d'immortalité de la paternité. J'avais décroché un travail six mois auparavant, j'étais père, amoureux, la brutalité du monde ricochait encore sur mon optimisme. J'avais la foi imbécile d'une défaite à venir de Jacques Chirac au profit de socialistes qui appliqueraient un programme socialiste, je me levais la nuit pour changer les couches, je préparais des biberons, j'embrassais l'enfant, j'étreignais la mère, mon bonheur me rendait intouchable. En plus, tout au fond de moi, je savais qu'un jour je serais écrivain. J'accumulais des notes, des faux départs, des paragraphes ; j'avais plus jeune trop hâtivement posté des manuscrits bâclés, je lisais beaucoup et je m'astreignais à une lenteur d'écriture. Nulle impatience lorsque l'on vient d'être père : le temps possède une plasticité nouvelle.

Alors le soir, une fois l'enfant endormie, je sortais contempler le ciel, j'ignorais totalement où chercher Mars, à supposer que la planète soit visible en cette période. Un peu ivre, je trinquais à la vie là-haut, la mère de l'enfant me rejoignait et j'oubliais les Martiens pour me préoccuper seulement de sa peau frissonnante, que j'enveloppais de mes bras. Je savais l'inquiétude, mais elle ne me frappait plus, je voulais obtenir ma part de plaisirs.

Plus tard, de petits entrefilets révéleront que les creux tubulaires détectés au microscope électronique sur la météorite ALH 840 001 n'abritaient pas forcément des traces de bactéries. Et que, si bactéries il y a eu, elles pouvaient être une contamination d'origine terrestre. Je lirai également que l'annonce fracassante de la NASA était surtout une stratégie de communication pour obtenir des budgets de recherche. Ce sont les dernières nouvelles connues des Martiens en attendant que *Perseverance* nous en poste de fraîches dans les dix prochaines années.

Retour en arrière, j'ai un musée à peupler et malgré mes réticences je peux difficilement me passer de cet homme-ci, il a d'ailleurs été le premier à vouloir atteindre Mars et à en posséder les moyens, il s'en est fallu de peu pour que son projet n'aboutisse : épaules et mâchoire carrées, vêtu d'un impeccable costume certainement taillé sur mesure, celui qui trace à la craie des équations sur un tableau noir a servi de modèle au docteur Folamour de Kubrick. Wernher von Braun, les photographies de son visage ornent tous les ouvrages liés à l'histoire de l'exploration spatiale. Il est plongé dans une longue, très longue équation qu'il pose lentement, et il n'y a rien que je puisse écrire sur lui qui ne l'ait déjà été. À part peut-être une anecdote : le jour où, visitant une exposition pédagogique consacrée aux missions *Apollo*, j'ai été mordu par une photo représentant von Braun souriant, une maquette d'avion à la main, en compagnie de Walt Disney appuyé sur une grande maquette de fusée. La légende expliquait simplement que les deux hommes étaient les pères de Mickey et du voyage spatial. Cette photo m'a sauté au visage pour tout ce qu'elle montrait (l'aisance, le côté people, la fortune et la décontraction des deux hommes) et ce qu'elle ne montrait pas (laissons de côté Disney, qui dénonçait ses collaborateurs encombrants ou trop ambitieux pour communisme aux commissions maccarthystes, et focalisons-nous simplement sur von Braun, c'est-à-dire l'ancien ingénieur nazi qui a vendu son savoir au plus offrant lorsque l'Allemagne était en train de perdre la guerre).

Dans son laboratoire, von Braun se retourne soudainement et donne un ordre à ses collaborateurs, qui sursautent. C'est ainsi que je veux l'imaginer : autoritaire, froid, carapacé dans son génie incontestable, inhumain. Je le laisse à ses calculs, les grandes lignes de sa vie sont connues, elles me suffisent, ce prélude ne sert qu'à repousser le moment de le faire réellement entrer dans ce livre, parce qu'en vérité cela m'emmerde un peu de raconter l'histoire d'un nazi.

Au printemps 2009, j'ai visité le camp de Dora, en Thuringe, non loin de la petite ville de Nordhausen, au sud du massif montagneux de Harz ; il était à l'origine un satellite du camp de concentration de Buchenwald avant de prendre son autonomie en 1944 et de devenir le camp de Dora-Mittelbau. C'est là que les missiles V2, l'arme secrète nazie, étaient construits. Je m'étais rendu à Buchenwald pour voir de mes yeux ce qu'avait vu mon grand-père déporté. Et c'est tout ce que je souhaite en dire. Ensuite, comme j'avais traversé une bonne partie de l'Allemagne, j'avais continué le voyage jusqu'à Dora, je connaissais l'histoire de l'ingénieur nazi devenu le père de la conquête spatiale américaine, je voulais simplement voir.

En fouillant dans le meuble rempli de carnets qui jouxte mon bureau, je retrouve mes notes de l'époque, je m'étais inscrit à une visite guidée. 60 000 prisonniers sont passés par Dora, et 20 000 y sont morts. Lorsque dans son autobiographie von Braun écrit n'avoir rien su de la souffrance des déportés, il ment. Il n'a pas pu ne rien voir.

En 1943, le centre de recherche sur les fusées est bombardé, il est alors situé sur la Baltique, les nazis décident de le transférer dans un lieu tenu secret : d'anciennes mines d'anhydrite, près de Nordhausen, dans le massif montagneux de la Thuringe, au centre de l'Allemagne. Les laboratoires de von Braun seront souterrains, à l'abri d'éventuels bombardements. Le site est choisi pour sa proximité du camp de concentration de Buchenwald : la main-d'œuvre ne manquera pas. L'effort de guerre est à son paroxysme, les nazis, qui gagnaient sur tous les fronts, viennent de subir une sérieuse défaite à Stalingrad,

400 000 militaires y ont laissé leur vie. Hitler exige des armes nouvelles, la guerre s'enlise, la fatigue s'installe, les immenses conquêtes des nazis nécessitent un nombre de soldats dont l'Allemagne ne dispose plus. D'août 1943 à janvier 1944, les déportés creusent une usine sous une montagne. Leur équipement est rudimentaire, une pioche vaut plus cher qu'un juif, ils creusent quasiment à mains nues, ils sont affamés, enfermés jour et nuit dans les tunnels, ils meurent vite.

Sous l'attentive direction de von Braun qui prétend n'avoir rien vu, la production commence en janvier 1944, 5 300 V2 seront construits et 2 800 envoyés. Seule une moitié atteindront leur cible : en Angleterre, en Belgique, en France et aux Pays-Bas. La technologie des missiles est encore balbutiante. Le bilan meurtrier des V2 est plus faible que leur impact psychologique ; si « seulement » 3 000 personnes meurent tuées par les missiles, les Alliés savent que l'Allemagne nazie dispose de fusées pouvant parcourir des centaines de kilomètres avant de frapper leurs cibles.

Je compare les chiffres des victimes des bombardements (3 000) à ceux des tués lors de la construction de l'usine secrète (20 000). Le jour de ma visite, je n'avais pas perçu cette ironie. Construire les V2 a été bien plus meurtrier que les utiliser.

Je relis les quelques notes prises lors de ma visite. J'y évoque le froid régnant dans les souterrains, je note le son mat de l'écho de nos pas. Je relis ce que l'on m'a dit, à savoir que ceux qui mouraient en creusant n'étaient pas évacués, mais poussés sur les côtés et coulés dans le béton qui renforce les tunnels. Il y a eu quinze kilomètres de galeries destinées à la construction des V2, dont deux majeures, de deux kilomètres de long chacune.

Je revois la porte d'entrée, le long sas, les tunnels si hauts, les restes rouillés de missiles, des gyroscopes noyés par des infiltrations d'eau.

Dans mon carnet, j'ai écrit avoir eu froid dès que j'ai entendu la porte d'entrée claquer dans mon dos. Je relis à peine les pattes de mouche de mon écriture (je prenais des notes en marchant) :

moisissure,

filaments blanchâtres sur les restes de V2 [vérifier s'il s'agit de mérule],

froid aux mains,

des hommes dormaient là, contre les murs, sur des planchers de bois,

ce lieu est un cimetière,

les morts dans les parois.

J'ai aussi noté *Stéphane Hessel* sans me souvenir pourquoi. Je redécouvre qu'il a été déporté ici, il s'est évadé lors de l'évacuation du camp et le transfert des prisonniers vers Bergen-Belsen, en avril 45.

Le 3 avril 1945, les Alliés ont massivement bombardé Dora-Mittelbau, ils avaient compris que des armes y étaient fabriquées. Seuls quatre cents des quatre mille déportés détenus dans le camp survivent au déluge de feu. L'armée américaine est arrivée sur place le 11 avril pour trouver des mourants et des cadavres. La récupération de von Braun était une priorité pour les Américains comme pour les Russes. Il choisit librement de se rendre aux États-Unis, les Soviétiques se contentèrent de rafler ses archives. La France récupéra quelques ingénieurs et les installa à Vernon, dans l'Eure, loin du regard des populations, qui vouaient une haine compréhensible aux Allemands ; ces ingénieurs enseigneront aux scientifiques français leur savoir en matière de fusées. C'est dans ces conditions que naîtront les moteurs du programme spatial de propulseurs français. Grâce à d'anciens membres du parti nazi qui – eux aussi – affirmèrent n'avoir pas vraiment adhéré à l'idéologie ou n'avoir rien vu. Avec la tête dans les calculs et les étoiles, pas évident de regarder autour de soi et de savoir qu'un génocide est en cours.

Déchiffrant mes notes, je lis qu'à la fin de la guerre les accords de Potsdam confient Dora à l'administration soviétique. Le camp est utilisé pour loger des réfugiés, les services secrets emportent tout ce que les Américains n'ont pas raflé et les tunnels sont dynamités en 1949. Seul subsiste le tronçon que j'ai visité, où fut installée – dans les années 1980 – une éphémère et scandaleuse discothèque. Je suis venu à Dora pour prendre des notes d'un livre que je n'écrirai jamais, cela arrive. J'ai longtemps gardé en moi la sensation d'oppression ressentie lors de ma visite. Je sais que ce n'est ni le froid ni le fait d'être dans un souterrain qui a causé cet étouffement, mais bien la connaissance de ce qui s'y est déroulé. À la fin de ma visite, dans mon carnet, j'avais noté cette phrase :

Le froid est celui de la mort.

Dans les livres qu'il a co-écrits sur sa vie et l'histoire de l'aéronautique, jamais von Braun n'évoque Dora, la version officielle est qu'il n'y a pas mis les pieds. Une traduction française de sa biographie, publiée en 1968 aux Éditions Larousse, va réveiller la mémoire des déportés. Par dizaines, ils vont témoigner de la présence de von Braun à Dora. Je cite Georges Jouanin (1922-2017), arrêté en juillet 1943, déporté en novembre à Buchenwald, affecté le 12 janvier 1944 à Dora (il a publié ses mémoires sous le titre *Pardonnez, n'oubliez jamais* aux Éditions Amalthée) : *N'ayant pas été choisi à Buchenwald, je demandai à passer un examen d'entrée à Dora ; bien que typographe, je me prétendis électricien. L'examinateur me montra un schéma et je répondis au hasard qu'il représentait un moteur triphasé. Arrivé en janvier 1944 à Dora, j'ai passé sept mille six cents heures dans le tunnel, toujours affecté au même travail, le montage des harnais de fils électriques. Au début de sa préparation, la fusée était érigée verticalement. Pour poser les fils de transfert du gyroscope jusqu'aux volets de pilotage, à une hauteur qui dépassait ma taille, j'avais un jour placé les pieds sur deux de ces petits volets. Sept ou huit civils passent, l'un s'avance vers moi et me donne deux violentes paires de claques en criant : « Du, saboteur ! » Après leur départ, le Meister (c'est-à-dire le contremaître qui faisait équipe avec moi) me dit : « Dis donc, tu t'es fait corriger par le grand patron ! – Qui ça ? – Von Braun ! »*

Au CNES, je trouve des fac-similés d'attestations de l'Amicale des déportés politiques et de la résistance de Dora, Ellrich, Hartzungen et commandos annexes. J'en cite une, celle de Pierre Dupont, déporté à Dora le 15 janvier 1944, matricule 25.033 :

Atteste :

- avoir vu von Braun en février 1944 dans le tunnel de Dora lors d'une visite d'inspection où il était accompagné de...

- avoir travaillé en mai et juin 1944 dans le hall 153 dans lequel se trouvaient les bureaux des ingénieurs et où von Braun avait un bureau spécial pour lui, et où il venait presque tous les jours.

- en janvier 1945, lors d'une visite du camp où il était accompagné de Goering et Himmler.

J'arrête là. Von Braun a su troquer le costume noir de l'abjection pour celui, scintillant, du vendeur de rêve. 20 000 morts au bas mot lui ont été pardonnés pour qu'il entrouvre la porte des étoiles. Et il se permet de sourire sur les photos.

Ingénieur passionné d'aéronautique et d'astronomie, persuadé qu'il est possible de concevoir des fusées habitées destinées au voyage spatial, von Braun ne cessera de trouver des crédits pour sa recherche, adhérera au parti nazi, perfectionnera la propulsion et – surtout – le guidage des fusées avec l'invention du gyroscope, développera la Vergeltungswaffe – littéralement *arme de représailles* – connue sous le nom de V2, qui bombarda Londres, Anvers, Liège, Bruxelles ou La Haye à distance sans engager l'aviation. Le reste, c'est le départ aux États-Unis en 1945 après une rocambolesque évasion jusqu'en Suisse. Von Braun n'avait que l'embarras du choix pour décider où il irait s'établir. Les nations du monde entier étaient prêtes à lui offrir une amnistie et un pont d'or pour récupérer ses travaux et son cerveau. Sa haine du communisme lui facilita le choix. Oubliés, sa croix du Mérite de guerre et les louanges d'Hitler, le voici qui gravit les échelons au sein des départements de recherche de l'armée américaine. Il est directeur du centre de vol spatial Marshall de la NASA dès sa création, en 1958. Il travaillera aux programmes Mercury, Gemini, et il contribuera au succès du programme Apollo, né le jour où le président John Kennedy apprit qu'un certain Youri Gagarine était monté au ciel et avait su en redescendre.

L'homme connut au moins un échec : s'il permit à Kennedy de matérialiser sa fanfaronnade en envoyant des hommes sur la Lune, von Braun rêvait de Mars. Les lanceurs qu'il conçut pour atteindre notre satellite étaient largement disproportionnés. Il visait la Lune pour prouver que Mars serait un objectif réalisable. Il fit de son mieux pour en convaincre les successifs présidents américains, voulait envoyer un train d'une quinzaine de fusées simultanément sur la planète rouge, et lorsque Nixon rejeta son projet pour développer celui d'une navette spatiale réutilisable, il baissa les bras et mourut.

Fin de l'histoire, ce type qui déclarera toute sa vie n'avoir rien su des méthodes réelles des nazis ne m'intéresse pas. Il a gagné sa place dans tout musée de l'aventure spatiale, il se doit d'être ici, mais sa popularité me blesse. Ce matin, alors que j'écris ces lignes, il a gelé, je n'arrive pas à réchauffer mes doigts, je repense à ma visite de Dora. Le temps est assorti à ma colère, comme si le monde était perméable à mon humeur.

Je n'en ai pas fini, malheureusement, avec le nazisme. Épaisses lunettes aux montures noires, cheveux impeccablement gaufrés, grosse moustache, le trop discret Hermann Oberth est penché sur sa table de travail. Cet homme a beau avoir de terribles zones d'ombre, il mérite que l'on s'attarde à ses côtés. À ma connaissance, aucune des rares et vieilles biographies qui lui sont consacrées n'a été traduite en français, il y aurait pourtant du travail sur la planche pour un romancier ou un journaliste, à condition qu'il soit germanophone, langue que pratiquait Oberth bien qu'il soit né hongrois, dans une ville maintenant roumaine, mais autrefois intégrée à la Transylvanie autrichienne. Si on cherche des traces de sa vie, on apprend qu'un musée lui est consacré à Feucht, en Allemagne, qu'une université roumaine d'ingénierie porte son nom ainsi qu'un cratère de la Lune et un astéroïde de la ceinture située entre Mars et Jupiter. La physique et l'astronautique lui rendent hommage en nommant *effet Oberth* un phénomène de mécanique gravitationnelle par lequel une fusée gagne de l'énergie en tombant dans un puits gravitationnel (je ne comprends rien à ce que j'écris) et *manœuvre d'Oberth* la méthode consistant pour une fusée à tomber dans le puits avant d'accélérer lorsqu'elle atteint la vitesse maximale de sa chute. Cette histoire de puit gravitationnel me distrayant un moment, je me permets une digression pour expliquer que, au regard de l'astrophysique, nous vivons tous au fond d'un puits dont il faut grimper les parois pour s'élever vers l'espace et échapper à la gravité. L'image est un brin étouffante.

Pour en revenir à Hermann, je l'épingle dans ce livre au moment où, âgé d'une quarantaine d'années, il a déjà publié le livre l'ayant rendu célèbre : *Die Rakete zu den Planetenraümen*, une réécriture de sa thèse de doctorat sur la navigation interstellaire, thèse qui effraya l'université roumaine et ne fut pas validée, bien qu'elle eût plus tard une importance capitale pour le développement des fusées spatiales. Je l'espionne à sa table, il calcule, une main sur le front. C'est l'un des premiers à avoir estimé qu'une fusée à plusieurs étages pourrait vaincre la gravité. Il a aussi théorisé une station spatiale orbitale. S'il a effrayé l'université, il a attiré l'attention de l'armée roumaine, puis – la Seconde Guerre mondiale arrivant – des nazis. L'homme était le mentor de cette crapule de Wernher von Braun. Il était (est, il est là, devant moi, enfonçant un doigt dans son oreille alors qu'il réfléchit, se croyant seul) un chercheur, un ingénieur, un théoricien. Dans la longue chaîne des expériences, travaux, conceptions, spéculations et études qui ont permis aux hommes d'aller sur la Lune, il est sans doute l'un des tout premiers maillons, même s'il a toujours revendiqué sa dette aux romans de Jules Verne.

Hongrois de souche saxonne donc, Oberth est né en 1894 et mort en 1989. Au moment où nous l'observons, attablé face à des lignes et des lignes de calcul, son visage exprime une concentration et un contentement singuliers, il vient de découvrir ce que l'histoire de la science astronautique a nommé l'*équation fondamentale*, une histoire d'accroissement de la vitesse d'un objet propulsé par un moteur à réaction dont la masse change, et dont il a eu l'intuition alors qu'il n'était qu'étudiant.

Polyvalent, érudit, persuadé de la justesse de ses vues, et – comme je l'ai noté – rejeté par l'université, ses publications lui valent une réputation de rigueur ou de fantaisie selon que l'on considère qu'il est possible ou non de s'arracher à la gravitation. En 1929, il a travaillé avec Fritz Lang pour son film *Une femme dans la Lune*, collaborant au scénario comme conseiller scientifique et réalisant pour la sortie du film une vraie fusée qui ne décolla pas, l'homme était ingénieur et pas bricoleur. Le film raconte une histoire emberlificotée de course à la Lune après qu'un professeur a rendu publique l'hypothèse que sa surface contienne d'importants gisements d'or. À cela s'ajoute fatalement une histoire d'amour. S'il est plaisant à voir, le film développe une série d'idées inventées par Oberth qui impressionnent rétrospectivement : fusée à étages, décollage depuis un bassin d'eau et invention du compte à rebours de lancement. En vérité, il est fort probable qu'Oberth se fichait du film, il a vu en Lang la possibilité d'enfin faire financer la construction des fusées qu'il a en tête. Même en cette fin des années 1920, le cinéma est une industrie cyclopéenne, détenant des moyens qui font défaut aux universités et aux modestes laboratoires de recherche. Il en sera pour ses frais. Mais, dès l'arrivée au pouvoir des nazis, le film sera interdit de projection et les fusées construites pour le tournage comme celle qu'Oberth échoua à faire voler furent détruites parce qu'elles contenaient en germe toute la technologie ultra-secrète de ce qui deviendra le V2.

Je passe sur l'épisode peu glorieux où, après avoir modélisé des moteurs à combustible liquide, il est repéré puis engagé par l'armée roumaine, et réussit enfin à faire voler une fusée avant d'être aussitôt récupéré par l'armée allemande. Redisons-le, Wernher von Braun s'inspire fortement de ses travaux, il l'appelle à ses côtés pour concevoir les V2.

Bizarrement peu inquiété à la fin de la guerre, il vendra son savoir à qui peut l'acheter et von Braun pour la seconde fois l'appellera à ses côtés, aux États-Unis, en 1955, où il deviendra ingénieur spatial. En parallèle, il écrit, invente le concept de combinaison spatiale chauffée et pressurisé, teste des moteurs à combustion liquide, continue de modéliser des stations orbitales, publie un livre (c'était en 1952) sur l'automobile lunaire. À partir des années 1950, il devient un ufologue passionné, analysant chaque apparition de soucoupe volante pour tenter d'en tamiser des pépites de vérité, il déclare à la presse avoir les preuves que des visiteurs d'autres systèmes solaires nous étudient depuis l'Antiquité. Il se retire, consacre une partie de son temps libre à étudier le développement d'énergies alternatives pouvant résoudre les problèmes de dépendance au pétrole, dont il répète que les sources finiront par se tarir, et l'autre partie de ses loisirs à rédiger un catéchisme à l'usage des extraterrestres, qu'il se propose de leur remettre lors de leur prise imminente de contact avec nous. Il meurt fin décembre 1989 sans avoir – à ma connaissance – converti le moindre alien aux mystères du christianisme.

En parlant d'extraterrestres, Kenneth Arnold s'agite, montre des images photographiques floues à une foule invisible, vitupère, fait défiler des diapositives, dont une grande partie sont des dessins d'artistes ou des schémas. Celui-ci est né en 1915 et il est mort en 1984, il est américain, aviateur, et c'est à bord de son appareil, un Call Air A-2, petit avion trois places à hélice, qu'il surprit neuf objets étranges dans le ciel. Le destin de cet homme a basculé ce jour-là, le mardi 24 juin 1947, alors qu'il survolait le mont Rainier, un volcan encore potentiellement actif, dans le comté de Pierce, à 90 kilomètres au sud-est de Seattle, il observa neuf objets dans le ciel, arrondis à l'avant, triangulaires à l'arrière, qui se déplaçaient à des vitesses prodigieuses et d'une façon totalement insolite : ils volaient en formation et avançaient par bonds successifs, exactement comme s'ils ricochaient dans le ciel, et surtout – alors que le mur du son ne serait franchi que dans quatre mois par l'aviateur

Chuck Yeager – Arnold estima à deux fois la vitesse du son le déplacement des aéronefs.

L'observation dura trois minutes, il eut tout le loisir d'examiner ces appareils inconnus. C'est un reflet qui avait attiré son attention. Les appareils se mouvaient en diagonale et en V, comme un vol d'oies sauvages. Ils frôlèrent les cimes avec une aisance et une vélocité hors du commun. Arnold calcula approximativement leur vitesse (1 900 km/h), leur altitude (2 800 m) et évalua que le V s'étirait sur plus de huit kilomètres de long. Plus tard, il dira que les neuf objets semblaient ricocher comme une soucoupe sur l'eau. Les amis à qui il racontera cette histoire incroyable l'ébruiteront, des journalistes s'en empareront, et bien qu'il ait décrit des engins triangulaires sur un côté, l'expression *soucoupe volante* naîtra, il démentira, rencontrera la presse, dessinera des schémas précis des objets, mais la formule résistera à tous les démentis et lui collera à la peau. Il eut beau se mettre en colère, crier haut et fort que les soucoupes volantes ne sont pas des soucoupes, aujourd'hui encore les ovnis sont représentés sous forme de disques circulaires. Une expression imagée possède mille fois plus de force qu'une précision scientifique, tous les communicants le savent.

Dans la lettre qu'il se décide enfin à écrire à l'Air Force, le 12 juillet 1947, Arnold détaille posément son observation : *Ils se déplaçaient ainsi que je l'ai souvent vu faire par des vols d'oies sauvages, en diagonale et en chapelet, comme s'ils étaient liés les uns aux autres. Ils semblaient garder un cap bien défini, mais faisaient des crochets d'un côté ou de l'autre des sommets des montagnes. Sur le moment leur vitesse ne m'impressionna pas particulièrement, car je savais que notre armée de terre et nos forces aériennes ont des avions très rapides. Ce qui ne cessait de me tracasser en revanche, en les voyant évoluer au soleil, c'est que je ne leur distinguais pas de queue.*

Large d'épaules, cheveux courts, impeccable costume, Arnold montre une vue d'artiste de ses ovnis : une sorte de faucille volante, un grand arc de cercle profilé à l'avant et deux demi-cercles à l'arrière. Quelque chose entre le croissant de lune et un shuriken de ninja. Il s'emporte, répond à des questions, n'en finit plus de parcourir le pays pour témoigner de ce qu'il a vu et convaincre un monde incrédule, qu'*ils* sont parmi nous. Curieux personnage que cet homme : s'il semble à première vue appartenir à la catégorie des mythomanes ou des escrocs, un examen approfondi de sa biographie révèle une personnalité bien plus complexe. Toute sa vie, Arnold n'a cessé de fuir la presse pour aussitôt réclamer sa présence. Des milliers d'articles ont été écrits sur lui, il s'est senti manipulé, humilié, moqué, offensé, et – en même temps – la machine était lancée, il a rencontré des centaines de personnes ayant prétendument aperçu des objets non identifiés dans le ciel, il a refusé un contrat faramineux offert par un grand éditeur pour préférer autopublier son autobiographie à compte d'auteur, il a repoussé les avances d'Hollywood et a pourtant tenu des conférences comme celle à laquelle nous assistons à cet instant. Plus tard, il a affirmé avoir retrouvé la trace des neuf *flying saucers*, et ce sont des milliers de gens ou des pilotes confirmés qui ont témoigné à ses côtés. Les soucoupes partout sont apparues en cette fin des années 1940. Par trois fois, Arnold raconte les avoir revues dans le ciel. Il est devenu populaire, on l'admire autant qu'on le dénigre. Des scientifiques estiment qu'il a vu des météorites ou des pélicans. Ce terme-là sera retourné contre les sceptiques pour devenir un outil de communication. Le mot *pélicaniste* désignera désormais les incrédules qui refusent d'admettre l'existence pourtant avérée des ovnis. L'armée s'intéresse à lui et suit ses déplacements, en particulier lorsqu'il se rend sur l'île Maury, dans l'État de Washington, pas si loin de sa première observation, pour rencontrer un certain Harold Dahl après que ce celui-ci a déclaré avoir vu s'écraser une soucoupe volante de trente mètres de diamètre. Arnold est aux côtés de deux officiers de renseignement de l'armée de l'air, ils recueillent des éclats de métaux sur la plage, les deux hommes s'envolent et – comme par hasard – leur avion prend feu et s'écrase. Ils périssent, les échantillons disparaissent. Arnold, lui, était reparti avec son propre avion. Il n'en faut pas plus pour que la rumeur enfle. Dépassé, Harold Dahl avoue avoir inventé toute l'histoire. Rien de mieux pour confirmer une théorie farfelue qu'un témoin affirmant l'avoir inventée. L'incident de l'île Maury est encore aujourd'hui considéré comme un cas d'école par ceux qui pensent que les gouvernements nous mentent. C'est avec la zone 51 et Roswell l'une des preuves les plus certaines qu'*ils* sont là et qu'*ils* nous observent.

Il semblerait que la plus vieille occurrence de l'apparition de petits hommes verts date de 1173, nous sommes en Angleterre, dans le comté du Suffolk, un garçon et une fille sont découverts par les villageois en lisière d'un champ un jour de moisson : les deux enfants ont une physionomie étrange – ils sont d'ailleurs considérés comme enfants à cause de leur taille et de la finesse de leurs membres, rien d'enfantin dans leurs visages –, ils parlent une langue incompréhensible, portent d'étranges vêtements tissés dans une matière inconnue, refusent de manger de la viande et ont la peau verte. Longtemps, l'histoire de ces deux enfants sera assimilée au folklore des fées et des elfes, puis – peu à peu – les habitants supposés de la planète Mars deviendront eux aussi des petits hommes verts et l'on se souviendra de cette légende pour y voir rétrospectivement la première preuve d'un contact avec des Martiens.

Cette histoire de soucoupes volantes dans le ciel américain renvoie à un paradoxe qui me fascine : en cette fin des années 1940, la communauté scientifique internationale éclate de rire en écoutant les histoires d'Arnold, il aurait vu les engins des petits hommes verts, on se tape les cuisses, on rejette en bloc ses billevesées, et en même temps, c'est le commencement d'une nouvelle ère d'observation et d'écoute du ciel avec l'idée qu'il puisse exister d'autres planètes habitées dans le cosmos. Aucun lien ne semble être fait entre les soucoupes volantes et la possibilité que la vie, ailleurs, se soit développée. En 1940, l'astronome anglais Harold Spencer Jones avait publié un ouvrage intitulé *Life on Other Worlds* (« la vie sur d'autres mondes »), dans lequel il défendait l'hypothèse que la formation de planètes soit fréquente autour des étoiles. Notre système solaire ne serait pas une exception, il serait normal que la naissance d'un soleil engendre des planètes, des astéroïdes et des lunes. Multimédaillé, reconnu par ses pairs, Spencer Jones est pris au sérieux. Il pose l'une des toutes premières hypothèses qui aiguilleront la traque des exoplanètes. Nous sommes également à une époque où les canaux Martiens demeurent la preuve de la vie sur Mars. Il semblerait qu'à cette époque les scientifiques ne veulent croire que ce qu'ils voient par eux-mêmes. Kennet Arnold aurait été astronome et non agent d'assurances, ses observations auraient eu un autre poids. Alors que télescopes et radars se développent, il apparaît impensable qu'un quidam puisse voir ce que le spécialiste ne distingue pas.

Pour en revenir à Ken Arnold, j'essaie de me faire ma propre idée en regardant une émission que la télévision américaine lui a consacrée en 1977 : Arnold est persuadé d'avoir vu quelque chose, des croissants volants, une technologie hors de portée de son pays, il a rendu publique son observation parce qu'il a eu peur que cette technologie soit soviétique. Juin 1947, la phobie des armes secrètes est partout : les nazis avaient les V2, les Américains ont la bombe atomique. Ce qui effraie ce brave Kenneth Arnold c'est que les Russes aient inventé un avion furtif, ultra-rapide, pouvant dominer l'aviation militaire des États-Unis. Il semble avoir plus craint l'invasion communiste que martienne. L'homme a son entreprise, il vend des alarmes incendie et ne se déplace pour ses rendez-vous professionnels qu'avec l'un des deux avions qu'il pilote lui-même. Il ne s'agirait pas que la vermine collectiviste socialiste vienne freiner sa liberté d'entreprendre et de s'enrichir. C'est d'ailleurs ce que note Roland Barthes lorsqu'il évoque les soucoupes volantes : *on supposait que la soucoupe venait de l'inconnu soviétique, de ce monde aussi privé d'intentions claires qu'une autre planète.*

Durant sa conférence, Arnold lève la main droite, laissons-le jurer des choses inaudibles à ses auditeurs. Peut-être redit-il pour la millième fois que le terme *soucoupe volante* est impropre, il aura beau le répéter un million de fois, les icônes sont difficiles à déboulonner. Son cas m'intéresse simplement pour ce qu'il confirme du désir massif d'entrer un jour en contact avec une civilisation venue d'ailleurs. Et la crainte que cette possibilité suggère.

La première fois que je tombe sur Constantin Tsiolkovski, c'est sa photographie qui me cloue littéralement. Ensuite, à mesure que je m'intéresserai au personnage, je verrai d'autres photos de lui, plus neutres, plus posées, plus classiques, mais cette première image ne me quittera jamais. J'en ai une copie sur un disque dur. Tsiolkovski est déjà âgé sur cette image : haut front dégarni, barbe blanchie en pointe, il tient un stylo dans sa main droite et un long cornet acoustique dans la gauche. L'entonnoir qu'il s'enfonce dans l'oreille doit mesurer de 70 à 80 centimètres. C'est que le bonhomme était sourd comme un pot, conséquence d'une scarlatine attrapée à l'âge de 9 ans, en 1866, qui manqua de le tuer, le laissa handicapé à la charge de ses parents. Nous sommes alors en Russie et l'école ne s'embarrasse pas de poids morts. En un sens, cette maladie fut sa chance. Issue de la noblesse polonaise, né en Ukraine, son père est instituteur. D'origine tartare, sa mère, instruite en latin, sciences et mathématiques, va prendre son éducation en main. J'ignore quel âge il a quand la photo au cornet acoustique a été prise, je sais qu'il est mort le 19 septembre 1935, il avait alors 78 ans, il est possible que le cliché date de quelques semaines avant son décès tellement il y apparaît vieux et épuisé. Il est possible aussi qu'il soit plus jeune, simplement marqué par la succession d'épreuves que fut sa vie. Sur cette photographie, Tsiolkovski est assis à son bureau, il tend son cornet vers un interlocuteur que l'on ne voit pas, il porte une lourde gabardine fermée jusqu'en haut par une double rangée de boutons, le cou engoncé dans le col, il est probable qu'il ait froid. Retour sur son adolescence : la perte d'un frère, puis celle de sa mère, la tentative de scolarisation dans un lycée où il devient la tête de Turc des élèves comme des enseignants l'isolent. À 14 ans, le jeune Constantin est déscolarisé, il apprend par lui-même en piochant dans la bibliothèque familiale. Son père devient cadre dans l'administration, ils vivent à plusieurs milliers de kilomètres à l'est de Moscou, sur les rives de la rivière Viatka, Constantin grandit. À 16 ans, il a fini de presser tout le savoir contenu dans les livres familiaux, son père l'envoie à Moscou avec une petite pension dont il use pour se loger, acheter du pain et du matériel scientifique. Tsiolkovski vit quasiment dans les bibliothèques, il lit tout ce qu'il peut trouver sur les mathématiques, la science, la mécanique, l'astronomie.

Sur la photo que je contemple en écrivant ces lignes, il est entouré de documents. On aperçoit des liasses de feuilles nouées par une ficelle à sa gauche, l'arrière-plan dévoile une table ouvragée où s'empilent livres, cahiers et journaux pêle-mêle, dans un foutoir conforme à l'idée que l'on se fait de l'antre d'un savant. En 1876, son père lui coupe les vivres, il rentre, donne des cours, continue en autodidacte ses recherches. Deux ans plus tard, le paternel prend sa retraite et s'installe à Riazan, qui n'est pas Moscou, mais permet de s'alimenter en ouvrages et idées. Pour vivre, Constantin passe en candidat libre le concours d'instituteur, il est reçu, puis il devient professeur de mathématiques et de physique à Borovsk, 10 000 habitants, à 100 kilomètres au sud-est de Moscou, gros bourg d'agriculteurs. Pour tromper l'ennui, Constantin épouse la fille de sa logeuse, fait quatre enfants, enseigne la mathématique à des têtes dures qui pourtant devront compter le rendement des récoltes, travaille en dilettante sur des prototypes de moteurs, invente d'improbables dirigeables en métal, dresse les plans d'une tour de 36 000 kilomètres de haut, inspirée de la tour Eiffel, qui permettrait d'aller dans l'espace en prenant l'ascenseur (idée farfelue à l'époque et considérée de plus en plus sérieusement de nos jours). Plus tard (je passe sur les déménagements), il publiera des textes scientifiques comme des romans de science-fiction dans lesquels il rêvera de conquête spatiale, d'extraction de minerais rares dans la ceinture d'astéroïdes, de stations orbitales tournant sur elles-même pour recréer une gravité artificielle. Il modélisera de très sérieux moteurs à réaction, puis des fusées à propergol liquide, il écrira la *loi fondamentale du rapport de masse*, autrement appelée équation de Tsiolkovski, permettant de calculer le changement de masse lors d'une propulsion d'un astronef doté d'un moteur à réaction, soit

$$\Delta v = ve\, ln \frac{mi}{mf}.$$

Et aussitôt que j'écris cette équation, en voici un autre qui entre sans frapper dans mon bureau, s'installe dans le fauteuil où d'habitude je lis et me fixe de son regard sévère. Boutonné jusqu'au col, en grand uniforme militaire de parade, des croix et des rubans épinglés sur tout le torse, grosse moustache tombante contrastant avec ses cheveux rares coiffés en arrière, il ne bougera pas tant que je ne lui aurai pas consacré au moins une parenthèse : Casimir-Érasme Coquilhat, il se nomme, général-major de l'armée de Belgique, spécialiste de l'artillerie, il publie en 1873 un article nommé « Trajectoire des fusées volantes dans le vide », dans lequel il formule cette même équation, soit vingt-quatre ans avant ce bon vieux Tsiolkovski qui n'a pas eu connaissance des travaux, jamais traduits en russe, du général belge. C'est ainsi, il n'est pas rare que deux chercheurs fassent la même trouvaille, l'un restera dans l'ombre tandis qu'injustement l'autre sera célébré. En claquant des talons, le général me remercie d'avoir glissé cette précision dans mon récit. Il part. L'équation de la fusée restera à jamais nommée *l'équation Tsiolkovski* et non *l'équation Coquilhat*, la vie est injuste, ce n'est sans doute pas à un vieux militaire mort en 1890 que je vais l'apprendre.

Revenons à notre infatigable Russe, il travaille sur les vitesses cosmiques, imagine d'utiliser l'énergie solaire, rêve à des vaisseaux autonomes transportant des serres dans l'espace et écrit dans une lettre l'une des formules les plus reprises par qui veut justifier le voyage interplanétaire : *La Terre est le berceau de l'humanité, mais on ne passe pas sa vie entière dans un berceau.*

Son visage sur la photographie exprime un curieux mélange d'intelligence et de relâchement. Bouche entrouverte, cernes sous les yeux, front déplissé, il s'en faudrait de peu pour qu'il ressemble à un idiot, mais le regard asymétrique est vif, présent, scrutateur. Si une sorte de faiblesse paraît flotter sur ses linéaments, c'est sans doute le froid, la fatigue ou la détresse d'avoir des idées en tête qui ne sont écoutées par personne. Il est intellectuellement seul, les tsars n'ont que faire d'aller explorer les étoiles, il faudra attendre une révolution et la création de l'URSS pour que des regards autre qu'amusés se portent sur ses travaux. L'Union des républiques socialistes soviétiques fera de l'espace sa religion, il suffit de voyager n'importe où à l'est pour voir à quel point monuments, rues, avenues, musées sont dédiés aux grandes heures de l'exploration spatiale. Tsiolkovski est la première brique de l'édifice spatial, il va être élu à l'Académie des sciences, le gouvernement soviétique va diffuser ses textes scientifiques comme littéraires, et cachera comme il pourra une partie de son œuvre, puisque nous sommes encore à l'époque où les hommes jetaient des ponts entre les disciplines, où l'on recherchait un savoir complet, une sorte de synthèse totale. Ce grave Constantin n'échappe pas à la règle. Là où Camille Flammarion plus tard voudra noyer la religion dans la science et l'ésotérisme, Tsiolkovski, lui, a cherché à inventer une nouvelle religion : panpsychiste d'abord (la vie et l'esprit sont partout, y compris dans la matière non organique, on rejoint là l'animisme ; les Indiens d'Amérique pensant qu'une pierre abrite un manitou ne sont pas loin), il adhérera ensuite au cosmisme. Il avait rencontré Nikolaï Fiodorov dans les bibliothèques de Moscou : quasi-ermite, celui-ci tentait de relier philosophie, science et religion orthodoxe. Grossièrement résumé, le cosmisme cherche un système harmonieux entre l'infiniment grand et l'infiniment petit : atomes, hommes, galaxies sont trois échelles d'un même système interdépendant, et tous doivent œuvrer pour atteindre l'unité suprême. Pour Tsiolkovski, l'humanité mettra des millions d'années avant d'éliminer toute souffrance, c'est-à-dire tout corps, puisque la chair vieillit, se blesse, s'infecte et périt. L'étape ultime du cosmisme, c'est le renoncement au corps pour devenir une forme vivante de rayonnement libre de se fondre dans l'unité universelle de l'Univers. J'écris cette phrase en ayant dans la tête l'introduction d'*Ainsi parlait Zarathoustra* de Richard Strauss utilisé pour le finale psychédélique du *2001* de Stanley Kubrick, où l'astronaute Dave Bowman pénètre dans le monolithe, abandonne son corps pour devenir un fœtus spatial rayonnant dans l'espace. Entre-temps, écrivait Tsiolkovski, il faudra trier l'humanité, garder les meilleurs éléments, supprimer les handicapés, en bref appliquer un programme eugéniste qui rend moins sympathique le génie précurseur qu'il fut et expliqua que même les plus hautes autorités du Soviet firent un grand tri dans ses travaux avant de publier ceux qui traitaient uniquement du spatial.

Je regarde une dernière fois Constantin Tsiolkovski, visionnaire solitaire, né un bon demi-siècle avant que ses idées puissent être prises au sérieux (on sait qu'Hermann Oberth, déjà croisé dans ce livre, vit en lui un maître).

Fatalement, la surdité, la barbe en pointe, l'ébullition du cerveau, le cornet, j'ai pensé à Tryphon Tournesol. Renseignement pris auprès de tintinophiles érudits, il semble qu'Hergé n'ait pas connu son existence, le modèle de Tournesol est un croisement entre un physicien suisse nommé Auguste Piccard et John Phillip Holland, l'inventeur d'un sous-marin de poche qui ne quittait jamais son chapeau melon.

Plus tard, dans les années 1930, Nikolaï Rynine, ingénieur soviétique, développera les travaux de Tsiolkovski ; un autre ingénieur, Valentin Glouchko, lui écrira avec assiduité alors qu'il n'est qu'adolescent. Ce même Valentin Glouchko travaillera durant trente ans à la conception des moteurs des fusées du premier programme spatial soviétique. Je plonge une dernière fois mon regard dans celui de Tsiolkovski, me touche sa fragilité : dans ses yeux, je vois le froid, la solitude, je vois un génie à deux visages – salopard eugéniste et brillant visionnaire –, j'aperçois aussi Gagarine s'élancer vers l'espace.

Et Gagarine arrive, il est impossible de ne pas l'évoquer tellement il prend de la place dans le firmament des pionniers. Mais que dire de lui ? Peut-être commencer par une anecdote, puisque j'ai une toute petite histoire personnelle avec Gagarine – nous avons tous une histoire qui nous relie à lui –, presque rien, un rendez-vous manqué, hélas. C'est en juin 2019 que je loupe mon Gagarine, de peu. Je suis reçu pour une semaine en Ukraine, j'enchaîne les rencontres. On m'a invité pour participer à un colloque sur la francophonie se déroulant en banlieue de Kiev ; je dois également passer une journée avec des lycéens de la ville de Tcherkassy, où j'ai virtuellement animé un atelier d'écriture durant l'année scolaire passée. Les gens qui me pilotent à travers le pays travaillent à l'Institut français et à l'ambassade, ils sont charmants, nous prenons le temps de faire connaissance et à peine ai-je évoqué mon goût pour les choses du spatial qu'on me propose d'aller admirer une véritable combinaison de Youri Gagarine. En ce début d'été, la canicule est déjà installée, on doit prendre la voiture le lendemain matin, on me propose de me lever plus tôt pour faire un détour par Pereyaslav-Khmelnytsky où se trouve un musée de l'architecture et des traditions. Là, en plein air, dans un parc de 30 hectares, ont été reconstruits des moulins à vent, des églises, des demeures traditionnelles, et – cerise sur le gâteau –, au beau milieu du parc, une église dédiée à sainte Parascève a été transformée en musée de l'espace. Curieux comme nostalgiques de la grande épopée spatiale soviétique s'y rendent en pèlerinage non pour prier la sainte, mais bel et bien pour approcher le casque et la tenue spatiale de Gagarine, m'informe-t-on. Bien que n'ayant pas de grande attirance pour les reliques, profanes ou sacrées, je me laisse tenter ; nous partons en roulant comme nous pouvons sur des routes défoncées où s'ouvrent des trous dans lesquels un pneu entier pourrait disparaître. Depuis l'indépendance en 1991, l'entretien du réseau routier, mis à rude épreuve par des amplitudes climatiques extrêmes, n'a pas été la première des priorités du régime. GPS aidant, et après avoir plusieurs fois craint de perdre une roue lorsqu'il était impossible d'éviter un trou, nous nous garons à l'ombre d'un arbre sur le parking désert du musée, où un homme vend, à l'arrière d'un camion, ce que de loin j'ai cru être des poteries traditionnelles et qui s'avèrent de près des bols et mugs en plastique.

On insiste pour m'inviter, je me laisse faire, on achète pour moi un billet d'entrée et un plan-guide du site écrit dans un français un peu ampoulé mais impeccable. Nous avions prévu large à cause de l'état des routes, nous avons du temps, nous visitons des intérieurs reconstitués de maisons qui me font penser à celles de mes aïeux dans les Landes, nous sommes les seuls visiteurs. Nous comprenons qu'il faut payer directement au gardien un supplément pour entrer dans certaines bâtisses, alors qu'on nous laisse accéder librement à d'autres. Celui qui m'accompagne et travaille à l'ambassade ne cherche pas à comprendre. Nous ne savons pas si des règles souterraines sous-tendent la visite ou si, plus probablement, les choses se décident à la gueule du client. J'avance en cherchant l'ombre et en chassant des nuées de moustiques désœuvrés qui voient en notre présence la possibilité d'un festin.

Enfin, nous arrivons devant Sainte-Parascève, qui – selon le plan – abrite plus de 450 pièces d'exposition allant de matériels techniques à la fameuse combinaison. L'église est en bois, surmontée d'une coupole dorée, la peinture bleue et grise de ses murs mériterait une petite rénovation, et sa porte est fermée. Une barre de fer – tenue par un simple cadenas – en interdit l'entrée. Mon hôte bilingue part en négocier l'ouverture, en vain. Il semblerait que le gardien, absent pour une raison inconnue, soit le seul à en posséder la clé. Je me console en photographiant un bronze situé sur le perron de l'église, représentant trois cosmonautes s'avançant hors d'un arc de cercle futuriste. L'un d'eux tend sa main droite, paume ouverte vers l'avant, en signe d'amitié intergalactique. Le personnage à l'avant est une femme, certainement Valentina Terechkova, surnommée *la Mouette*, la première femme cosmonaute russe. J'imagine que l'un des deux hommes, précisément celui qui lève la main, est l'idole soviétique Youri Gagarine, tout comme je ne peux que supposer que le dernier membre de cette trinité cosmique n'est autre qu'Alexeï Leonov, le premier homme à avoir accompli une sortie extravéhiculaire dans l'espace. Modeste de taille, la sculpture n'est accompagnée d'aucune explication. Son sculpteur restera anonyme. Nous sommes attendus à Tcherkassy, le pèlerinage s'arrête là sans que je puisse apposer mes mains sur le heaume de Youri.

Jamais je n'ai été aussi proche de voir ce que Gagarine a vu (voire de toucher en douce ce qu'il a touché).

Durant le trajet, nous dresserons à voix haute le programme d'un rocambolesque cambriolage : un grillage à franchir, un cadenas à cisailler, et il serait possible de repartir avec la tenue du super-héros soviétique. Nous conviendrons que l'affaire est tentante et ne semble pas présenter de risques ou de grandes difficultés. Nous sourirons. Je l'écris ici en toutes lettres pour imiter ces criminels qui s'arrangent pour être les principaux suspects afin que – justement – les inspecteurs des séries télévisées partent sur de fausses pistes tellement il paraît trop facile de se fier aux premiers indices. En réalité, si je m'emparais de cette combinaison, je ne saurais pas quoi en faire. Je n'ai jamais su être collectionneur.

Plus tard, en furetant sur Internet, je découvrirai combien ce musée est à la fois célèbre et délaissé (vols constants des pièces exposées, abandon des pouvoirs publics et tentative de l'Église orthodoxe de récupérer cette église pour lui redonner sa vocation première), je verrai aussi que, dans tout l'ex-espace soviétique, les combinaisons de Gagarine sont aussi nombreuses que les véritables croix du Christ exposées dans les cathédrales du monde entier.

Pour en revenir à Gagarine, je parcours sa vie à la recherche de ces moments où l'homme apparaît sous le héros. Il incarne le symbole de la puissance technicienne communiste, il est partout présenté comme un super-héros, c'est à peine s'il est demeuré un homme puisque le si laïque régime de l'URSS l'a transmué en demi-dieu. Et pourtant, je veux qu'il soit dans ce musée, il est forcément l'une des pièces maîtresses de qui s'intéresse au chemin menant vers les étoiles ; alors je cherche à retrouver l'humain en lui, le type ordinaire, celui qui se trompe, qui doute, qui balbutie ou qui foire. Je n'ai aucune empathie pour les surhommes, seules leurs faiblesses m'émeuvent.

Et heureusement, je tombe sur le récit d'une nuit particulière, une image me frappe, je parviens nettement à la visualiser, celle d'un homme nu au sexe bandé sautant d'une fenêtre. C'est ce moment que je voudrais éternellement préserver et non le lent déroulé d'une vie. L'homme est petit, bien bâti, il apparaît brusquement à la fenêtre, regarde en haut, en bas, escalade le montant, se prend un pied dans une vigne vierge ornant la façade de ce qui est un hôtel sans grandes fioritures, sent qu'il perd l'équilibre et saute en avant d'un coup de reins désespéré. Il disparaît à peine qu'il réapparaît à la fenêtre, la scène se rejoue comme l'un de ces GIF tournant en boucle sur un écran. Revoyons-la une dizaine de fois en nous concentrant sur le visage de l'homme apeuré : visage massif et curieusement poupin d'enfant pris en faute ; visage s'éclairant d'un soudain sourire lors du saut. L'homme est traversé de joie au moment où il tombe. Il va peut-être se rompre le cou, mais peu lui importe, il saute, et l'espace d'une seconde, il s'abandonne à la gaieté de cette culbute dans le vide, allégresse qui le transporte tout entier puisque, durant le court temps de son apparition, de son hésitation et de sa chute, l'homme bande. Il est déjà en pleine érection lorsqu'il enjambe la fenêtre, il débande un peu et se tend de nouveau dans la chute. Sans aucun doute retrouve-t-il là la sensation qui lui manque depuis des mois, puisque cet homme est le pionnier de l'exploration spatiale.

L'histoire du cosmonaute soviétique est connue dans les grandes lignes : fils d'un charpentier et d'une employée de laiterie travaillant dans un kolkhoze, décidé à devenir pilote dès l'âge de 9 ans après avoir assisté à l'atterrissage en urgence d'un chasseur de l'armée de l'air soviétique dans la boue derrière son village en pleine Seconde Guerre mondiale, devenu à son tour pilote de l'armée, puis postulant pour le programme spatial, sélectionné avec deux cents autres postulants en raison de sa petite taille (1,58 mètres), franchissant toutes les étapes de l'entraînement des cosmonautes à mesure que le contingent de volontaires passe de deux cents à vingt, puis de vingt à trois. Gagarine est finalement l'élu puisque issu d'une irréprochable lignée de prolétaires. Cet homme qui bande en tombant dans le vide est devenu le symbole vivant de l'URSS en décollant le 12 avril 1961, à 9 h 07, à bord du vaisseau *Vostok* depuis la base spatiale de Baïkonour. L'histoire est légendaire : 108 minutes de vol, 89 en apesanteur, 10 G d'accélération lors de la descente, l'éjection en parachute qui fut gardée secrète jusqu'en 1990 par le régime – la version officielle étant qu'il avait touché terre à bord du module : il fallait convaincre le monde de la totale maîtrise technologique soviétique –, son atterrissage dans un champ près de la petite ville de Saratov. Et le plus grand héros de l'histoire tentant de convaincre les paysans terrifiés qu'il n'est pas un envahisseur extraterrestre, mais un Russe comme eux, un communiste comme eux, et qu'il doit trouver un téléphone pour prévenir Moscou qu'il est vivant.

Une fois récupéré par les autorités, Gagarine est devenu l'incarnation de la toute-puissance soviétique. Ce pays laminé par la Seconde Guerre mondiale était donc capable d'envoyer un homme dans l'espace et de le récupérer vivant. Aux États-Unis, passé le temps de la stupéfaction et de la vérification qu'il ne s'agissait pas d'une fiction inventée pour servir la propagande, Kennedy annoncera que les Américains feront mieux et qu'ils enverront un homme sur la Lune avant la fin de la décennie. Les responsables de la NASA s'étranglèrent, ils n'étaient pas prêts, leur technologie demeurait balbutiante.

Le reste, on le sait par cœur : Gagarine est partout célébré ; la ville la plus proche de son village natal, Gjatsk, est rebaptisée Gagarineville ; il coupe tous les rubans, inaugure tous les monuments, fait des tournées triomphales à travers le monde ; devient le responsable de l'entraînement des cosmonautes à la Cité des étoiles de Moscou. Il est partout et partout il sourit, salue, serre des mains, envoie des bourrades dans les épaules, signe des autographes, publie un livre qu'il n'a peut-être pas écrit, reçoit médailles et titres honorifiques, parade aux bras de son épouse, Valentina, accompagné par ses deux filles, Galina et Yelena.

Très facilement, en consultant des biographies, je peux lire aussi les deux versions de sa mort, survenue le 27 mars 1968, alors qu'il était aux commandes d'un MiG-15 UTI en compagnie d'un instructeur de l'armée de l'air, le colonel Vladimir Serioguine. La version officielle de l'époque évoque une défaillance de l'avion à réaction et explique que les pilotes ne se sont pas éjectés parce que, sans cela, l'appareil se serait écrasé sur une école, le héros s'est sacrifié pour sauver d'innombrables vies juvéniles. L'autre, validée depuis, explique un cafouillage dans les plans de vol, le passage d'un avion de chasse à réaction juste devant le nez de celui de Gagarine, l'emprisonnant dans une zone de turbulences qui contraint l'appareil à partir en vrille. Les deux versions s'accordent sur le fait que le ciel était très nuageux, la visibilité médiocre. Il faudra deux journées aux sauveteurs pour rassembler les corps des deux hommes. Le MiG-15 UTI a creusé un cratère de sept mètres de diamètre en percutant le sol à une vitesse estimée à 750 km/h. C'est en fouillant à la recherche d'archives que je tombe sur d'autres versions plus ou moins farfelues ou complotistes, dont une évoquant un suicide du cosmonaute. Si elle est peu crédible, cette version a le mérite de laisser entrapercevoir une autre réalité : après son vol triomphal d'avril 1961, Gagarine ne rêve que d'y retourner. Il est le premier homme à avoir flotté en apesanteur, il est le premier homme à avoir vu de ses yeux la courbure de la Terre. Dans l'enregistrement audio de son vol (enregistrement intégral que l'on peut trouver traduit en toutes les langues sur Internet), Gagarine parle de beauté, il répète régulièrement qu'il se sent bien, il s'extasie, il est soufflé par la splendeur de ce qu'il voit au travers du hublot et vérifie que tout à bord fonctionne parfaitement. Plus tard, Khrouchtchev affirmera à sa place qu'il aurait déclaré ne pas avoir vu Dieu dans le ciel.

Enregistrée depuis le sol, sa voix est déformée, un peu nasillarde, tremblante et crachotante, plus aiguë que ce que son visage rond laisserait présager. Il parle beaucoup durant son vol, il faut préciser que Gagarine n'est à bord que pour l'exploit, il n'a strictement rien à faire, la fusée comme la capsule sont entièrement automatisées. Les Soviétiques ont embarqué un homme simplement pour prouver aux Américains qu'ils pouvaient le faire. Gagarine n'a pas plus piloté le *Vostok* que la chienne Laïka n'avait piloté le *Spoutnik 2* quatre ans auparavant.

Presque une heure et demie en apesanteur, la poussée à 5 G à l'aller et le pic à 10 G de la rentrée dans l'atmosphère au retour, Gagarine veut de nouveau connaître ces sensations, il tente par tous les moyens de convaincre l'armée et l'inflexible gouvernement soviétique de remonter là-haut. Ses requêtes n'aboutissent pas, l'URSS a besoin d'un héros, mais d'un héros vivant. Gagarine sert à bâtir l'image du surhomme communiste, son rôle dorénavant est de sourire aux photographes. S'en suit ce qui doit sans doute être les conséquences d'une longue dépression : le héros boit et accumule les accidents. Il casse voiture sur voiture, pousse les vitesses, conduit comme un bolide, et – en octobre 1961 – il se trouve en Crimée, dans un hôtel en bordure de la mer Noire, il prend les commandes d'un hors-bord, provoque un accident, est soigné par Anya, une jeune infirmière de 27 ans qui – coïncidence heureuse – est descendue au même hôtel que lui. Le héros soviétique fait tourner la tête de toute jeune fille patriote, et il ne se prive pas de cueillir les fruits que sa célébrité lui offre. La chute se déroule donc le 11 octobre 1961. Gagarine est allé retrouver Anya dans sa chambre pendant que sa femme joue aux cartes dans le hall de l'hôtel. Valentina, sans doute bien informée des frasques de son mari, vient frapper à la porte de l'infirmière. C'est à cet instant que Gagarine s'enfuit par la fenêtre, au moment où son épouse entre dans la chambre de la jeune femme, il saute, se délivrant pour une poignée de secondes de la terrible pesanteur d'être condamné à incarner l'exemplaire pionnier spatial.

Regardons de nouveau ce pauvre type trébucher et chuter, il me touche, ce fier héros que l'on a fait voler avant de lui couper définitivement les ailes, il m'attriste et m'attendrit. Il est terriblement humain. On lui a montré un éden pour mieux l'en chasser à tout jamais. On devine à peine les silhouettes restées en arrière dans la chambre, les lumières sont éteintes, ce sont des ombres. À vrai dire, Anya ne m'intéresse pas, elle est un jouet dans cette histoire, Superman a frappé à sa porte, aussi elle a ouvert à Superman, ce n'est pas un homme qui est venu s'allonger sur elle, c'est la supériorité technologique de l'Union des républiques socialistes soviétiques. Je scrute l'ombre de la chambre pour chercher Valentina du regard, l'épouse exemplaire et dévouée, celle à qui le héros avait écrit une lettre dont elle n'aurait eu connaissance que si l'aventure du premier envol avait mal tourné. Rétrospectivement, un passage de cette lettre m'apparaît d'une terrible ironie ; je l'ai photocopiée, je la relis alors que le héros monte sur la fenêtre et tombe comme Buster Keaton ou Charlot pourraient tomber. *J'ai une totale confiance dans le matériel*, a-t-il écrit à ses filles et à celle qu'il surnomme Valioucha dans l'intimité. *Il n'y aura pas de défaillance. Mais il arrive qu'on se brise la nuque simplement en tombant par terre. Ici non plus je ne suis pas à l'abri d'un incident, même si je n'y crois pas. S'il arrivait quoi que ce soit, je vous demande à vous toutes et surtout à toi Valioucha, de ne pas mourir de chagrin. Car la vie est ainsi faite et nul n'est à l'abri de se faire écraser par une voiture.*

S'il arrive que l'on se brise la nuque en tombant par terre, Gagarine en sera quitte pour être ramassé assommé et en sang au sol. Il gardera une cicatrice au front de cet envol loupé, sera soustrait deux semaines aux lubies de sa trop médiatique tournée d'honneur et se fera sérieusement engueuler par les plus hautes instances du Parti.

Valioucha, elle, continuera à faire semblant ; on ne divorce pas d'un surhomme, on a la chance de vivre avec lui, d'élever ses enfants à l'abri du besoin ; alors elle sourira elle aussi aux photographes, sourira même les soirs où elle n'aura pas la force de traîner son mari ivre mort jusqu'au lit, sourira lors de ses accidents à répétition, pleurera à la mort de Youri lorsque le Parti lui offrira la lettre écrite avant le vol spatial. L'envol de son mari pour les étoiles l'avait condamnée à incarner un rôle écrit par d'autres pour elle : la parfaite épouse du parfait homme ; et je dois avouer qu'elle aussi me bouleverse, je l'imagine tremblante et raide dans la chambre, regardant vers la fenêtre et observant celui qui n'était qu'un gamin de 27 ans se casser la gueule pour éviter d'être grondé.

Si Internet et les biographies officielles sont relativement discrets sur les frasques de Youri Gagarine, l'accident qui lui a valu une cicatrice au visage est évoqué çà et là. J'en ai trouvé un récit détaillé sur le site de la NASA, extrait d'une thèse sur le programme spatial soviétique : un mémoire de plus de 1 000 pages d'un certain Asif A. Siddiqi (professeur d'histoire à l'université du Bronx, spécialiste de l'histoire de la technologie spatiale), nommé *Challenge to Apollo : The Soviet Union and the Space Race, 1945-1974*.

Avant de l'abandonner, je jette un dernier regard sur le premier homme volant saisi dans sa chute éternelle, Icare paillard au sexe humide sautant hors du lit d'une vestale offerte.

De toutes les vies dont – peu à peu – quelques bribes empliront ce livre, c'est toujours celle-ci qui m'attriste le plus, certainement parce qu'elle est le parfait symbole de l'humanité : sa grandeur et son génie ne l'empêchent pas de s'empêtrer les pieds et de se vautrer au sol, pathétique.

Puisque j'en suis aux surhommes, je continue avec ces trois-là : ils sont sanglés, secoués, écrasés par la terrible poussée, 5 G, cinq fois son propre poids. Neil Armstrong, Buzz Aldrin et Michael Collins. Ils sont des légendes vivantes. Dans ce livre, ils sont saisis au moment où ils vont bientôt entrer dans l'Histoire, propulsés en plein ciel au bout d'un pétard de 3 000 tonnes nommé *Saturn V*. C'est von Braun qui a conçu la fusée, pas un rigolo comme nous l'avons vu, il a su tuer, il doit prouver qu'il sait également préserver les si fragiles vies de l'équipage. Nous avons la chance de pouvoir les observer un instant : leurs visages ravagés par l'accélération, leurs membres écrasés, leur destin d'insectes catapultés dans un missile d'une puissance phénoménale. Il n'y a rien à raconter sur eux qui ne l'ait été des milliers de fois. Sont-ils heureux de coudre leurs noms à la trame de l'Histoire ? Je me demande à quoi ils pensent à cet instant précis, au moment où les flammes se déchaînent, où ils sont projetés à 8 600 kilomètres/heure dans le ciel indifférent pour atteindre la Lune, où leur présence sera l'avertissement lancé par les États-Unis aux Soviétiques. Ces trois hommes dévastés par la gravité et la vitesse deviendront une médaille qu'un pays épingle à son propre uniforme.

Alors que la fusée décolle (elle monte le long du puits gravitationnel pour tenter de s'en extraire, si je comprends bien), ils n'ont rien à faire, la procédure est automatisée, ajustée depuis le sol, ils ne peuvent que subir. S'ils sont là uniquement pour rabattre leur caquet aux Russes n'arrêtant pas de pérorer depuis que Gagarine a accompli le premier vol habité, leur voyage n'en demeure pas moins l'un des plus grands événements de l'histoire de l'humanité. Les contempler secoués dans cette cabine et écrasés par la poussée, c'est comme si nous assistions en direct à l'assassinat de Jules César ou à celui de l'archiduc François-Ferdinand.

Des forces colossales se déchaînent, sans doute sont-ils bienheureux ces trois-là, conscients qu'ils peuvent se désintégrer à chaque instant, confiants dans la technologie à laquelle ils offrent leur vie. Quoi qu'il en soit, ils savent qu'ils entrent dans les dictionnaires, les mémoires, l'histoire du monde. *Apollo 11* sera enseignée dans les écoles. Des voyants clignotent, les fauteuils où ils s'écrasent paraissent prêts à s'effondrer. Leurs combinaisons compriment leurs mouvements. Ils se sont entraînés depuis des années, ils ont été soumis à des stress, des pressions, des accélérations, des tests par milliers. Si une veine ou un vaisseau capillaire doit céder, et bien il cédera, tout comme un fil électrique doit s'arracher et produire une étincelle fatale, il est trop tard pour revenir en arrière. Ils chevauchent la mort et la mort les branle de ses vibrations. Oui, ils sont heureux, ils sont des surhommes, ils s'offrent un dépassement des limites de l'humain.

Laissons les trois dieux monter au ciel, bientôt ils seront les personnalités les plus célèbres du monde, ils serviront aussi à modéliser le premier grand show télévisé de l'histoire de l'humanité. L'Europe occidentale battra son record de consommation électrique pour ne rien perdre de leur épopée. La moindre seconde de ce qui se déroule est tellement documentée qu'il faudrait une vie rien que pour raconter les 195 heures 18 minutes 35 secondes que durera cet aller-retour entre la Terre et la Lune, où nul Sélénite ne les attendait, une pancarte de bienvenue à la main.

Souvent, lorsque j'ai besoin de réfléchir, je marche. Il fait nuit, je m'enveloppe dans un grand châle qui ne quitte jamais mon bureau et je sors dans le jardin. L'avantage de vivre dans un village où l'éclairage public est coupé à 21 h 30, c'est que l'espace au-dessus du jardin demeure immense. Sans limite. Peu de lumières parasites limitent l'éclat des étoiles. Il fait froid, terriblement froid, la nuit possède la pureté glacée du givre. Pas un nuage pour gâcher le spectacle, la tranche de la Voie lactée sature le regard. Quelque part, j'ai lu qu'à l'œil nu il est impossible de discerner plus de 3 000 étoiles. Je ne sais pas si ce chiffre est vrai. Ce soir, j'ai l'illusion de pouvoir saisir des millions de millions de millions de miroitements. Un point avance en clignotant, un autre point lumineux trace une grande courbe. Des avions, des satellites, la Station spatiale internationale ? Il y a quelques années, j'avais téléchargé plusieurs applications sur mon téléphone : l'une donnant la carte du ciel, l'autre l'emplacement de l'ISS en temps réel. Cela fait longtemps que j'ai renoncé à ces gadgets, ils encombraient la mémoire de l'appareil et, en toute honnêteté, je ne les utilisais jamais. Avant de sortir, je me suis servi un verre de whisky, une gorgée ne parvient pas à me réchauffer. Le froid mord la main qui tient le verre. J'enfonce un bonnet jusqu'à mes oreilles, je resserre le châle. Ma respiration génère de petits nuages venant troubler une ou deux secondes le spectacle liquide des cieux.

Je garde les yeux au ciel, je me demande ce que ferait l'humanité si elle pouvait atteindre Mars ou de lointaines exoplanètes potentiellement habitables. Hier, j'ai entendu à la radio un reportage qui évoquait les disparitions inexplicables des gens. Rien qu'au Japon, 100 000 personnes s'évanouissent sans laisser de trace chaque année. Là-bas on nomme ces gens des *évaporés*. Cette nuit, en suivant des yeux l'avancée d'une lumière, je pense que ces gens ont peut-être trouvé une issue de secours vers les étoiles. L'hémorragie mystérieuse des disparations qui enflamme tant les imaginations serait-elle une fuite dans l'espace ? Des gens désespérés décident d'en finir dans les gaz de Jupiter ou au centre d'un trou noir. Disparus, envolés. Littéralement évaporés dans le cœur d'une étoile. Peut-être qu'en des endroits secrets, à l'autre bout de la galaxie, des communautés humaines sont reparties de zéro pour bâtir des sociétés nouvelles. Des ermites se sont volontairement exilés au cœur de mondes lointains ?

Je rêve à un roman de science-fiction, que j'écrirai peut-être : un narrateur découvre un moyen pour se téléporter instantanément n'importe où dans l'univers. Il explore plusieurs mondes et se dit qu'il ne peut pas garder sa découverte pour lui tout seul. Notre monde va mal, mon narrateur a entre ses mains la possibilité de soulager l'humanité. Il peut offrir des terres infinies à peupler, une chance de rebâtir notre civilisation en partant sur d'autres bases. Il en vient à se questionner sur la meilleure façon de rendre publique sa découverte. La solution qui le fait vomir serait de vendre la méthode du bond dans l'espace. Il amasserait sans doute une fortune colossale, bien qu'il ne soit pas certain de savoir comment monnayer son invention sans se faire plumer. Il faudrait qu'il prenne un avocat, qu'il arrive à le convaincre de la solidité de sa découverte, qu'il dépose un brevet, qu'il se protège de l'espionnage. Sa trouvaille ferait de lui l'homme le plus riche de la terre, il pourrait entasser des milliards et des milliards, faire la une de la presse, devenir une célébrité recherchée, une personnalité enviée ; devenir l'incarnation de ce qui le rebute.

Je bois une nouvelle gorgée de whisky en souriant.

Notre monde va vite devenir inhabitable, je lis avec attention les théories de collapsologues que j'aurais prises au sérieux à l'adolescence, qui m'auraient fait fuir à trente ou à quarante ans, et que je prends au sérieux maintenant, l'année de mes cinquante ans. L'une de ces théories prétend qu'une élite économique, éclairée et puissante, laisse mourir sciemment notre planète. Le monde est surpeuplé, le monde est surpollué, le monde n'arrivera pas à nourrir une population en augmentation croissante, alors laissons les ouragans, les maladies, les terroristes, la misère, la contamination de l'eau, les dictatures, les extrémistes, les rejets de l'industrie et les famines faire le travail. Laissons les réfugiés se noyer en Méditerranée ou en mer de Chine, laissons des populations entières crever à petit feu, laissons les villes être englouties. L'élite sait qu'elle survivra grâce aux moyens dont elle dispose. Cette théorie paraît grotesque, terriblement exagérée. Et pourtant, plus je parcours les journaux, plus je vois partout étalés les signes d'une indifférence radicale. Le seul écart avec les dystopies apocalyptiques de la science-fiction est qu'il ne s'agit pas d'un complot, pas d'une chose organisée. Jamais des puissants ne se sont assis autour de la table lors d'une réunion ultra-secrète pour sceller le destin de l'humanité. Chacun tire ses conclusions avec ses propres experts et décide – dans son coin – de ne pas agir. Le massacre à terme est plus rentable que le sauvetage. Et si la peste pouvait revenir, elle purifierait l'humanité et offrirait des horizons paisibles parce que débarrassés d'une bonne moitié de ces parasites que l'on nomme les pauvres. Ces théories m'effraient, elles restent coincées dans mes peurs et mon sommeil, elles brûlent l'estomac. Je viens d'avoir cinquante ans, tout juste cinquante ans, j'aimerais éclater de rire en lisant de telles choses, comme j'éclate de rire ou m'agace lorsque j'entends que l'homme n'est pas allé sur la Lune, ou que c'est la CIA qui a fomenté les attentats du World Trade Center. Mais non, je ne ris plus. Le monde est parsemé de bombes à retardement : politiques, climatiques, nucléaires, démographiques, biologiques, écologiques. 30 000 personnes meurent de faim chaque jour, plus de 2 200 en buvant de l'eau contaminée, et, en même temps, le jeu des primes, des actions, des yo-yo boursiers et des transactions off-shore ne permet plus d'évaluer les fortunes en perpétuelle expansion des milliardaires. *La terre est une poudrière*. Plus tard, mon verre finit et revenu au chaud de mon bureau, j'écris cette phrase ; je sais ce qu'elle a de naïf, d'adolescent même. Et pourtant, il faudrait réécrire cette phrase des milliers de fois jusqu'à ce qu'elle s'imprime durablement dans les consciences.

La terre est une poudrière.

La terre est une poudrière.

La terre est une poudrière.

Et ainsi de suite.

On danse sur des ruines.

Les théories folles sur les bénéfices que pourraient trouver certains à l'extinction d'une grande partie de l'humanité ne me font plus rire. C'est tellement immense, ça barre tellement l'horizon. Rien n'est caché, tout est là, sous nos yeux. Le secret n'en est pas un. La fin du monde ne se produira pas d'un coup, comme nous le montrent les films d'anticipation. Pas de brusque virus transformant les populations en zombies ou de météorites annihilant toute vie sur terre. La fin du monde est insidieuse, lente, progressive. Si on plonge un corps dans une marmite et que l'on augmente la température de l'eau d'un demi-degré toutes les heures, à partir de quel moment ce corps ressentira-t-il de la douleur ?

J'en reviens à mon roman de science-fiction, celui que je n'écrirai pas. Le bond vers d'autres planètes pourrait changer la donne en offrant de l'espace à une humanité qui s'entredéchire par manque de place. Mais, si le narrateur se refuse à monnayer le passage, quels critères adopter ? Il est hors de question que les milliardaires qui laissent crever leurs prochains par cynisme puissent s'approprier d'autres planètes.

Alors ?

Qui ?

Qui serait digne de migrer vers les étoiles ?

Pas les riches, qui n'ont rien fait.

Pas les fascistes.

Pas les extrémistes religieux.

Pas les brutes qui ne comprennent que la violence, l'agression ou la haine.

Qui ferait ce tri ? Et sur quels critères ?

Qui aurait ce pouvoir ?

Lui ?

Laisser les assassins, les violeurs, les pédophiles sur terre. Cela veut dire qu'un individu est entièrement réduit à un acte qu'il a perpétré, qu'il n'existe aucun rachat, qu'aucune erreur judicaire n'aura été commise.

Ne surtout pas ouvrir le passage aux cons, aux obtus, aux électeurs de la droite ultralibérale qu'il exècre ?

Et les handicaps ? On laisse les tares au vieux monde ?

Mon narrateur fabriquerait sa dictature totalitaire de gauche écolo-humaniste ?

Le grand tri des populations a toujours été le rêve des tyrans.

Ou alors la méthode Noé : il embarque sa famille, ferme l'arche et se contrefout de voir se noyer le reste du monde. Cela revient exactement à reproduire ce qui se passe en ce moment.

Ou bien il ouvre les passages vers les mondes lointains et laisse les gens se débrouiller, au risque de voir les mêmes salopards éhontés faire d'exoplanètes habitables leurs petits paradis privés.

Prendre une décision, n'importe laquelle, le mettrait dans le rang des salauds.

J'ai froid ce soir, mes doigts autour du verre sont gelés, je réfléchis en marchant dans mon jardin, je ne sais pas en définitive si marcher m'aide à mieux penser, cela m'aide simplement à me désengourdir.

Gerard O'Neill était un physicien américain, génial lui aussi, inventeur du concept d'anneau de stockage pour conserver des particules, passionné d'espace également. Il a publié un livre intitulé *Les Villes de l'espace* en 1977, dans lequel il développe ses idées pour la colonisation de la Lune d'abord et d'autres corps célestes ensuite. Il craignait la surpopulation terrestre et la disparition des ressources naturelles (en quoi, il n'avait pas tort), il voyait la colonisation spatiale comme un moyen simple pour l'humanité de continuer à croître tout en dénichant ailleurs de nouvelles ressources. O'Neill n'était pas seulement un théoricien, il militait pour la mise en pratique de ses idées, il a écrit des plans de colonisation qu'il a défendus devant le Congrès américain. Aller dans l'espace, c'était inventer de possibles nouvelles organisations de la société. Des industriels le suivaient et le finançaient. Nous sommes dans les années 1970, ses idées sont prises au sérieux, mais les sommes en jeu sont colossales, les technologies balbutiantes et extrêmement coûteuses, le retour sur investissement inexistant (il s'agit de financer ceux qui partiront ailleurs sans que ceux qui paient en retirent un bénéfice), et ses projets resteront en l'état. Ce que je sais, c'est que plus tard plusieurs chercheurs ont lu ses propositions d'auto-organisation des colonies et les ont assimilées à des dictatures. On parla d'*impulsion fondamentalement totalitaire* pour qualifier les possibilités de colonies spatiales.

C'est donc vers cela qu'irait mon narrateur ? Une dictature ?

James Lovelock, l'environnementaliste anglais bien connu pour son hypothèse de Gaïa – la terre envisagée comme un superorganisme –, a commencé sa carrière à la NASA, il travaillait sur les instruments d'analyse des sondes martiennes, il est depuis devenu une icône mondiale de la décroissance, et bon nombre de ses idées me sont sympathiques, mais je lis une interview publiée le 29 mars 2010 dans le journal *The Guardian* où il affirme : *Nous avons besoin d'un monde plus autoritaire. Nous sommes devenus une sorte de monde égalitaire et insolent où tout le monde peut dire ce qu'il pense. Cela est très bien, mais il y a des circonstances spécifiques – une guerre est un exemple typique – où vous ne pouvez plus laisser passer cela. Vous avez besoin seulement de quelques personnes avec de l'autorité, en qui vous avez confiance et qui gèrent la situation.* Et plus loin, il ajoute : *It may be necessary to put democracy on hold for a while – il serait peut-être nécessaire de mettre la démocratie sur pause pour un moment.* Je veux bien être dépassé par les enjeux comme par les solutions, mais ce que je lis me heurte. Je rapporte la question environnementale au roman que j'ai de moins en moins envie d'écrire : l'ouverture d'une issue de secours vers d'autres planètes serait-elle comparable à une guerre ? Et si oui, faut-il envisager une solution autre que démocratique ?

J'ai envie d'écrire une utopie, je me retrouve à imaginer une dictature.

Je souris en repensant à *Apollo 11*, la première empreinte de l'homme sur la Lune. Juste avant de poser son fameux pied sur la surface de notre satellite, Neil Armstrong y a balancé la poubelle contenant les restes et les emballages de la nourriture consommée durant le vol, le sac-poubelle est visible sur toutes les photos où l'on aperçoit le module 11 posé sur le sol lunaire. Je pense au premier papier gras immanquablement jeté par le premier pionnier atteignant un monde lointain.

Alors que je relis ce texte, la Station spatiale internationale vient de larguer quasiment trois tonnes de batteries toxiques dans l'espace. La NASA table sur une destruction des déchets d'ici trois à quatre ans lorsqu'ils brûleront dans l'atmosphère, sans garantir que certains d'entre eux n'arriveront pas à toucher le sol.

Une météorite barre le ciel d'une brusque traînée de feu. Le bolide s'embrase une microseconde, puis s'éteint, consumé. Le verre de whisky est toujours aussi vide, je grelotte, il faudrait avoir le courage d'aller le remplir de nouveau. Petit à petit, le froid engourdit mes pieds, remonte le long de mes jambes, me paralyse lentement. Je marche un peu, deux pas en avant, deux en arrière, le nez toujours pointé vers les étoiles. Cosmos : en grec le mot désigne à la fois l'ordre et l'ornement ; κόσμος a donné à la fois la cosmologie et la cosmétique. Les étoiles qui composent l'univers forment une très décorative voûte lumineuse. Si je ne comprends pas l'organisation de cet univers, j'en vois simplement sa criante beauté.

Dans ce roman de science-fiction que j'écrirai peut-être, le narrateur n'aurait pas réponse aux questions qu'il se pose. Et pourtant, elles sont essentielles. Il ne veut plus voir les richesses d'une planète confisquées par une soixantaine de personnes, il ne veut pas embarquer sur d'autres planètes un homme qui considère les femmes comme inférieures, il ne veut pas offrir le bond spatial à quelqu'un qui hiérarchise ses semblables en termes de races, de religions, de préférences sexuelles, d'une prétendue pureté génétique.

Mon narrateur aurait peur qu'en lisière de la première ville que les hommes construiraient sur une autre planète ne s'installent aussitôt des favelas miséreuses, il aurait peur de l'instant où le gouvernement d'un nouveau monde prononcerait un long discours de façade, doublerait son salaire et enverrait la toute nouvelle police matraquer les tout nouveaux manifestants. Il aurait peur du premier œil arraché par un tir de flashball à l'autre bout de l'Univers. Il aurait peur du premier taliban qui expliquerait aux pionnières qu'elles doivent se soumettre au bon vouloir de ceux qui considèrent comme un privilège divin le fait d'avoir une queue entre les jambes. Il aurait peur des entrepreneurs qui bien vite privatiseraient le sol pour s'en approprier les richesses. Il aurait peur de ceux qui récolteraient les grêles tombées sur la tête des pauvres pour les leur revendre en bouteille une fois celles-ci fondues et transformées en eau potable. Il aurait peur des premières clôtures électrifiées sur un autre monde, du premier mur qui scinderait la population en deux camps opposés. Il aurait peur de l'instant où un homme se blesserait et réaliserait qu'il ne peut compter sur la solidarité de ses voisins et qu'il devra boiter toute sa vie ou perdre une main ou se retrouver sans ressource parce qu'il n'aura pas assez épargné ou qu'il n'aura pas cotisé à la bonne assurance. Il aurait peur de voir le premier banquier s'installer aux confins de la galaxie pour proposer des crédits à des taux aberrants aux premiers colons.

Il aurait peur de l'humain, en fait.

Et il refuserait que, à l'autre bout de l'univers, des gens abattus, dépressifs, broyés par la violence sociale, frappent au bureau de travailleurs sociaux pour savoir s'ils pourront manger ce soir ou s'ils doivent vraiment porter plainte lorsque leur beau-père entre dans leur lit.

J'ai glissé les mains sous le châle, je marche un peu, mon narrateur se sent démuni et désarmé, il pense aux hommes qui ont inventé la bombe atomique. Il refuserait que le bond interstellaire tombe entre de mauvaises mains ou soit mal employé. Il souhaiterait le bien, il serait animé par une certaine idée indéfinissable du *bien*. Des hommes de bien s'écharperaient s'ils devaient décrire ce que sont le bien et le mal. Les questions enfleraient, gronderaient, le déborderaient. À mesure qu'il s'interrogerait, ses convictions s'effondreraient les unes après les autres. La réalité est trop complexe, confuse, paradoxale, impensable et touffue pour qu'il puisse prendre une décision en toute quiétude. Il serait naïf, ce narrateur, un peu comme je le suis moi-même, il ne maîtriserait ni les usages du bluff ni les rouages de l'économie dominante. Une promesse en bois, une balle dans la nuque, un embrouillamini juridique et il serait dépossédé de sa découverte comme de ses convictions.

Voici quelques jours, à la radio, j'ai entendu que le dernier rhinocéros blanc était mort, que les gris n'allaient pas tarder à s'éteindre, et qu'il n'y aurait plus de lions sauvages dans quelques années. Ce sont peut-être les animaux que mon narrateur devrait sauver, leur offrir un autre monde où ils n'auraient pas à subir la présence toxique des humains.

Un nouveau bolide, moins lumineux que le précédent, zèbre le ciel. Je ne sens plus mes pieds, j'ai froid, je rentre, j'écris ces phrases et je pars chercher un sommeil en espérant qu'il vienne vite.

Vu de l'enfance, le futur serait celui des villes sous cloche à la surface de la Lune comme de Mars. Avec les voitures volantes et les robots au service des hommes, c'était l'une des trois prophéties les plus réalistes de la science-fiction. J'écris ces lignes au début de l'année 2020, soit plus de vingt ans après le futur décrit dans la série *Cosmos 1999* se déroulant sur une base lunaire. Les villes sous cloche n'existent pas. Les voitures ne volent toujours pas. Et les robots ont tout à la fois permis de soulager les ouvriers des tâches les plus pénibles et les employeurs d'économiser sur la main-d'œuvre. Ils assemblent les voitures avec une dextérité qu'aucun travailleur ne pourra égaler, ils encaissent nos achats plus vite qu'une caissière, ne sont ni syndiqués ni de mauvaise humeur, ils n'ont pas de maladies, ne partent pas en congé payé, ne font pas de dépression. Les intelligences artificielles supplantent les capacités de l'homme à anticiper les flux boursiers, elles nichent dans nos smartphones, où elles répondent avec un humour automatique à nos requêtes. Les robots permettent aux riches de le devenir encore plus.

Au début du mois de novembre, la société SpaceX a lancé un compte à rebours qu'elle ne pourra pas tenir en raison de la crise sanitaire qui va bientôt submerger nos vies : une première mission martienne en 2022, automatisée, permettant d'installer un camp à proximité d'une source d'eau, puis une seconde mission habitée en 2024. SpaceX développe *Starship*, sa fusée géante, qui embarquera des tonnes de matériel ainsi que des passagers en grand nombre. Outre sa taille (la fusée fait 118 mètres de haut, elle a un diamètre de 9 mètres et elle peut emporter 150 tonnes de cargaison ou 150 personnes en cas de *simple* vol orbital), *Starship* est conçue pour être une fusée réutilisable et low-cost. Un aller-retour sur Mars reviendrait à 2 millions de dollars. SpaceX annonce qu'il faudra 1 000 vaisseaux pour créer une ville sur Mars. En profitant du bon alignement des planètes (la distance entre la Terre et Mars fluctue, il faut partir lorsqu'elles ne sont qu'à 400 millions de kilomètres), il faudra vingt ans pour qu'une civilisation autonome humaine s'installe et se développe. Soit un peuplement prévu aux alentours de 2040. De conférences de presse en tweets, le milliardaire Elon Musk, patron de SpaceX, passe son temps à rabâcher la mission messianique dont il s'est auto-investi : sauver l'humanité en lui offrant l'opportunité d'aller habiter une autre planète.

Je lis les articles de la presse scientifique sur ce projet de colonisation de Mars, je regarde les vidéos où Musk pérore que l'humanité va à sa perte et qu'elle survivra sur Mars grâce à lui. J'observe ce jeune milliardaire au visage et à la gestuelle d'acteur, j'observe la concentration de ses traits lorsqu'il évoque sa mission, je vois son blouson d'aviateur en cuir avec le col fourré, et je cherche désespérément les fossiles de mes rêves. Dans mon enfance, l'exploration des planètes du système solaire, les bases martiennes et lunaires, c'était l'humanité alliée et unie tendue vers un désir de connaissance. Ce que je lis, ce que j'entends, ce que je vois, c'est la privatisation des rêves par quelques milliardaires désireux d'aller bâtir au loin leurs îles protégées.

J'insère ici un souvenir, la scène est vieille, elle date de l'été 1993, je visite la Grèce en autostop, je suis sur l'île de Leucade, à l'ouest du pays, sur la mer Ionienne, je me trouve à hauteur d'un petit village, sans doute Geni, situé sur une minuscule péninsule, le routier qui m'a embarqué dans son camion se gare un instant pour me montrer une île proche de la côte, moitié mangée par la brume matinale. Avec un grand respect dans la voix, il prononce un mot : *Skorpios*. Il ne parle ni français ni anglais, je bredouille quelques bribes de grec, nous trouvons toujours un mot où accrocher la conversation. Il ajoute *Onassis, Jackie Kennedy*. J'ouvre le *Guide du routard* qui ne quitte pas la poche supérieure de mon sac à dos (avec *L'Été grec* de Jacques Lacarrière, lecture on ne peut plus appropriée pour ces cinq semaines d'errance), je lis l'histoire du milliardaire grec achetant une île pour y vivre son amour en toute sécurité. Je lis qu'une milice privée protège l'île des regards indiscrets. À cette époque, Jackie Kennedy est encore en vie. Faute de langue commune, nous regardons en silence le rivage vaporeux. Je crois me souvenir que le routier prononce une longue phrase dont je ne comprends qu'un mot : όνειρο, le rêve. Nous redémarrons.

L'île sur laquelle Musk veut aller installer sa richesse sera hors de portée de nos regards. Une rapide recherche sur Internet m'apprend que, à la mort d'Onassis, sa fille fait ôter toute trace laissée par Jackie Kennedy sur l'île de Skorpios, puis la revend à un oligarque russe malgré la décision testamentaire de son père de la léguer à l'État grec. Encore la vulgarité de l'argent. Je n'aime pas Musk, bien qu'il me fascine. S'il se veut messianique, pourquoi ne met-il pas sa fortune au service de l'écologie ? Son projet est celui d'un enfant gâté et mégalomane. Partout, je lis qu'aller sur Mars n'est pas si simple : il faut que la technologie soit plus au point qu'elle ne l'est actuellement, il faut inventer des solutions pour protéger les passagers des rayonnements cosmiques ionisants (les radiations de l'espace percent les blindages, perturbent les atomes en arrachant des électrons, elles peuvent endommager l'ADN, favoriser les cancers, attaquer les neurones). L'aller-retour vers Mars prendrait deux ans et demi, largement le temps d'être bombardé au-delà du supportable. Largement le temps, aussi, d'être altéré par l'impesanteur, qui provoque un affaiblissement réversible des muscles et du cœur, une déminéralisation irréversible de la masse osseuse et des détériorations graves de l'œil. J'arrête là la liste des impossibles parce que le dernier facteur est sans doute le pire, il n'est pas mécanique, il est psychologique : dans quel état mental arrive-t-on en partant pour un tel voyage ?

Vu de l'enfance puis de l'adolescence, le futur existait encore. Un futur non dépouillé de l'idée de progrès ni même d'un possible horizon révolutionnaire. Maintenant, le futur n'existe plus. Nous vivons dans le présent, un présent sans projet collectif. Un présent de la survie où le futur n'est plus une promesse, mais bel et bien une menace. SpaceX comme ses concurrents Virgin Galactic ou encore Blue Origin (la société de Jeff Bezos) ne sont pas des utopies, mais des attentes de retour sur investissement, voire de luxueux plans de communications. Les villes sous cloche ne font plus rêver, même nos rêves d'enfant ont été privatisés.

Retour en arrière : mars 2006, Satellite Salon, Washington D.C., la grande messe annuelle de l'industrie spatiale, un jeune type monte sur scène, son nom a circulé, il est sud-africain, ingénieur, il a commencé à travailler dans les jeux vidéo, il a ensuite monté une banque en ligne et acheté un service sécurisé de paiement nommé PayPal qu'il a vite revendu 1,5 milliard de dollars, on raconte qu'il s'intéresse aux voitures électriques, même si – nous sommes en 2006 – il n'est pas encore directeur de Tesla. Le type a un vague look d'acteur, son jean et son tee-shirt jurent au milieu des costumes-cravates. Il a en face de lui les représentants des principales agences spatiales mondiales et des principales sociétés sous-traitantes de ces agences, il sourit, donc, se présente : *Hello everyone, my name's Elon Musk. I am the founder of SpaceX.* Il ménage son effet, laisse passer une toute petite pause, sourit toujours et ajoute : *In five years, you will be dead – « Bonjour tout le monde, je me nomme Elon Musk. Je suis le fondateur de SpaceX. Dans cinq ans, vous serez morts. »* Rires dans l'assemblée, ce n'est pas souvent que l'on se marre aux salons de l'industrie spatiale. Tranquillement, il explique son projet : ne pas être un sous-traitant, mais une agence spatiale privée. On rit de plus belle même si on s'agace de son arrogance. Heureusement, les prises de parole dans les congrès américains sont minutées. On ne souffre pas trop longtemps du discours de ce trublion. Deux ans plus tard, pourtant, c'est SpaceX qui décroche le contrat de ravitaillement de la Station spatiale internationale, puis, depuis

2020, c'est toujours SpaceX qui permet aux États-Unis de redevenir une puissance spatiale et de ne plus être dépendants de la technologie russe des *Soyouz*. Il faut dire que le bonhomme compense sa mégalomanie par un argument de choc : le low-cost. À l'heure où je relis le texte de ce livre pour en préparer la publication, il a effectué deux vols habités vers la Station spatiale internationale sans un seul accroc, il se désinvestit de Tesla pour se consacrer exclusivement à ses activités spatiales et a réussi à passer devant Jeff Bezos pour devenir l'homme le plus riche du monde.

J'ai du mal à totalement détester ce type qui joue son propre rôle dans un film Marvel aux côtés d'Iron Man, il me séduit autant qu'il me rebute. J'aimerais être de totale mauvaise foi, mettre Musk dans un grand sac, et avec lui les autres milliardaires qui peu à peu se ruent vers l'espace, les enduire de goudron et de plumes et leur faire porter l'ignominie de l'époque. Ils sont, hélas, simplement ce que l'Amérique leur permet d'être. Aux États-Unis, il est logique que des acteurs privés prennent en main des secteurs entiers de l'industrie, ils perçoivent même de l'argent public pour cela. C'est la norme. Parmi les personnels de SpaceX se trouvent des salariés mis à disposition par la NASA, l'Amérique adore ces aventuriers arrogants qui balaient les modèles en place du revers de la main, elle les encourage, elle en fait des héros. La France, l'Europe, sont accrochées à d'anciens modèles. Une fusée *Ariane* est coûteuse parce qu'elle doit rapporter un euro aux nations qui investissent un euro dans sa conception. Une *Ariane* est un puzzle assemblé çà et là sur tout le continent, c'est la grandeur dérisoire de notre économie, on résiste encore à l'idée de fabriquer nos fusées européennes dans le pays de l'Union où les salaires seraient le plus bas. Qu'un type comme Musk se pointe, il ne franchira pas le barrage des hôtesses d'accueil du hall des agences spatiales. Pour combien de temps encore ?

La privatisation de l'espace a commencé, l'époque veut ça. Une société fondée en 2002 s'imagine implanter des colonies sur Mars en 2025. Tout va vite, très vite, l'accélération du monde est constante, Musk – je l'ai déjà dit – m'exaspère autant qu'il me fait rêver, son projet est l'importation de l'hyperlibéralisme vers d'autres mondes, mais il a sans doute raison : nous sommes morts, nous sommes le vieux monde et lui le nouveau. Il a su reprendre au bond les rêves spatiaux dont les États se sont peu à peu délestés. S'il a fallu plus de 3 millions d'années pour passer du stade de chasseur-cueilleur à celui d'agriculteur, il n'a fallu que 12 000 ans pour entrer dans la révolution industrielle, et elle a à peine duré 200 ans ; nous sommes depuis une soixantaine d'années dans l'ère informatique. Tout va si vite que je ne serais pas étonné de voir disparaître de mon vivant les immenses GAFA dont le poids domine et écrase le monde. Eux aussi, un jour proche, seront pris de vitesse par une météorite qui fauchera leurs cous de dinosaures, et Musk peut se retrouver à terre aussi vite qu'il est monté au ciel.

Le terme New Space est à la mode, il est même en mutation, il voudrait passer de deux à un seul mot – NewSpace – afin de mieux marquer les esprits, d'être plus condensé, plus apte à jouer son rôle de tête de pont offensive, c'est encore plus efficace si on l'accompagne d'un hashtag : #NewSpace, ça sonne comme une marque déposée, l'esprit n'a pas le temps de penser à autre chose face à un mot ramassé comme celui-ci, l'œil ne décroche pas lors de sa lecture, il s'imprime d'un coup, on y est. Un chercheur avec qui j'ai une discussion passionnante m'apprend que le mot n'est pas né spontanément ou par hasard, il est le fruit de nombreuses discussions sémantiques entamées dès les années 1980 par des think tanks. Il fallait un mot-concept qui claque comme un fouet pour dire que le temps des agences spatiales nationales de papa était terminé. L'espace serait le nouveau terrain de jeu des entrepreneurs, l'espace n'échapperait pas à la libre entreprise, à la concurrence, à la recherche de profits. S'il fallait un nouveau mot, destiné à circuler et à véhiculer son message marketing, c'est que les choses changeaient progressivement. Déjà parmi les 400 000 personnes ayant œuvré sur l'ensemble des missions *Apollo*, seulement 30 000 travaillaient pour la NASA ou des agences gouvernementales, les autres bossaient en sous-traitance. Ce qui a progressivement changé entre les années 1980 et l'an 2000, c'est le glissement de l'initiative. NewSpace, cela veut dire que le privé n'attend plus l'autorisation d'un État pour lancer son programme spatial. La NASA, qui autrefois recrutait des prestataires de services pour ses activités, est dorénavant une simple cliente parmi d'autres de SpaceX. Il fallait bien un mot pour signifier que la manette de contrôle avait changé de main.

Il faut se décentrer un peu pour parvenir à comprendre ce que qui se déroule aux États-Unis, il faut se faire anthropologue, se glisser dans les tribus des entrepreneurs spatiaux, comprendre les codes et observer sans déranger. Ce sont des milliers de cow-boys qui affluent vers les vastes plaines extraterrestres à la recherche de terres vierges ou de ressources nouvelles. La Lune, Mars, l'orbite terrestre sont les nouveaux Wild West à conquérir. Le fameux esprit combatif américain fait des ravages : pour un SpaceX ou un Blue Origin, des milliers de boîtes apparaissent, lancent une idée, amassent des fonds, obtiennent un micromarché, se font bouffer, bouffent les autres, explosent en vol, passent des contrats mirobolants, arnaquent le gogo, s'enfuient avec la caisse, montent des groupes de pression, pérorent lors des salons astronautiques, impriment de classieuses plaquettes en papier glacé, vendent des nuitées dans d'hypothétiques hôtels orbitaux, bricolent un blender géant pour prouver qu'il est possible de balancer des satellites en orbite à l'aide d'une centrifugeuse située au sol, se paient quatre nuits dans un palace à 8 000 dollars la chambre et font faillite plus vite qu'elles ne reçoivent leur lot de 1 000 cartes de visite avec liseré doré acheté sur Internet. Ce petit monde de sociétés toutes immatriculées dans l'État du Delaware – où la fiscalité est la plus avantageuse de tout le pays – et possédant des locaux au Texas, en Californie ou dans le Colorado – là où se situent les industries spatiales – est un véritable laboratoire de l'ultracapitalisme héroïque. Si on veut, on peut. Les self-made-men sont légion. Les cyniques côtoient les nerds, les savants fous serrent les mains des requins de la finance, et les ingénieurs les plus rigoureux ont pour collègues ou concurrents les ufologues millénaristes convaincus que le Christ était un Martien. Les boîtes disparaissent aussi vite qu'elles sont nées. La société OneWeb, par exemple – qui prévoyait la mise en orbite d'ici 2022 de 648 satellites low-cost de communication pour inonder le sol de G5 fait faillite après avoir lancé six prototypes et inauguré des locaux géants en Floride – est rachetée par une entreprise indienne, Bharti, dont l'état britannique est actionnaire avant de se faire pour partie racheter par les français d'Eutelsat. Les sommes en jeu approchent les 6 milliards de dollars. Ces chiffres-là font tourner ma tête, mais pas celle des entrepreneurs-aventuriers qui se jettent dans la compétition avec souvent une semaine de trésorerie devant eux. C'est la vie. Les mastards bouffent les freluquets et, s'il arrive que David contre toute attente flanque sa pâtée à Goliath, le récit du combat devient mythique et encourage la naissance de centaines de nouvelles vocations.

Dans ce mode de la start-up, des noms circulent en secret, comme celui de David Wingo, qui a monté une boîte en 2007 dans un McDonald's californien abandonné pour numériser et retraiter la première image de la Terre prise depuis la Lune, le 23 août 1966, à l'aide d'un appareil photo Kodak, par la sonde *Lunar Orbiter 1* ; photo floue, transférée sur une bande magnétique, perdue dans un entrepôt, retrouvée vingt ans plus tard par une employée de la NASA qui la gardera pendant vingt nouvelles années dans un réfrigérateur situé dans un cabanon au fond de son jardin. L'épopée de cette image et le nom du héros ayant réussi à la rendre publique quarante ans après qu'elle a été prise est l'une de ces réussites qui entretiennent la ferveur des entrepreneurs du spatial. Il est possible de faire fortune, tous connaissent l'homme qui connaît l'homme qui est devenu millionnaire.

Je regarde sur Internet une conférence de Peter Diamandis, « *Our next giant leap* » (« *Notre prochain saut de géant* »), la vidéo date de 2005, elle est vieille et j'entends de la bouche de l'orateur le même message mi-scientifique, mi-messianique que professent une grande partie des stars du NewSpace : *Ma mission dans la vie depuis que je suis enfant a été et est toujours d'emmener le reste de vous dans l'espace. C'est de notre vivant que l'on va quitter la Terre, que l'on va faire quitter la Terre à la population de manière permanente. Et c'est passionnant. Je pense que c'est un impératif moral que nous ouvrions la frontière de l'espace.* Tout le reste de la conférence – qui dure 15 minutes, il s'agit d'être efficace et de marquer les esprits sans les ennuyer – est de cet acabit. Le vocabulaire employé, la solennité du ton, les métaphores rappellent les discours des évangélistes, et pourtant le curriculum vitae de ce Peter Diamandis me fait ravaler mon sourire complaisant. Docteur en médecine, diplômé de Harvard en business, entrepreneur, issu d'une riche famille grecque, l'homme est derrière des think tanks qui œuvrent à Washington pour la libre aventure spatiale, son oncle dirige un groupe de presse à New York, il a créé une multitude de sociétés et de fondations : en commençant par l'International Space University, qui fait se côtoyer les futurs ingénieurs aux futurs financeurs, proposant des formations transversales mêlant technique, politique et économie, basée à Strasbourg et disposant de campus en Australie, au Canada, aux États-Unis, en Belgique, en Turquie, en Chine, en Italie, en Espagne, en Russie ou encore en Suède. Puis, il fonde la Fondation X Prize, qui distribue des bourses de millions de dollars à des équipes scientifiques susceptibles de concrétiser des « percées radicales pour le bienfait de l'humanité » ; on retrouve Elon Musk ou le cinéaste James Cameron dans son conseil d'administration. Il est le président de la Singularity University, un incubateur d'entreprises de la Silicon Valley destiné à « éduquer, inspirer et responsabiliser les leaders afin qu'ils appliquent des technologies exponentielles pour répondre aux grands défis de l'humanité ». Il est fondateur et vice-président de Space Adventures Ltd, une société vendant des services de tourisme spatial dont les appuis sont à Singapour et aux Émirats arabes unis. Il a cofondé la Planetary Ressources Inc, qui devrait envoyer des satellites repérer les ressources minières contenues dans des astéroïdes en vue de leur exploitation future ; projet qui paraît relever totalement de la science-fiction à ceci près que l'on retrouve Larry Page, le fondateur de Google, Eric Schmidt, le président exécutif de Google, James Cameron, encore lui, parmi ses actionnaires. L'entreprise a également ouvert son capital au public – le Luxembourg détient 10 % des parts. Peter Diamandis est également président de l'association Students for the Exploration and Development of Space, qui promeut l'exploration spatiale auprès des grandes écoles d'ingénieurs et possède des ramifications aux États-Unis, au Canada, en Inde, en Israël, au Mexique, au Népal, au Nigeria, aux Philippines, en Espagne et au Royaume-Uni. J'arrête là d'égrener la carrière de ce bonhomme de 60 ans qui a des entrées dans une vingtaine d'autres entreprises ou associations, et se trouve être l'un des acteurs du séquençage de l'ADN humain, j'ai laissé tourner la vidéo pendant que je mettais mes notes au clair, il est arrivé à la conclusion, où il dit que l'essentiel n'est pas l'argent – les millionnaires disent toujours que l'essentiel n'est pas l'argent –, mais *the committed, passionate humain mind, « l'esprit humain passionné et engagé »*. J'ai ravalé définitivement mon sourire, les gourous sont aussi d'avisés hommes d'affaires.

J'aimerais penser que le NewSpace est un immense fourre-tout dont le moteur n'est que le fric, mais ce n'est pas le cas, il faut se méfier de la caricature. Ceux qui ont été contactés par les extraterrestres sont difficilement différenciables des geeks fans de *Star Trek*, qui trouvent cool de faire carrière dans le spatial. L'espace est un marché libre, ouvert, infini. Un discours exalté peut cacher une immense machine de guerre commerciale. Faire faillite pour ces entrepreneurs-là n'est pas infamant, c'est le signe qu'au moins ils ont tenté leur chance. J'aimerais que l'espace soit l'union des nations pour un projet commun, je crains que la réalité ne soit tout autre, mais j'ai aussi l'espoir que ce foutoir n'engendre pas seulement des gourous #NewSpace souhaitant nous retourner les poches. La marmite bout, les projets altruistes côtoient les aspirations les plus mercantiles, ici on veut louer des suites royales en apesanteur, mais là on cherche à démêler l'écheveau des mystères de l'Univers, des idées géniales germent un peu partout, l'engouement pour le spatial ne peut pas être tout à fait négatif. Du moins, j'ai envie de l'espérer.

J'ai beau me sentir mal assuré et – une nouvelle fois – un peu naïf, je me lance en touillant nerveusement un café que pourtant je n'ai pas sucré. Mettons que le narrateur d'un de mes romans parte s'installer sur une lointaine exoplanète, quel sera le statut juridique de la cabane qu'il construira là-bas ?

Je suis à Paris, j'ai pris rendez-vous, je discute avec un juriste qui a approfondi la question du spatial ; bureau encombré de dossiers, meuble bas où s'érigent des maquettes de tous les types de lanceurs européens, russes, chinois, américain, néons sur dalles de faux plafond suspendu, affiches pseudo-vintage sur l'exploration spatiale, livres posés en piles sur deux étagères, ce n'est pas le grand luxe. Contre toute attente, il n'éclate pas de rire, il réfléchit une seconde, me demande de quelle nationalité sera le personnage de mon livre. Français. Très bien. Avant, dans l'ascenseur, entre la machine à café et le bureau, il m'a déjà prévenu qu'il ne faut pas confondre le droit spatial et le droit des activités spatiales. J'ai sorti mon carnet de notes, j'attends, je suis prêt.

Avez-vous entendu parler du traité sur la Lune de 1979 ?

Vaguement.

Bien, commençons par le début. En 1979, quinze pays ont ratifié un accord régissant les activités des États sur la Lune et les autres corps célestes. En gros, ce traité placé sous la responsabilité de l'ONU indique que tout corps céleste est soumis aux lois de la charte des Nations unies et que son exploration ou son exploitation ne peuvent être envisagées qu'à des fins pacifiques. L'article 11 définit les corps célestes comme « patrimoine mondial de l'humanité ». En réalité, ce traité est plus une déclaration d'intention qu'un texte de loi, il a été ratifié par des pays comme le Maroc, l'Uruguay ou le Kazakhstan, aucune grande nation spatiale de l'époque, ni les États-Unis, ni la Russie, ni la Chine ne l'a signé ; la France elle-même n'est jamais allée jusqu'au bout du processus d'adoption.

Je demande si on s'en bat l'œil.

La réponse est modérée : oui et non.

J'ai déjà fini mon café, j'écris à toute vitesse, heureux d'être pris au sérieux. Pour obtenir ce rendez-vous, j'ai fait jouer ma résidence au CNES.

Le tout premier traité spatial, écrit en décembre 1966, entré en vigueur le 10 octobre

1967, s'intitulait Traité sur les principes régissant les activités des États en matière d'exploration et d'utilisation de l'espace extra-atmosphérique y compris la Lune et les autres corps célestes, on le surnomme le Traité de l'espace, il a été complété en 1973 par un traité sur les orbites géostationnaires. Je ne vais pas entrer dans les détails, qui fatigueront vos lecteurs, mais – en résumé – ces textes sont plutôt pragmatiques. Ils donnent les grandes directions : pas d'armement de l'espace, solidarité entre les nations, pas d'appropriation par une nation d'un corps céleste quel qu'il soit. Nous avons également une quantité de traités techniques, celui sur l'obligation de sauvetage des astronautes – considérés comme les envoyés de l'humanité –, datant d'avril 1968, celui sur la responsabilité internationale pour les dommages causés par des objets spatiaux, datant de mars 1972, celui sur l'immatriculation obligatoire des objets lancés dans l'espace extra-atmosphérique, de janvier 1975. Mais c'est un peu fastidieux. Ce qui est important, c'est qu'aucun texte ne vient encadrer la liberté d'exploitation et d'utilisation de l'espace et des corps célestes. S'ils s'opposent en principe à ce que demain un État ne débarque sur Mars en déclarant que le sol lui appartient, ces traités ne s'opposent pas à ce que ce même État décide d'exploiter le sol martien. L'espace, c'est le règne absolu de la liberté d'entreprendre et celui de la libre concurrence.

Le libéralisme à échelle cosmique, je demande ?

Tout à fait.

Dans la conquête spatiale, l'individu n'existe pas : il a besoin d'argent, de moyens, de la bénédiction juridique d'un souverain pour pouvoir mener à bien l'aventure : il lui faut un État et des actionnaires. Christophe Colomb, quand il est parti inventer une route vers les Indes à l'ouest, agissait pour la reine d'Espagne et les marchands voyaient en lui la possibilité de retours sur investissement grâce aux nouvelles voies qu'il défricherait. Elon Musk n'est rien sans les fonds de la NASA. Il a prévendu des services avant d'être capable de les fournir. SpaceX, sa société, est américaine, il est tributaire des lois des États-Unis.

Je note, j'ai peur de ne pas pouvoir me relire, je n'enregistre jamais mes entretiens, la captation rigidifie les propos et crée une méfiance. J'avance sur l'idée tendue vers moi : est-ce que l'exploration conduit immanquablement à l'exploitation, puis au désir d'appropriation ? Imaginons que demain on trouve des diamants sur des astéroïdes, personne n'a inscrit dans le traité la taille minimum d'un corps céleste. Un État peut très bien envoyer une sonde, concasser entièrement l'astéroïde et rafler le butin pour son propre compte.

Logiquement, me répond-on, il faudrait faire la distinction entre ressource renouvelable et ressource non renouvelable. Placer des panneaux solaires sur un astéroïde pour alimenter des batteries, c'est renouvelable. Le débiter en petits morceaux pour le revendre, ce serait effectivement un problème.

J'ai noté l'arrivée du conditionnel dans les réponses, mon interlocuteur fait une pause, il me demande si je souhaite un nouveau café. J'en ai déjà trop bu depuis ce matin, je pense qu'il vaut mieux que j'arrête, pourtant j'accepte volontiers. Nous patientons tandis que les gobelets tombent et que la machine bourdonne jusqu'au bip de fin de préparation. De retour dans son bureau, le juriste farfouille dans son étagère, prend un livre, trouve un post-it qu'il avait oublié, le colle ailleurs et me lit l'article 1 du fameux traité de la Lune.

L'espace extra-atmosphérique, y compris la Lune et les autres corps célestes, peut être exploré librement par tous les États sans aucune discrimination dans des conditions d'égalité et conformément au droit international, toutes les régions des corps célestes doivent être librement accessibles. Les recherches scientifiques sont libres dans l'espace extra-atmosphérique, y compris la Lune et les autres corps célestes, et les États doivent faciliter et encourager la coopération internationale dans ces recherches.

J'écoute attentivement ce blabla sur la collaboration, sur la moralité, sur le respect réciproque et l'intérêt commun. Rien sur le fond, en fait. On demeure dans le flou, dans l'imprécision. J'ai une question, mais je la garde pour plus tard, je me contente de remarquer que tout cela me semble pétri de bienveillance.

Le droit de l'espace est une première mondiale, me dit-il. On tente de légiférer en imaginant les progrès que la science peut accomplir. On crée du droit avant que l'activité n'existe. Nous sommes à l'inverse, par exemple, du droit maritime. L'humanité a exploré et exploité la mer durant des siècles avant qu'un droit international ne se mette en place. Là, nous cherchons à anticiper, nous nous donnons l'illusion de prévoir des garde-fous. Il emploie alors une belle image : le droit serait la solidification d'un usage. Avant, on agissait et – peu à peu – des règles s'aggloméraient pour codifier nos agissements jusqu'à se solidifier en lois. L'espace – et d'autres domaines de la recherche scientifique – oblige à imaginer pour permettre une sécurité juridique afin d'investir ou de se projeter dans le futur. Historiquement, le droit de l'espace est né de la guerre froide : lorsque Kennedy a affirmé qu'un Américain poserait son pied sur la Lune avant la fin des années 1960, la crainte s'est partout exprimée d'une course à l'armement. Les traités spatiaux sont des règles pour que le jeu reste sportif, l'ensemble du monde souhaitait limiter un peu la compétition acharnée entre les États-Unis et l'URSS.

Demain, je demande, qu'est-ce qui empêcherait une nation d'accomplir le rêve du vieux George Bush père en militarisant l'orbite géostationnaire ?

Là-haut, rien, mais, sur terre, ce serait interprété comme une déclaration de guerre, me répond-il.

Je profite d'un silence et d'avoir terminé mon nouveau café pour articuler enfin la remarque qui me brûle les lèvres : ces traités évoquent les États, mais les grands projets spatiaux à venir sont entre les mains d'entreprises privées.

Mon interlocuteur éclate de rire. Logiquement, une entreprise est soumise aux lois de l'État qui l'héberge. Dans le cadre de votre roman, ce citoyen français qui s'installe sur un autre monde demeure français même à l'autre bout de la galaxie. Il est le représentant de l'humanité, mais soumis à la loi française. Les traités donnent de grandes directions, chaque État ensuite légifère. Chaque État a le devoir d'autoriser et de surveiller les activités conduites par des organismes non gouvernementaux basés sur son territoire.

Je perds un instant le fil, je pense qu'il est hors de question que le narrateur de mon roman demande l'autorisation au gouvernement français d'émigrer.

Et, pour élargir le propos, je provoque : un traité s'applique jusqu'au moment où il devient caduc. Si demain Elon Musk ou n'importe quel autre milliardaire va s'installer sur Mars, s'il dispose des moyens d'y bâtir des villes, le principe de non-appropriation volera de fait en éclats, non ?

Le juriste sourit, il me fait comprendre que ma question est un rien rétrograde. L'appropriation, c'était la colonisation du XIXe siècle, l'appropriation des terres n'est en rien nécessaire à l'exploitation économique. D'ailleurs, l'espace en tant que tel n'est pas appropriable. C'est le vide, ce territoire n'existe pas, il est simplement déterminé par la vitesse d'un objet le traversant et le temps nécessaire à le parcourir.

J'ai lu dans une revue que scientifiques et juristes ont défini une zone, que l'on nomme Greater Earth, « Grande Terre », où l'on bétonne les lois. Cette zone a un diamètre de 1,5 million de kilomètres, elle désigne l'espace autour de la Terre marqué par son influence, elle inclut la zone orbitale, la Lune et quelques astéroïdes. Au-delà, je persiste à penser que l'on a beau signer d'élégants traités, c'est le Far-West. Le premier arrivé se sert. Je demande si l'installation d'une colonie humaine sur Mars ou ailleurs créera des précédents juridiques ?

Nouvelle réponse entre le oui et le non. Aller sur Mars impliquera un décalage de communication. S'il faut quinze minutes à une question posée depuis un vaisseau ou depuis la surface pour parvenir sur terre et quinze autres minutes pour obtenir la réponse (dans le cas où elle ne demanderait pas un temps de réflexion), l'équipage ou les explorateurs doivent disposer d'une délégation de pouvoir pour agir rapidement lorsque cela s'impose. Le spatial est très terrien : les décisions se prennent de la Terre, les engins sont pilotés à distance, tout est contrôlé depuis le sol. À partir du moment où la distance rend impossible une réactivité, les membres d'une mission doivent obligatoirement disposer d'une plus grande autonomie.

Plus tard, un ami – juriste lui aussi – me dira dans son bureau – similaire, sans les maquettes de fusées, mais avec le cadavre déshydraté d'une plante verte accolée à un radiateur – que l'espace était jusqu'à peu une *res extra commercium* – une chose inappropriable en raison de ses caractéristiques – et qu'il devrait devenir une *res communis* – une chose commune appartenant à tous. Malheureusement, à mesure que la technologie rend possible son exploration, beaucoup y voient une *res nullius*, une chose sans maître, vacante, qui appartiendra au premier venu. Pourquoi crois-tu donc que des sociétés privées dépensent des milliards dans la recherche spatiale ?

J'en reviens à Musk, j'ai encore des questions à son sujet – ou au sujet de n'importe quel milliardaire aventurier qui demain voudrait planter des drapeaux sur des corps célestes –, je me demande s'il ne pourrait pas trouver des États plus complaisants que les États-Unis pour y immatriculer ses fusées. En quelque sorte, reproduire dans l'espace le principe des pavillons de complaisance. Je suis assez fier de cette question, je l'ai imaginée en me sentant devenir auteur de science-fiction, la réponse me cloue le bec : Musk a besoin de l'argent américain pour faire tourner sa petite entreprise, il restera donc américain, mais sinon oui, sinon c'est possible. Et j'apprends que cela se produit déjà : des satellites commercialisant des fréquences radioélectriques sont immatriculés aux îles Tonga, sur l'île de Man, celle de Jersey ou encore aux Caïmans. Tout va bien, donc, la réalité va plus vite que la fiction.

J'ai bien compris que, juridiquement parlant, l'exploitation de l'espace par des compagnies privées ne correspond pas vraiment à ce que je nomme sa privatisation, je me demande toutefois ce qui pourrait arrêter le tourisme spatial ou les projets privés de colonies martiennes.

Le juriste me lit une phrase de l'article IX du traité de la Lune, là où il est précisé que les États procéderont à l'exploration des corps célestes de *manière à éviter les effets préjudiciables de leur contamination ainsi que les modifications nocives du milieu terrestre résultant de l'introduction de substances extraterrestres*. En gros, la règle est de ne pas contaminer Mars avec des saloperies virales ou microbiennes terrestres et de s'assurer de ne rien rapporter sur Terre qui soit contaminé par un virus martien inconnu susceptible de décimer les populations. Les fusées imaginées par SpaceX partiront du sol terrestre, se poseront sur le sol martien, redécolleront pour la Terre, comme la fusée de Tintin. Cela signifie un haut risque de contamination. Le juriste me sourit. À chaque fois que je rencontre des juristes, je découvre chez eux cette joie d'anticiper à quel endroit se trouve la faille attaquable en justice. On pourrait interdire à Musk d'aller sur Mars en l'obligeant à respecter cette clause de non-contamination.

Un ange passe, je chasse les visions de films catastrophes basés sur des pandémies qui me passent par l'esprit.

Évidemment, la crise sanitaire mondiale provoquée par le coronavirus Covid-19 me poussera plus tard, alors que ce manuscrit sera quasiment achevé, à me replonger dans cet entretien et à relire l'article IX du Traité de l'espace, j'aimerais penser que cette crise puisse être un signal d'alarme, qu'elle puisse permettre de multiplier les précautions lorsqu'il sera question d'aller exploiter des gisements sur Mars ou ailleurs. Nous savons pourtant que de nombreuses contaminations ont été provoquées par l'incurie des hommes, je ne citerai que l'épidémie d'anthrax ayant touché la péninsule de Yamal en Sibérie en 2016 ; il est possible que la bactérie de la maladie du charbon en sommeil dans le sol ait été réveillée par le réchauffement climatique, il est également possible qu'elle ait été libérée lors de forages – la région est richement dotée de réserves de gaz. Le bilan réel demeure assez obscur, la région est reculée et nul ne se soucie de paysans semi-nomades élevant des rennes. En vérité, cette épidémie qui a obligé l'abattage de plus de 100 000 animaux n'a pas ralenti l'exploitation des sols. Durant toute son histoire, l'humanité a fait passer le désir de profit avant la sauvegarde de l'environnement ou la santé des populations. Je ne vois pas pourquoi cela changerait sur Mars ou ailleurs.

Retour dans le bureau du juriste : alors, mon narrateur, je demande, il doit vraiment prévenir qu'il part au loin ?

Votre narrateur, là, il a besoin d'une autorisation de lancement de sa cabane. Mais s'il la construit Dieu sait comment sur une exoplanète et s'il y plante ses choux, il sera chez lui. On envisage nos lois à l'échelle du système solaire. C'est bien assez de travail.

Le juriste consulte son téléphone, je sens que l'entretien se termine, j'ai ce qu'il faut et – à dire vrai – je ne suis pas très surpris par la conclusion. Un principe général de non-appropriation n'est pas un obstacle à l'exploitation, on joue sur des mots, demain Mars appartiendra à celles et ceux qui s'y installeront.

Je le remercie, range mon carnet de notes, lui serre la main. Il me raccompagne jusqu'à l'ascenseur. Brusquement, son œil pétille. Tout ce que nous avons raconté, bien entendu, demeure très théorique, ajoute-t-il. Si demain nous mettons le pied sur un corps céleste et si celui-ci se trouvait peuplé d'hommes verts, je souhaite bon courage à celui qui voudra leur expliquer qu'ils doivent se soumettre à un traité évoquant le bien commun de l'humanité. Bonne journée à vous.

Tout au long de cette année, je me rends régulièrement à Paris pour travailler au centre de documentation du CNES et animer des ateliers d'écriture ; j'en profite pour rencontrer des spécialistes du spatial que j'amuse avec mes questions de néophyte. Souvent, je dors chez des amis et – un matin – au petit déjeuner, alors qu'ils me demandent ce que je bidouille au juste avec mes histoires d'espace, j'explique l'histoire confuse de ce livre : la fascination pour l'ailleurs, la recherche d'un monde hospitalier liée à celle d'une autre vie, le mal de chien que j'éprouve à accepter de voir le monde s'effondrer, mon ras-le-bol de cet ordre violent dominé par le profit, l'envie de partir construire ma cabane sur une lointaine planète comme autrefois le naufragé repartait de zéro sur la berge d'une île intouchée… Pendant que le pain grille, mon ami est frappé par un souvenir : son père, avant sa mort, avait acheté un terrain sur la Lune. Il paraît lui-même étonné d'énoncer une pareille phrase. Ce terrain lunaire est l'une de ces informations que l'on trimballe sans réellement y avoir accordé d'importance. Il se lève, farfouille longtemps, revient avec un cadre piqué de moisissures retrouvé à la cave. En grosses lettres en police de caractères Old English une sorte de certificat notarial porte comme titre : **Lunar Deed**, *acte lunaire*. Dessous un texte précise la localisation confuse du terrain : *Quadran Charlie, lot number 404. This property is located 017 square south and 004 squares east of the extreme northwest corner of the recognized Lunar chart*. Suit la surface du bien foncier : 10 cercas (unité de mesure inconnue de moi) et la correspondance en acres : 1,777 – soit l'équivalent de 7 000 m^2 de sol lunaire. L'acte précise qu'il a été établi par l'ambassade lunaire, sise à Rio Vista, en Californie, que le terrain est cessible aux héritiers de l'acquéreur, et qu'il est validé par the Omnipiant Ruler of the Lighted Lunar Surface, c'est-à-dire quelque chose comme l'*Omnipotan Souverain de la Face Éclairée de la Lune*, faute d'orthographe incluse. L'acte est signé par un certain Dennis M. Hope, dont la fonction, en plus de l'omnipotente souveraineté, est d'être *Head Cheese*, c'est-à-dire *Fromage en chef*. L'acte de vente est daté du 2 février 1998 et tamponné d'un magnifique *The sovereign worlds of Hope*, dont le pluriel laisse penser que le bonhomme qui se trouve derrière cet acte foncier farfelu ne s'est pas contenté de vendre la seule Lune. Et, bien entendu, en arrière-fond est imprimée une image de la surface lunaire. En sirotant son thé, mon hôte se souvient que le terrain a été acquis pour une cinquantaine de dollars.

Je ris à la plaisanterie, mes amis aussi, le pain est grillé et je suis assez pressé ce matin, mais – dans le fond – quelque chose m'arrête. J'apprends que l'homme qui a acheté ce terrain y croyait vraiment. Ce n'était pourtant pas un écervelé extravagant, il dirigeait une entreprise, il s'y connaissait en affaires, et pourtant, malgré l'apparente foldinguerie de la chose, il s'est cru possesseur d'un bout de corps céleste. Verser 50 dollars au *Grand Chef du Fromage* (la Lune est-elle une immense meule d'emmental ?) lui a permis de se rêver détenteur d'une chose pourtant inaccessible.

Je dois filer, on photocopie pour moi une copie du diplôme, je la glisse dans mon sac, et je laisse passer quelques semaines avant de la retrouver, un matin, chez moi, alors que je cherche un autre document. En quelques clics, je découvre que Dennis M. Hope (c'est son vrai nom) commercialise toujours des terrains, il a vendu des millions d'hectares sur la Lune, Mars, Vénus ou encore Io – la lune de Jupiter – et Mercure. Il vit grassement de son métier d'agent foncier extraterrestre depuis le milieu des années 1990. Je tombe sur un entretien où il se vante d'avoir vendu des terrains à Jimmy Carter, Ronald Reagan ou George Bush père. Le prix des parcelles varie en fonction de leur taille.

On peut acheter un petit terrain lunaire pour 29,90 dollars ; le plus cher – de la taille d'un continent – coûte 10 millions d'euros. Des sociétés comme la chaîne d'hôtels Hilton sont clientes. Plus je parcours des articles, plus je suis effaré : la plaisanterie est donc sérieuse. Moon Estate, la société de Dennis Hope, est une entreprise rentable. Oscillant entre rire et stupéfaction, je lis une interview où il explique que chômeur, cherchant à financer son divorce, il est tombé sur le traité des Nations unies relatif à l'espace extra-atmosphérique, le fameux traité de la Lune. L'article II précise que *L'espace extra-atmosphérique, y compris la Lune et les autres corps célestes, ne peut faire l'objet d'appropriation nationale par proclamation de souveraineté, ni par voie d'utilisation ou d'occupation, ni par aucun autre moyen*. Le futur omnipotent souverain réfléchit. Ce traité interdit aux nations de s'approprier les corps célestes, mais rien n'est prévu pour les individus. Il écrit alors à l'ONU pour revendiquer la propriété de l'ensemble des planètes du système solaire, ainsi que de leurs lunes ; il explique dans son courrier qu'il va les diviser en parcelles pour les vendre aux personnes désirant acquérir un terrain extraterrestre. Il conclut en se disant disponible pour évoquer avec les Nations unies tout problème d'ordre juridique soulevé par sa démarche. Personne jamais ne répond à sa lettre – on imagine bien le fou rire de l'assistant ayant ouvert le courrier ce matin-là – et, partant du principe que *qui ne dit mot consent*, il lance son business.

Plus je lis des articles et des entretiens avec le bonhomme, plus je doute : il est impossible de savoir s'il se prend au sérieux ou non. En mars 2004, il écrit la constitution fondatrice d'un gouvernement galactique, il considère les acheteurs de parcelles extraterrestres comme les citoyens d'une nation souveraine. Il tente de se faire reconnaître par l'ONU et de rejoindre le Fonds monétaire international, il a créé sa monnaie, dont l'étalon est l'hélium 3 présent en abondance sur le sol lunaire, il a dessiné le drapeau de son État (inspiré du modèle américain : huit rayures horizontales bleu foncé, sept plus claires, et dans le coin en haut à gauche : une lune, une planète et huit étoiles en formation volant vers un soleil). Si la fiscalité de Moon Estate demeure opaque, il semblerait qu'une dizaine de millions de personnes aient à ce jour acheté à l'entreprise un titre de propriété.

J'ai besoin de bouger, je sors faire un tour dans les chemins creux qui glissent jusqu'à la rivière, tout au bas de mon village. Plus tard, je montrerai le fac-similé de l'acte au service juridique du CNES, tout le monde rigolera bien. En même temps, deux personnes m'avoueront dans les couloirs que c'est une super-idée pour un cadeau d'anniversaire original et noteront l'adresse du site.

Je marche en tentant d'éviter les flaques de boue. L'ami qui a déballé l'acte m'a soutenu que son père n'avait pas acheté une métaphore, ce terrain, c'était du solide, il savait bien qu'il n'en profiterait jamais, mais gardait espoir que ses petits-enfants puissent, un jour, l'arpenter.

Cela fait bien longtemps que je n'avais pas tenté d'approcher le bord de la rivière. Les pluies incessantes de l'hiver ont provoqué des crues à répétition, le chemin disparaît sous les croûtes boueuses d'alluvions. De l'autre côté des eaux marronnasses, des vaches lèvent la tête en ma direction. Il fait froid, j'expire de petits nuages qui se dissolvent sous le ciel blanc. Que des gens soient prêts à payer un bout de papier fictif ne devrait pas m'étonner, c'est ce qui se passe lorsque je vais en librairie pour me procurer un roman : je donne un peu d'argent en échange de fiction. Que l'on croie à ce qui se trouve entre les pages du livre ou non n'y change rien. On tient du rêve dans ses mains, c'est sans doute le fonds de commerce du bien nommé Hope (*espoir* en anglais) : il vend du vent, du rêve, de la poésie. Et personne ne semble y trouver à redire. Ma botte gauche s'enfonce dans trente centimètres de boue, j'ai froid au nez. Je remonte à petits pas vers mon bureau. Dennis M. Hope n'est pas l'escroc qui a vendu la tour Eiffel au prix du métal, il est juste un ribouldingue farfelu. Qu'il soit sincère ou non est sans importance, bien que je le suppose non dupe de son propre business, sinon pourquoi aurait-il inventé ce titre mystérieux de *Head Cheese* ? Je trouve trace d'un vieux proverbe anglais : *The moon is made of green cheese, « la lune est faite de fromage frais »*, qui s'employait pour se moquer de la crédulité des croyances populaires. Jean de La Fontaine a raconté l'histoire d'un renard affamé confondant le reflet de la lune au fond d'un puits avec celui d'un fromage. Dans la culture populaire, Jerry pour échapper à Tom s'enfuit sur la Lune et découvre avec délice qu'elle est faite de fromage. C'est également ce qui pousse Wallace à bricoler une fusée puisqu'il dit à son chien Gromit : *Everybody knows the moon's made of cheese*.

Aux amis qui attendent d'avoir confirmation légale de l'acte lunaire, j'envoie un courriel leur précisant qu'ils sont les heureux propriétaires d'un poème.

C'est encore le soir, je suis encore une fois à mon bureau, je me demande si je vais me lancer oui ou non dans ce projet de roman de science-fiction, la pluie vient juste de cesser, elle est tombée sans trêve depuis ce matin, je n'ai pas mis un pied dehors. Je m'enveloppe et je sors prendre l'air. Il fait plus humide que froid. Je repense au roman que je n'écrirai pas, cette histoire de découverte d'un moyen de se rendre instantanément n'importe où dans l'univers. Je repense aussi aux paroles de Philip K. Dick : *si ce monde vous déplaît, vous devriez en voir quelques autres*.

J'aimerais croire que tout cela est vrai.

J'aimerais croire qu'il existe une issue de secours à la cupidité cynique des hommes.

Que l'Univers puisse être hospitalier. Pour la vie. Pour nous.

Un monde de rechange.

Qu'est-ce qui fascine les chercheurs, les philosophes, les astrophysiciens et les fous depuis des siècles ? Pourquoi Franz von Paula Gruithuisen oublie-t-il la rigueur scientifique qui est la sienne pour imaginer un peuple tirant des feux d'artifice sur Vénus ? Qu'est-ce qui motive le pourtant très méthodique Camille Flammarion à traquer des preuves d'habitation sur Mars ? Pourquoi un inventeur de fusées comme Hermann Oberth écrit-il un évangile pour les extraterrestres ? Est-ce la possibilité de contact avec des extraterrestres qui nous fait fantasmer ou bien celle de trouver un jour un monde à coloniser ? Un plan B à l'échelle cosmique. Une planète à habiter une fois la nôtre absolument saccagée.

Le ciel n'est pas assez dégagé pour contempler les étoiles. J'aimerais de tout cœur croire que, là-haut, il sera possible de trouver une issue de secours à la folie des hommes, une issue qui s'ouvrira pour celles et ceux qui n'ont plus leur place sur terre. J'aimerais y croire et pas simplement penser que l'espace sera privatisé pour l'usage exclusif de quelques élites économiques.

Aller ailleurs, cela supposerait une union pacifique des nations, cela supposerait également que les États cessent d'avoir comme simple objectif d'obéir aux injonctions financières et concurrentielles imposées par l'ordre mondial néolibéral. Pour avoir envie d'ouvrir une issue de secours, il faut avoir envie de sauver les gens, c'est-à-dire envie de les considérer pour leur humanité et non comme des masses corvéables, se devant d'être rentables et concurrentes afin d'enrichir toujours plus l'actionnaire et le dominant.

J'aimerais croire à un futur.

C'est sans doute ce que je cherche dans ce livre : me désengluer du présent pour entrevoir un futur. J'aimerais que cela soit possible, cela voudrait dire que, si on se cogne mille fois contre un mur, il existe une possibilité pour qu'à la mille et unième on passe à travers. Parce que cela serait une sorte de révolution, et une réponse au pessimisme social sur lequel chacun tente d'empiler les cubes de sa vie. Parce qu'en définitive la réalité est emmerdante et la littérature restera toujours le plus court chemin vers les étoiles.

Pour ne pas m'amollir, je me connecte sur la presse en ligne. J'ai besoin de charbon pour alimenter ma colère, qui voudrait voir la Terre de loin n'a qu'à se promener sur Internet, quelques clics y suffisent. Le Secours catholique publie son rapport annuel, dans lequel, chiffres à l'appui, il constate une augmentation alarmante de l'extrême pauvreté en France. L'extrême pauvreté, selon l'ONU, c'est vivre avec l'équivalent de 1,25 dollar par jour, soit 1,13 euro. En France, cette précarité touche majoritairement les femmes, les enfants, les retraités et les migrants. La réforme des retraites et le durcissement du cadre juridique de l'accueil sont mis en cause par l'association. Vivre dans l'extrême pauvreté, cela signifie concrètement être plongé dans une précarité qui ne permet plus d'assumer ses responsabilités élémentaires ni de jouir de ses droits fondamentaux. Cette précarité a tendance à se comporter comme un cercle vicieux : elle s'installe dans le temps et compromet gravement les possibilités de reconquérir ses droits. En gros, plus l'on est pauvre, plus l'on est pauvre et moins l'on pourra ralentir sa chute. Plus loin, les pages économiques claironnent que, malgré un ralentissement de la croissance, des dividendes records ont été versés aux actionnaires. Un clic sépare pauvreté et richesse extrêmes. L'Assemblée nationale étudie un projet de loi visant à remplacer certaines peines de prison par des amendes que les familles des détenus seraient obligées de payer. Selon les rapporteurs du projet de loi, l'idée est à la fois de désengorger le milieu carcéral et de responsabiliser les familles. Le porte-parole du gouvernement a déclaré que, si chaque famille prend soin de ses membres, la délinquance refluera. Les ONG bottent en touche en pointant les dérives d'un tel projet : les détenus concernés seraient principalement ceux arrêtés lors des manifestations, et la notion de famille n'est pas clairement définie par le texte de loi. Qui devrait payer ? Des parents pour leur enfant ? Des frères pour leur sœur ? Un vague cousin ? Une tante oubliée ?

Je pense à un garçon croisé lors d'un atelier d'écriture, feuilles et stylos fournis par les professeurs, scolarisé de justesse, la cantine payée par une caisse de solidarité. J'intervenais dans sa classe. Son père, son frère, étaient en prison. Lui, non, il l'avait écrit noir sur blanc. Jamais. *Je serai honnête*, il avait écrit sur une feuille en s'appliquant à suivre la ligne. Que sera-t-il obligé de faire pour aider sa mère à payer une amende ? Danser sur les ruines de sa vie ?

Je pense aux balles des condamnés à mort en Chine, qui sont facturées à la famille. On me dit que je vois tout en noir. Sans doute.

Bientôt va se tenir le procès d'un manifestant qui s'est copieusement fait casser la gueule par trois CRS, ils le traînent en justice parce qu'il a vomi du sang sur eux. Cette histoire, je n'oserais pas l'inventer pour la glisser dans un roman.

Ça y est, j'ai ma dose de colère, je dormirai mal cette nuit – je dors souvent mal –, lire la presse avant de me coucher est peut-être un rituel masochiste, mais je n'arrive pas à détourner le regard, à me désolidariser du monde.

J'ai parfois l'absurde nostalgie d'une époque que je n'ai pas connue : avant que le moindre centimètre carré du monde ne soit accessible d'un zoom depuis un écran de téléphone. Nostalgie de ce qui lançait des hommes sur les mers pour trouver un moyen plus rapide de joindre l'Inde en voguant vers l'ouest, nostalgie de ces expéditions aux sources des fleuves Congo ou Niger, de ces équipées au sommet du mont Blanc ou de l'Himalaya. Il y a maintenant tellement de touristes qui gravissent l'Everest qu'il faut patienter dans de bordéliques embouteillages plusieurs heures avant de faire un bref selfie sur l'arête de la cime. L'an passé, des gens tassés dans l'incapacité d'avancer ou de reculer à cause de la foule sont morts de froid, paraît-il. Il fut un temps pas si lointain où le monde resterait encore un vaste espace à explorer. Qui pouvait imaginer qu'en Afrique – par exemple – il n'y aurait plus un seul éléphant qui ne soit pas identifié, répertorié ou bagué par l'homme ? Le monde a rétréci, furieusement. C'est l'une des leçons à tirer de la lecture d'Hannah Arendt, qui, pour achever son ouvrage *La Crise de la culture*, s'intéresse à l'exploration spatiale et aux changements que les sciences apportent à notre regard sur l'Univers. L'exploration de l'espace rétrécit l'homme, écrit-elle, nous ne sommes plus au centre de l'Univers, mais bien en périphérie d'un récent système solaire situé en périphérie d'une médiocre galaxie. Et le langage courant n'est plus en état de rendre compte des découvertes effectuées dans le langage mathématique. On pourrait ajouter que cette exploration rétrécit également l'Univers. Chaque sonde envoyée ferme des portes. Tout ce qui est connu perd en densité et en possibles. Partout nous apposons notre image et notre routine. Peut-être qu'un jour, si l'humanité survit à sa folie et si elle parvient à voyager au loin, le cosmos entier sera minuscule et trivial ?

Et justement, qu'en est-il des projets de voyages spatiaux, le rétrécirons-nous vraiment, cet univers ? Dans ce même texte, Hannah Arendt explique que, en raison du gigantisme de l'Univers rapporté à la durée de la vie humaine, nous n'irons jamais loin, nous resterons limités à l'exploration de notre environnement immédiat. J'ai une discussion passionnante à ce sujet avec un astrophysicien travaillant dans un laboratoire de l'ESA, l'Agence spatiale européenne. Il planche sur des moteurs à antimatière. Ce mot fait partie de mon imaginaire, il est lié à la science-fiction, je sais vaguement que l'antimatière possède une charge électrique opposée à celle de la matière et que, si l'une touche l'autre, ça explose. Patient et pédagogique, l'astrophysicien tente de m'expliquer, évoque à un moment la célèbre formule $E = MC^2$ que je connais par cœur comme tout le monde en ignorant totalement sa signification. Savoir que l'énergie est égale à la masse multipliée par la vitesse de la lumière au carré ne m'aide pas beaucoup. Mais passons. J'apprends que l'antimatière n'est pas un concept théorique, elle existe et *on* sait la produire. Par *on*, j'entends l'humanité, bien que je pense qu'il s'agit en fait d'une petite poignée de physiciens se connaissant tous par leur prénom. Le problème, c'est son stockage. Puisque l'antimatière explose en libérant une énergie considérable au contact avec la matière, il est hors de question de la glisser dans une fiole, un réservoir, une éprouvette ou un quelconque panier. Les yeux de l'homme, bien plus jeune que moi, qui m'explique le but de ses travaux, pétillent de joie, il fait un peu durer le suspense, il a l'habitude lors des dimanches en famille qu'un vieil oncle se lisse la moustache et tente de comprendre pourquoi donc une agence spatiale a recruté son neveu. La solution est simple, me dit-il, il suffit de maintenir l'antimatière dans un champ de force. Je pose la question de savoir si l'*on* sait créer des champs de force.

Oui, répond-il avec patience, comme Jésus saisissant la main de ce brave Thomas pour lui montrer les plaies ouvertes dans son corps ressuscité. J'assimile les informations qu'il me donne. *On* produit de l'antimatière, *on* la maintient dans un champ de force, *on* s'en sert pour alimenter un moteur. Vient maintenant la partie ardue de l'exposé : théoriquement, cela permettrait de voyager à un quart de la vitesse de la lumière. Mon interlocuteur ne cherche pas à m'expliquer pourquoi, il a déjà dû tenter avec son oncle, il sait que des choses sont impartageables. Je doute qu'il ait lu Hanna Arendt, il sait par expérience ce que le langage commun ne peut dire. Je dois le croire sur parole. Le fait que l'ESA lui verse chaque mois un salaire me semble un gage de sérieux. Demeure un problème (plusieurs, en fait) : il est aujourd'hui impossible d'imaginer une fusée ou un vaisseau spatial capable de supporter une telle vitesse. Et encore moins d'y embarquer quoi que ce soit de vivant. Les autres problèmes sont liés à l'énergie incroyable nécessaire pour produire le champ de force et les difficultés et dangerosités extrêmes de jouer avec l'antimatière. Bref, tout cela demeure théorique, mais, comme la théorie semble fiable, la recherche fondamentale ne néglige pas cette piste.

Une fois seul, je me livre à un calcul simple (cela, j'en suis capable). La plus proche exoplanète, Proxima b, étant située à 4,2 années-lumière de la Terre, un voyage durerait tout de même encore 17 ans (au lieu de 100 000 ans avec une fusée comme celle qui a conduit l'homme sur la Lune, ce qui est un certain progrès, j'en conviens).

Çà et là, en glanant des informations, je vois que d'autres théories sont explorées : moteur à micro-ondes, voiles solaires. S'il est théoriquement possible de s'approcher d'une fraction de la vitesse de la lumière, les matériaux permettant de subir cette pression n'ont pas encore été inventés. Je lis des choses sur le voyage quantique, sur la congélation des astronautes, sur des vaisseaux-arches qui embarqueraient des passagers sur plusieurs générations (ceux qui arriveraient seraient les arrière-arrière-arrière-arrière-petits-enfants de ceux qui embarqueraient), le passage par un trou de ver dont la force déchiquetterait quiconque s'approcherait. Je me documente, je discute quand je passe par le CNES à Paris, je vois le réel, son mur, ses limites, ses contraintes. Je vois ce qui semble une évidence : pas de plan de secours pour une planète B habitable clé en main. Nous sommes bel et bien coincés ici. L'humanité aura mille fois l'occasion de s'éteindre avant de trouver comment aller contaminer un autre monde.

Parfois, je suis frappé par l'idée que le monde ne ressemble pas à ce à quoi il devrait ressembler. Je relis la phrase que je viens d'écrire et j'ai tout de suite envie de préciser qu'il ne s'agit pas d'une métaphore, il faut prendre le verbe *frapper* dans son sens littéral : je mange, je marche, je discute avec des amis, et l'idée me percute, coup de poing dans le ventre. Vues depuis l'enfance, les règles du jeu paraissaient claires : on serait sage, on travaillerait bien à l'école, on aurait un bon emploi, on gagnerait sa vie et nos qualités seraient toujours récompensées. Artisans, artistes, fonctionnaires, ouvriers, cols blancs, tous recevraient une juste rétribution, proportionnelle à leurs mérites. Et il n'y aurait plus de guerre mondiale, on traquerait le gaspillage, on ne commettrait plus les erreurs du passé : empoisonner les gens à l'amiante ou saboter l'atmosphère avec des bombes aérosols sous pression. Les maladies seraient guéries puisqu'il en irait de l'intérêt général. Et les machines nous soulageraient des besognes les plus pénibles, elles nous permettraient de travailler moins sans diminuer nos salaires ou créer de chômage.

Même la menace d'une guerre nucléaire entre les États-Unis et l'URSS finirait par devenir une anecdote folklorique.

La vie à laquelle je me préparais depuis l'enfance serait une vie parfois rude – une vie où il faudrait suer sans ménager ses efforts –, mais une vie juste.

Ces pensées d'enfant, ce sont sans doute mes parents qui me les ont enfoncées dans le crâne. J'ai travaillé, j'ai eu plusieurs vies, plusieurs métiers, j'ai écrit, j'ai tenté d'être publié, j'ai échoué, j'ai essayé de nouveau et de nouveau j'ai échoué, je me suis obstiné, un éditeur a accepté un nouveau texte, je me suis marié, j'ai fait des enfants, j'ai acheté une maison avec un beau terrain en périphérie d'une ville importante ; j'ai une vie ordinaire faite de joies, de peines, d'espoirs. J'ai grandi, j'ai obtenu ce que l'on appelle une situation. Et pourtant jamais je n'ai pris un ticket pour un monde où le patron d'Amazon gagne en dix secondes le salaire annuel moyen de ses employés, jamais je n'ai sérieusement envisagé que les hommes laisseraient leur monde se transformer en étuve sans se révolter. Jamais je n'ai cru qu'il serait possible qu'une vingtaine de personnes possèdent plus que la moitié des habitants de cette planète. Jamais je n'ai pensé qu'une insignifiante poignée de fous de Dieu mèneraient la guerre à la quasi-totalité de l'humanité pour faire advenir un califat chimérique, jamais je n'aurais cru voir les extrêmes droites gangréner les États, ronger les parlements, gagner des élections. Jamais je n'ai pensé voir reculer le droit à l'avortement, les droits des femmes, les droits des minorités.

Durant un atelier que j'anime, un élève, gentil, adolescent, scolarisé dans un collège d'une banlieue aisée, écrit d'une belle écriture appliquée, sans trop faire de fautes d'orthographe, qu'un homme est sur terre pour s'unir un jour avec une femme et faire des enfants, que la sexualité sans procréation est une aberration, comme l'homosexualité une monstruosité. La professeure de français soupire, l'an dernier, un autre élève a refusé de suivre les cours d'histoire-géographie puisque l'on y apprenait le mensonge de l'évolution.

Le futur aurait dû être un progrès.

Jamais je n'aurais cru être englué dans un présent éternel sans possibilité de futur autre que celle de la catastrophe.

Enfant, ma naïveté consistait à croire aux solidarités. Adulte, j'ai signé des chèques pour quelques ONG, j'ai écrit des textes que certains ont jugé *engagés* (l'engagement étant toujours considéré avec suspicion dès qu'il s'agit de littérature ou d'art), mais je n'ai pas réagi lorsque partout ont été déroulés des barbelés.

Je l'ai déjà dit, j'ai grandi en lisant de la science-fiction, je possède une culture mainstream et populaire : celle de *Star Wars* et des comics de la Marvel, celle des romans publiés chez J'ai lu ou dans la collection de poche « Présence du futur » de Denoël. Plus jeune, j'ai caché cette culture, honteux de n'avoir pas fait d'études longues et d'être à ce point imprégné de littérature et de cinéma de genre. Elle n'est pourtant en rien singulière. Il faudrait intercaler ici un souvenir qui m'est revenu : j'étais au collège, au bas des fiches de renseignements distribuées le jour de la rentrée, la professeure de français avait demandé de préciser si nous aimions lire, et quel genre de textes. Heureux, j'avais fourni une longue liste, de H.P. Lovecraft à Stephen King, de Arthur C. Clarke à Franck Herbert, et cette professeure, consultant les fiches bristol complétées par les élèves, avait demandé qui était Éric Pessan. J'avais levé le doigt. Elle avait planté son regard dans le mien pour déclarer qu'il valait mieux ne rien lire que de lire ce genre d'inepties. Je ne sais pas si cette scène pourrait se reproduire aujourd'hui, j'en doute. La lecture – quelle qu'elle soit – est maintenant encouragée, la littérature *de genre* a définitivement quitté son ghetto. La science-fiction n'est plus considérée comme une sous littérature pour adolescents asociaux, et c'est une bonne chose. Il me suffit de discuter un peu dans les couloirs de l'agence spatiale française ou avec des astrophysiciens pour que la conversation finisse quasi immanquablement par évoquer la science-fiction. Bon nombre de scientifiques de renom ont découvert leur vocation à la lecture d'ouvrages d'anticipation. Les ingénieurs de la NASA ont biberonné des pulps avant de poser des équations, et ne se sont pas gênés pour piocher dans cette littérature des idées neuves – c'est l'exemple très célèbre des satellites géostationnaires pouvant servir aux communications, que l'on doit à Arthur C. Clarke, l'auteur de *2001, l'Odyssée de l'espace*. Pas rancuniers, les auteurs de science-fiction se sont parfois transformés en attachés de presse zélés pour sensibiliser le grand public aux enjeux de l'exploration spatiale, je ne citerai qu'un exemple : Ray Bradbury, invité à lire un poème dans les locaux du Jet Propulsion Laboratory, dépendant de la NASA, à Pasadena, la veille de la mise en orbite de la sonde *Mariner 9* autour de Mars.

Enfant, j'ai espéré de tout cœur l'avancée de la technologie spatiale, j'ai imaginé aller sur la Lune ou Mars plutôt comme passager que comme pionnier, en touriste plus qu'en aventurier. Lorsque je lisais des documentaires sur ce que l'on appelait la conquête spatiale – en usant d'un vocabulaire guerrier –, je voyais des bibendums surentraînés engoncés dans des combinaisons lourdes et épaisses, et je savais que cette vie ne serait pas la mienne. Passer des heures dans une centrifugeuse, suivre un cursus scientifique, faire du sport chaque jour pour avoir la probable chance d'aller flotter un instant hors de l'attraction terrestre me semblaient des efforts hors de portée. J'étais rêveur, littéraire, peu sportif et, dès mon adolescence, je me renseignais sur l'objection de conscience, qui m'éviterait d'accomplir mon service militaire, alors obligatoire. Et j'étais grand, un mètre quatre-vingt-dix à 15 ans, une taille qui poserait un problème dans l'étroitesse des fusées. Je m'imaginais plutôt prendre un billet et rejoindre une base lunaire, passager d'une fusée qui effectuerait des allers-retours comme l'on va de Paris à Tokyo ou à Mexico. J'avais tout juste 16 ans, le 28 janvier 1986, lors de l'explosion de la navette spatiale *Challenger*, je suivais ce vol très médiatisé en raison de la présence d'une institutrice à bord, Christa McAuliffe. Elle aurait dû être la première touriste de l'espace, elle n'accomplissait pas une mission scientifique, elle était là pour vulgariser le vol spatial, pour faire rêver, pour dire que demain l'espace serait le bien commun de l'humanité. Elle s'est désintégrée en compagnie des six autres membres d'équipage 73,124 secondes après le décollage. Le rêve d'espace prenait un coup sur la nuque, et le 1er février 2003, l'explosion de la navette *Columbia* lors de sa rentrée dans l'atmosphère, tuant les sept membres d'équipage, viendrait mettre un point final aux fantasmes de villes sous cloche installées sur la

Lune. Peu à peu, j'ai compris que je ne quitterais jamais cette planète dans une machine. Je n'avais pas mûri, c'est le monde qui s'était resserré. Les rêves spatiaux ont regagné les boîtes à archives remplies de projets formidables mais non rentables. La technologie spatiale s'est prosaïquement préoccupée de mettre sur orbite des satellites espions pour savoir si les Russes préparaient la troisième guerre mondiale. Puis la télévision, les télécommunications et les GPS ont bouffé les rêves, ces domaines-là sont devenus prioritaires parce que lucratifs, mieux : ils ont permis d'engranger des bénéfices considérables en implantant chez chacun de nous le besoin de la connexion et de l'information en temps réel.

Aujourd'hui, les communicants de la NASA font de leur mieux pour que le grand public ne considère pas le rover *Perseverance* comme une dépense inutile. Aller sur Mars n'est plus que la lubie de milliardaires souhaitant montrer au monde leur éclatante réussite. Autrefois, on se faisait construire des palais plus gros que le palais du prince d'à côté, maintenant on veut être le premier à toucher un corps céleste. Les agences spatiales n'ont plus les coudées franches pour vendre du rêve. La NASA utilise des lanceurs comme les Russes ou les Européens en place d'une navette habitée (qui n'avait de toute façon d'autre but que de prouver qu'il était possible d'envoyer des hommes dans l'espace, une grande partie des missions des navettes spatiales américaines auraient pu être automatisées). Les élans des agences spatiales ont été châtrés par les contrôleurs de gestion. On dépense bien assez pour expédier de petits robots, inutile de rêver plus haut. On apprendra ce que l'on a à apprendre et, si l'on ne trouve pas des mines de diamants ou des gisements de stock-options, on n'a aucune raison de prendre des risques. Tout doit rapporter, la recherche scientifique est un investissement dont on attend un bénéfice en retour. On veut des brevets, des inventions monnayables ou – à défaut – des data qui pourront un jour servir. Ceux qui ont acheté des terrains sur la Lune en se disant qu'y fleuriront un jour des villes sous cloche en sont pour leurs frais.

L'humanité n'en est plus à armer des flottilles pour découvrir à l'ouest une nouvelle voie vers les Indes. L'époque est à la raison comptable. Et la NASA, comme l'ESA ou le CNES, passe plus de temps à négocier son budget qu'à mettre au point le réacteur à antimatière ou le moteur quantique qui ouvriraient les portes de mondes inatteignables. Alors, les sociétés privées sont là. Cela fait longtemps qu'elles ont compris qu'elles pouvaient facilement ramasser mon rêve d'enfant cassé au sol, lui donner un coup de pinceau, et me le revendre à mille fois son prix.

Pour en revenir à Bradbury, cité plus haut, qui s'est allègrement déplacé d'une branche à l'autre de la science-fiction, portant un message politique dans son *Fahrenheit 451* et rêvant d'utopie dans ses *Chroniques martiennes*, le voici, fringant, il accorde ce qui sera son avant-dernière interview, nous sommes le 8 octobre 2010, il est âgé de 90 ans et, deux mois, il répond dans un amphi aux questions du journaliste Sam Weller, qui est également son biographe, il s'adresse à des étudiants en médecine. *A book is more important than anything else*, dit-il [*un livre est plus important que toute autre chose*]. *A book is more important than the people your work for. A book is more important than the school you go to – the important thing in school is the book*. [*Un livre est plus important que les personnes pour lesquelles vous travaillez. Un livre est plus important que l'école à laquelle vous allez – l'important à l'école est le livre*.]

Les étudiants remuent un peu sur leurs bancs, ils sourient. Bradbury continue : *You take it out of the schoolroom, you take it out in the lawn in front of the school and you read it there. The book is everything. School is not important.* [*Vous le sortez de la salle de classe, vous l'emporter sur la pelouse devant l'école et vous le lisez. Le livre est tout. L'école n'est pas importante.*] Et il conclut : *The book goes with you*. [*Le livre vous accompagne.*]

C'est aussi le genre de message que la science-fiction m'a légué, cette littérature m'a transformé en lecteur, puis en auteur. Quand j'anime un atelier d'écriture, il arrive que des élèves n'osent pas dire qu'ils lisent eux aussi de la science-fiction ou des romans fantastiques. Ils ont intégré la hiérarchie des valeurs. Je leur explique que j'ai écrit un essai sur Stephen King, je leur parle des *Strange* et *Titan* de mon enfance, où je suivais les aventures de Spiderman, des X-men, des Quatre Fantastiques, de Daredevil ou de Thor ; ils se détendent. Le livre nous aide à mieux voir notre monde, surtout en décentrant nos points de vue. Il agit en nous. *Le livre nous accompagne*, oui, et il est magnifique de savoir que nous ne sommes pas seuls, qu'il existe forcément quelque part un livre où nos questionnements intimes ont déjà été écrits. Un livre nous attend pour bavarder avec nous, pour nous faire rire, partager une expérience, nous faire rêver, nous offrir l'inestimable cadeau d'une complicité.

Je bats et rebats le jeu de cartes de celles et ceux qui ont rêvé de voyage spatial. Tous ne trouveront pas leur place dans cet ouvrage, ils sont trop nombreux. Je tire une carte au hasard, Alexandre Ananoff, l'un de ces inconnus connus par une poignée d'amateurs éclairés. Je souris, j'ai évoqué la puissance des livres dans le chapitre précédent, cet homme-là tombe au bon moment, il n'a rien inventé, rien découvert, rien anticipé, il s'est contenté de glisser des rêves dans un livre pour qu'ils se propagent et contaminent les lecteurs, comme Camille Flammarion ou ce brave Bernard Le Bouyer de Fontenelle, il a véhiculé les idées des autres. Quelques personnes veillent jalousement sa mémoire, c'est peut-être l'une des raisons pour lesquelles il est quasiment absent de l'Internet, il me faut en passer par sa biographie officielle. Né à Tbilissi d'un père marchand de bois et vigneron – spécialisé dans le champagne et le cognac géorgiens – et d'une mère noble polonaise – c'est-à-dire au foyer –, l'enfant va être obligé de vite quitter son pays, les bolcheviks ont pris le pouvoir en 1917, ils ont kidnappé le grand-père pour le rendre contre rançon, la famille veut aller en France, où le père a des amis grâce au commerce de ses vins, l'exil les conduit en Allemagne, où la guerre les stoppe. Alexandre Ananoff arrive à Paris en 1921, il parle russe et allemand, il doit apprendre le français, prend du retard, se fait virer du lycée Montaigne puis du lycée Buffon et loupe son bac. Il a 17 ans, il suit sans être inscrit les cours de la Sorbonne, arrive en retard, part en avance pour ne pas être questionné sur sa présence. Il se rêve ingénieur, s'intéresse aux mathématiques et à la physique. C'est en fréquentant la Société astronomique de France qu'il tombe sur un bouquin écrit en russe, traînant par là ; il l'emprunte, découvre Tsiolkovski, ne s'en remettra jamais. Il lui écrit aussitôt, et le bonhomme répond, ravi qu'un étudiant français russophone s'intéresse à ses théories. Ananoff se veut alors chercheur. Il lit Hermann Oberth, lui écrit également. Approche Robert Esnault-Pelterie, qui le snobe – ce dont je le venge tardivement en lui accordant plus de place que je n'en accorderai plus loin à l'ingénieur aéronautique.

Nous sommes déjà le 26 mars 1929, le temps passe vite, il n'a que 19 ans et tient sa première conférence à la Société astronomique de France, il y évoque la navigation interplanétaire. Son talent est de rendre accessibles les pensées de

Tsiolkovski ou Oberth, totalement inconnus en France. Il vient de s'inventer un métier : vulgarisateur scientifique. Il semblerait que seulement six personnes aient fait le déplacement pour venir l'écouter. Si les biographes rient de ce chiffre, c'est qu'ils n'ont jamais publié un roman et tenté de le défendre en faisant une tournée de librairies dans le pays.

Je passe à grande vitesse, c'est la guerre, encore, Ananoff publie un article dans le magazine *La Science et la Vie* en avril 1940 sur des *fusées torpilles* de son invention : il les imagine fixées sous les ailes des avions, autonomes en propulsion elles pourraient toucher des cibles lointaines. Il vient de préfigurer les missiles, mais il n'est pas le seul, l'idée est dans l'air du temps. Fait prisonnier en 1941, envoyé dans le Stalag XII D près de Trèves, en Rhénanie-Palatinat, la légende veut qu'il en profite pour enseigner l'astronautique aux autres prisonniers. Les officiers allemands s'invitent à ses conférences, tentent de le convaincre d'aller travailler pour le Reich à Berlin, mais Ananoff est un patriote, il a plus de scrupules que von Braun, on ne change pas de camp en plein milieu d'une partie. Je relis deux fois le passage où ses biographes expliquent qu'il met au défi les officiers du Stalag de le vaincre aux échecs, gagne quatre parties consécutives, exige et obtient sa libération comme prix de sa victoire. L'histoire est si belle que je ne peux m'empêcher de la remettre en doute. Je vais vite, une fois la guerre terminée, Ananoff enchaîne les conférences et les articles, je m'arrête sur un dessin, réalisé le 19 janvier 1949, celui d'une planète artificielle sphérique, entourée d'un anneau sans lequel elle ressemblerait étrangement à l'étoile de la Mort, l'arme secrète dont l'Empereur a doté Dark Vador.

En 1950, consécration : les Éditions Fayard publient son ouvrage *L'Astronautique*, le livre est un best-seller, les foules s'enthousiasment pour l'espace, le succès est tel qu'Hergé lui écrit. Lui aussi a senti souffler l'appel du cosmos et il veut envoyer Tintin sur la Lune. Les bataillons d'assistants qui travaillent à ses côtés planchent sur une fusée inspirée des V2, Hergé a besoin d'un conseiller scientifique. Ananoff accepte et va participer à la conception du poste de pilotage de la fusée, il suggère les couchettes ergonomiques pour le décollage, Hergé fera fabriquer une maquette de la fusée et ira sonner chez Ananoff un soir pour spécifier les détails. En une du *Journal de Tintin*, Tournesol lit le livre d'Ananoff, formidable publicité pour l'ouvrage. L'histoire s'arrête pourtant là, Ananoff ne sera jamais le scientifique qu'il a toujours rêvé d'être, les ingénieurs français ne l'ont pas accueilli, il demeurera le type qui a aidé à imaginer la fusée à carreaux rouge et blanche, point. Il tourne le dos à l'espace, devient historien de l'art, s'intéresse surtout à Boucher et Fragonard et finit par publier une autobiographie en 1978 où il se drape dans une posture un peu pénible de génie rejeté. Il la conclut par un appel testamentaire : *que mes restes soient ensevelis sur la Lune, but de tous mes efforts.* Il mourra en 1992, et sa dernière volonté – à ce jour – n'a toujours pas été respectée.

Et puisque nous en sommes aux fusées dessinées, observons Galina Balachova peindre de minutieuses aquarelles, nous sommes hors du temps, ses gestes sont lents, assurés, paisibles. Vêtue d'une blouse-tablier boutonnée jusqu'au col, la femme pose son pinceau, prend une feuille et un crayon pour effectuer des calculs d'échelle, reporte à l'aide d'une règle une cote sur son dessin et reprend le coloriage de l'intérieur d'un vaisseau *Soyouz*. Elle cherche un instant sur un brouillon à composer un rouge profond, mouille trop le pinceau, l'essuie, teste la couleur obtenue et – satisfaite – colorie le sol et une banquette où les futurs cosmonautes du programme spatial soviétique pourront s'asseoir.

J'ai découvert son existence dans un ouvrage feuilleté un peu par hasard dans les bureaux du CNES, une grosse monographie sous-titrée *Architect of the Soviet Space Programme*. Je n'avais jamais entendu parler d'elle auparavant, je n'imaginais pas qu'une seule et même personne avait durant trente ans dessiné les aménagements des capsules *Soyouz*, ceux des stations spatiales *Saliout* 6 et 7, celui de *Mir* et même le design global de la navette *Bourane* – la réponse coûteuse et jamais totalement aboutie de l'URSS aux navettes spatiales américaines durant la guerre froide.

Voûtée, large d'épaules, l'ingénieure et architecte soviétique rince son pinceau, mouille un godet de couleur verte et entreprend avec délicatesse de colorier la porte de ce qui ressemble à un placard. Brune, le visage marqué, coiffée d'une coupe au bol, elle applique les couleurs sans trembler, et peu à peu le pinceau intensifie les différents éléments du vaisseau spatial. Je pourrais passer des heures à inventer les gestes appliqués de cette femme de l'ombre qui a dévoué sa carrière à concevoir des environnements auxquels jamais elle n'aura eu accès. À l'heure où j'écris ces lignes, Galina Balachova est encore vivante, elle vit à Korolev, non loin de Moscou. Si l'on en croit plusieurs articles qui lui ont été consacrés ces dernières années, elle touche une retraite de 282 euros par mois pour ses collaborations à l'aventure spatiale russe. Plusieurs expositions ont récemment exhumé de l'oubli ses aquarelles.

En me plongeant dans la monographie, j'ai lu qu'elle avait utilisé les couleurs pour qu'une fois en apesanteur les cosmonautes ne perdent pas la notion de haut et de bas : les parties basses des vaisseaux étant plus sombres que les hautes. Les cosmonautes soviétiques la remercieront de cette innovation minuscule qui leur permit de ne jamais être désorientés lorsqu'ils quittaient la gravité.

J'ai eu la chance d'entrer régulièrement dans des ateliers d'artistes, j'ai écrit plusieurs livres sur des plasticiens dont j'aime le travail. Je sais me faire tout petit, je m'invite, invisible, auprès de Galina, j'espionne le lent travail de l'aquarelle, regarde une main sûre placer les couleurs sur un dessin au crayon ; aucun repentir n'est possible, mais aucun repentir n'est nécessaire. Galina Balachova accomplit son travail avec la conscience d'une ouvrière modèle. Elle ne se soucie pas d'art, mais bien d'utilitaire et de fonctionnel, ce sont mes yeux qui transforment ses plans en œuvre. Elle souffle lentement, c'est Sergueï Korolev, le père fondateur du programme spatial soviétique, qui lui a confié la mission d'être l'unique responsable du design intérieur de l'ensemble des engins spatiaux conçus par l'URSS entre 1963 et 1991. Elle était architecte de formation, elle s'est mariée à un jeune ingénieur recruté par l'OKB, Опытное Конструкторское Бюро, le bureau d'études expérimental concevant les armes et engins de guerre, puis les fusées spatiales russes. Il fallait une architecte, ce fut elle. Zélée, inventive, appliquée, elle était parfaite à son poste, nul besoin d'aller chercher ailleurs.

Dans un pot d'eau, la pointe du pinceau fait naître un nuage rouge. Galina l'essuie sur un chiffon, je la regarde s'élancer vers l'espace un pinceau à la main. Elle vient de colorier la banquette d'une vue en coupe d'un module *Soyouz*. Son front se plisse, peut-être sent-elle notre présence pourtant impossible à ses côtés. L'époque où nous l'espionnons est encore celle de la guerre froide et du top secret. Avant de partir sur la pointe des pieds, retournons-nous une dernière fois pour l'observer se livrer à la seule coquetterie qu'elle se soit autorisée durant toute sa vie : elle a beau être un rouage indistinct de la grande machine technologique soviétique, ces dessins ont beau ne pas lui appartenir, d'un mouvement brusque du poignet elle signe son plan.

Comme il s'agit d'agrandir encore et toujours la grande famille de celles et ceux qui ont rêvé d'espace, à toute vitesse, j'en glisse un autre dans ce livre, celui-ci : Robert Goddard. Américain, 1882-1945, physicien, plutôt doué question travaux pratiques, du genre à s'enfermer toute la journée au fond de son atelier pour faire ses expériences, pionnier des fusées à combustion liquide, et premier homme à parvenir à stabiliser une fusée à l'aide d'un gyroscope, c'était en avril 1932, il travaillait dans un cadre universitaire et non pour l'armée, sinon il est possible que les Américains aient développé une arme comparable aux V2 avant les Allemands. Partout, il répétait sa conviction qu'il faudrait un jour construire une immense fusée pour sauver l'humanité. Il l'imaginait comme une arche, sa fusée, comme une arche de Noé qui pourrait conduire les hommes sur Mars si la Terre venait à disparaître. Si je parle de lui, c'est parce qu'il avait lui aussi des problèmes de santé, son estomac ne digérait pas les aliments, il a redoublé deux fois, il passait son temps dans les bibliothèques puisqu'il ne pouvait pas aller en classe ni faire du sport. Comme Tsiolkovski avec sa scarlatine, il fait a priori partie du camp des perdants : il aurait pu se contenter d'accepter la fatalité, de grandir chétif après avoir été enfant maladif. Lui aussi a trouvé dans l'étude des livres un monde protecteur, empli de savoirs, dans lequel il a su grandir. Tout n'est heureusement pas joué à la naissance, même si – certainement – les exceptions sont rares et peut-être citées uniquement pour donner un peu d'espoir.

Et les animaux ? Me faut-il en parler également ? Qui dit fusée + espace + animal pense aussitôt à Laïka, la brave petite bâtarde soviétique, sans doute croisée de terrier et de husky, qui s'envola à bord d'un *Spoutnik* le 3 novembre 1957 du cosmodrome de Baïkonour pour mourir de stress ou de chaud quelques heures plus tard en orbite, puis flamba dans l'atmosphère après cinq mois de révolutions autour de notre planète. Mais elle ne fut pas le premier ni le dernier animal volant, bien avant elle Américains comme Russes avaient balancé des chiens engoncés dans des missiles pour tester les vols suborbitaux. Dès la fin des années 1940, la NASA catapultait des singes à tout-va : tous nommés Albert, ils mouraient d'asphyxie, s'écrasaient au sol, et il fallut attendre le sixième du nom pour récupérer enfin un animal vivant.

La France n'était pas en reste, son programme spatial comprenait des chats, des rats et des guenons. Le pionnier du vol spatial national fut le rat Hector ; chargé à bord d'une fusée *Véronique*, il décolla d'Hammaguir – la première base spatiale française, située en Algérie – le 22 février 1961, monta à 200 km d'altitude et redescendit vivant au sol, à la différence de ses deux successeurs, Castor et Pollux, qui montèrent eux aussi au ciel, mais – une fois redescendus – furent retrouvés trop tard pour être sauvés. La France lança ensuite une grande campagne médiatique autour de Félicette, chatte noir et blanc qui décolla elle aussi d'Hammaguir le 18 octobre 1963 – la base spatiale demeurant en activité malgré l'indépendance toute neuve du pays – et fut récupérée en bonne santé, et ronronna lors d'une conférence destinée à la presse. Quelques jours plus tard, un second chat n'eut pas sa chance et s'écrasa peu après le décollage. Puis ce fut le tour de Martine, une guenon, qui vécut neuf minutes d'impesanteur en 1967 et fut ramenée au sol saine et sauve. Ces heureux animaux, Hector, Félicette et Martine, ne connurent pas la mort de Laïka, la France put les brandir triomphalement avant de les euthanasier en douce et de les autopsier minutieusement afin de savoir si le séjour dans l'espace avait provoqué des lésions de leur organisme.

Fin du chapitre animal, je manque déjà de place dans ce livre pour évoquer les humains, bien que de partout, de page en page, ils affluent, il faudrait que j'aie le courage de les insérer tous : les premiers cosmonautes, spationautes, astronautes, les premiers ingénieurs, celles et ceux qui ont envisagé avec sérieux qu'un jour les étoiles seraient à portée d'engin, qu'ils pourraient propulser du métal jusqu'à la Lune et au-delà. Ils vaquent dans leurs laboratoires, marchent sous les étoiles, dînent, déjeunent, trébuchent, calculent, frappent du poing sur la table, résolvent une équation, s'entraînent à voler, il ne manque que Newton se prenant une pomme sur la tête. Ils sont des centaines, des milliers, des ombres, des gravures, de vieilles photographies, des voix sur des rouleaux de cire ou ciselées sur des microsillons, des bandes magnétiques fatiguées dont les couleurs ou les fréquences s'émoussent avec le temps, des kilomètres de phrases dans des livres, des rapports, des thèses, des journaux, des mémoires, des dossiers secret-défense déclassifiés, des manuels, des essais, des articles. Des millions de millions de I et de 0 au cœur de datacenters, une légion qui a voulu voler, qui a cherché à traverser le cosmos, à entrer en contact avec nos frères non terriens, à trouver d'autres mondes où repartir de zéro. Des fous, des pionniers, des illuminés, des savants, des génies, des névrosés, des farceurs, des prophètes, des visionnaires et des ingénieurs. Je manque de force pour tous les convoquer, me doutant bien qu'il serait prétentieux de vouloir tendre à l'exhaustivité.

J'aimerais un moment me promener parmi eux, espionner des instantanés, des scènes de vie, parfois banales, parfois incompréhensibles, parfois dérangeantes. Partout je vois des hommes et des femmes, occupés à lire, à dormir, à dessiner des fusées, à inscrire des équations à la craie sur un gigantesque tableau, à déplier et étudier des cartes du ciel. Des hommes et des femmes le plus souvent seuls, écrivant à la plume, au Bic, à la machine à ruban ou sur un vieil IBM à écran vert. Des hommes et des femmes de tous âges – à l'exception de l'enfance ou de l'adolescence – et de toutes conditions physiques, des hommes et des femmes liés à l'espace, sa conquête, son exploration, sa compréhension. Dresser des inventaires serait fastidieux, je me contente d'en saisir une ultime poignée, j'ai envie de les appeler, de faire des choix partiaux, de prendre surtout garde à ne pas oublier les femmes, que l'histoire – souvent écrite par les hommes – a moins retenues, en commençant par Wang Zhenyi, qui naquit en 1768 à Nankin, la capitale actuelle de la province chinoise du Jiangsu, n'eut que 29 années pour écrire douze traités d'astronomie et de mathématiques, devenir poète, revendiquer l'égalité hommes-femmes, batailler pour que les filles aient droit à la même éducation que les garçons, modéliser une astucieuse machine à prédire les éclipses avec une table de jardin (la Terre), une lampe de cristal suspendue (le Soleil) et un miroir (la Lune), avant de mourir si jeune. Un cratère de Vénus porte aujourd'hui son nom (pourquoi Vénus et pas Mars ? sans doute parce que, pour les astronomes, Vénus était féminine et Mars masculin).

Un homme s'approche, lourd, large, la barbe rousse et le cheveu noir, il tient une Bible à la main, il se nomme Francis Godwin, il est évêque anglican, strict contemporain de Shakespeare, il publia une histoire des évêques qui – dit-on – réjouit la reine Elisabeth Ire, fut un homme d'Église apprécié dont la carrière exemplaire dit bien à quel point il ne dut pas faire preuve de beaucoup d'excentricité ; il laissa pourtant à sa mort un manuscrit intitulé *The Man in the Moone* décrivant un voyage sur la Lune, curieux roman fantaisiste à la fois blasphématoire et précurseur dans lequel un homme, Dominique Gonzales, voyage sur la Lune, où il découvre une civilisation utopique sans loi, mais sans crime. Godwin reprend les thèses de Copernic, alors à l'Index : la Terre tourne autour du Soleil et il dresse les grandes lignes de la théorie de la gravitation universelle plus de soixante ans avant que Newton ne la découvre : le poids diminue à mesure que l'on s'éloigne de la Terre, la gravité s'estompe dans l'espace. Une autre influence du roman posthume de Godwin se fera sentir en France : traduit en 1648 par l'écrivain Jean Baudoin, le livre tombera entre les mains de Savinien de Cyrano, surnommé Bergerac, et qui s'en inspirera pour son célèbre *États et empires de la Lune*, dont il achèvera une première mouture en 1650. Chez Cyrano, rappelons-le, la première tentative d'atteindre la Lune grâce à des fioles de rosée chauffées au soleil échoue et il faut employer une machine à ressort propulsée par des fusées pour vaincre l'attraction terrestre et rendre visite aux Sélénites.

En voici une autre qui apparaît, l'œil rivé à la lunette, elle est allemande, le visage sévère, peu mobile, peu expressif, il faut dire qu'elle revient de loin, atteinte du typhus à l'âge de 10 ans, elle avait peu de chances de survivre, la maladie stoppe sa croissance, elle fera un mètre quarante toute sa vie, ce qui est petit, même pour l'époque. Aujourd'hui, on la qualifierait d'atteinte d'un handicap, à l'époque (je ne l'ai pas précisé, elle est née en 1750), sa mère se résigne au fait que

– trop laide pour se marier – elle servira comme domestique à la maison. Elle se nomme Caroline Herschel, elle est issue d'une longue lignée de musiciens, et son père, Isaac, lui enseigne en secret la musique, les mathématiques, les humanités. Peut-être a-t-il pitié de sa fille infirme. Peut-être pense-t-il l'aider à devenir un jour autonome. Nous sommes à Hanovre, la ville est allemande, mais elle appartient à la couronne britannique, les Français la revendiquent, la gagnent, Isaac meurt (ceci sans lien avec cela, son décès est l'œuvre du temps), fin des études pour Caroline et retour à la serpillière. Puis William, l'un de ses frères, parti vivre en Angleterre, vient la chercher, et le 16 aout 1772, Caroline s'installe chez lui à Bath, où elle deviendra un temps une chanteuse populaire et appréciée malgré sa taille et sa mine. William a un hobby : la nuit, par temps dégagé, il lui plaît d'observer les étoiles. Petit à petit, sa passion pour les astres le grignote et il finit par abandonner ses fonctions musicales pour se consacrer à la seule étude du ciel. Il a besoin d'une assistante, sa sœur fera l'affaire (s'ils vivent désormais ensemble, elle est tout de même en charge des tâches ménagères de la maison). William veut voir mieux, plus loin, il est plutôt doué de ses mains, il bricole un télescope, puis un autre, s'intéresse aux rouages et lentilles et se met à faire commerce de lunettes astronomiques. Caroline est affectée aux tâches subalternes, mais au contact de son frère elle apprend. 13 mars 1781, William découvre une planète au-delà de Saturne, il la nomme Georgium Sidus en hommage au roi George III qui l'engage illico comme astronome privé. Georgium Sidus jouera longtemps à cache-cache, sera finalement identifiée avec certitude et renommée Uranus, puisque le système solaire est baptisé du nom de dieux romains et non de rois humains. Le travail et les mondanités aspirent William, Caroline continue les observations. Elle a 31 ans, elle vivra quasiment centenaire, austère et célibataire, et elle découvrira huit comètes, trois nébuleuses, répertoriera plus de 2 500 nébuleuses et amas stellaires, tentera de dessiner une hasardeuse carte de la Voie lactée vue de l'extérieur, et sera, pour finir, la première femme au monde à exercer le métier d'astronome puisque le roi lui en accordera le titre ainsi qu'une rente pour financer ses recherches. Si quelques ouvrages sur l'histoire de l'astronomie la décrivent comme une féministe accomplie ayant réussi à être instruite et indépendante, il ne vaut mieux pas trop lire son journal (dont elle détruisit de nombreux volumes), dans lequel, elle note : *Je ne suis rien, je n'ai rien fait ; tout ce que je suis, tout ce que je sais, je le dois à mon frère. Je suis seulement l'instrument qu'il a façonné pour son usage — un petit chien bien dressé aurait fait aussi bien.* La postérité lui a offert un astéroïde et un cratère lunaire.

Astéroïde et cratère lunaire ont également été nommés en hommage à celle-ci, Henrietta Swan Leavitt, fille de pasteur congrégationaliste, née en 1868 à Lancaster – nous avons traversé l'océan, ce Lancaster-là est une petite bourgade du Massachussetts –, son long visage ovale au grand front, presque masculin, avec un regard dissymétrique, apparaît partout dès que j'entre son nom sur Internet, à croire que seule subsiste une unique photographie de cette femme qui après des études brillantes travailla à l'observatoire de l'université Harvard, n'eut pas le droit d'approcher les télescopes, réservés aux hommes, mais eut l'intuition en manipulant les plaques photographiques prises par ces messieurs qu'il y avait une corrélation entre les variations de lumière de certaines étoiles et la distance. En bref, en étudiant la luminosité et le rythme des pulsations des étoiles, elle permit tout simplement de mesurer l'Univers. De ses travaux, d'autres purent déduire ensuite que notre univers était en expansion. Femme discrète, elle laissa ces messieurs s'emparer de ses découvertes, cartographia la moitié des étoiles visibles et mourut à 57 ans d'un cancer de l'estomac si discrètement que, quatre ans plus tard, le comité Nobel prit enfin connaissance de l'apport extraordinaire de ses travaux, voulut la nommer pour le Nobel de physique, mais c'était trop tard, tant pis.

Cela pourrait ne jamais s'arrêter tellement sont nombreux celles et ceux qui ont eu une intuition ou une idée un peu folle ou ont résolu une équation, passe Sergueï Korolev, l'ingénieur en chef de l'ensemble du programme spatial soviétique, qui travailla sur les satellites *Spoutnik* comme sur la fusée *Soyouz*. Il contemple Robert Esnault-Pelterie, l'ingénieur français qui inventa l'aileron et le manche à balai, perfectionna les moteurs d'avion, se passionna dès les années 1910 pour le vol spatial ; il est déjà âgé et fatigué, je le scrute avec curiosité et attention, j'ai lu que Esnault-Pelterie avait perdu quatre doigts lors d'une expérience sur la propulsion liquide des fusées en 1931, je n'arrive pas à voir sa main. La liste n'en finit plus : l'ingénieur soviétique Valentin Glouchko, l'ingénieur nazi Eugen Sänger, qui échoua à fabriquer un bombardier suborbital, arme de guerre ultime voulue par Hitler, obtint une grâce du gouvernement français pour l'aider à développer son programme spatial, retourna en Allemagne étudier un projet de voile solaire, travailla un temps pour aider l'Égypte à construire des missiles pouvant frapper Israël – on ne se refait pas. Celui-là n'aurait rien pu accomplir sans son épouse, la mathématicienne Irene Sänger-Bredt, qui finalisait ses calculs. Tout comme Katherine Johnson, mathématicienne, qui intègre l'équipe *Mercury*, devient ingénieure spatiale et vérifie manuellement les premiers calculs par ordinateur de la NASA à l'époque où l'informatique peut encore se tromper. Elle sourit en ce moment, peut-être pense-t-elle à la Française Arlette Vassy, pionnière des fusées-sondes, physicienne et chercheuse spécialisée en physique de l'atmosphère, c'est en grande partie grâce à elle que la France est devenue une nation spatiale, et pour l'instant pas un cratère, pas un astéroïde, pas la plus petite dépression ou élévation à la surface de la Lune, de Mars ou de Vénus ne porte son nom. Il semble également que pas une rue ne lui rende hommage, alors que son mari, Étienne, qui la seconda dans ses recherches, connaît, lui, cet honneur.

Je fais une pause, je n'ai plus besoin de continuer cette liste exténuante. Il serait vain de vouloir emplir ce zoo humain, les personnes qui ont contribué théoriquement ou pratiquement à vaincre la gravité, à voyager dans l'espace, à communiquer avec de potentielles civilisations extraterrestres sont trop nombreuses. Il y a certainement des millions d'individus dans l'histoire de l'humanité qui pourraient prétendre à quelques lignes. Des artistes, des écrivains de science-fiction. Des ingénieurs, des astronautes. Et je n'imagine même pas combien d'illuminés ont expliqué avoir vu un ovni. J'ai accueilli Hélène Smith, d'innombrables allumés ayant écrit un livre pour expliquer leur kidnapping par des extraterrestres viennent frapper à ma porte. Tous et toutes mendient l'obole d'une phrase, d'un mot, ils tendent leurs mains vers moi, montrent qu'ils ont dessiné un boulon de la fusée *Ariane*, qu'ils ont calculé une distance, qu'ils ont contribué à écouter les étoiles, qu'ils ont rêvé à une rencontre du troisième type. Les architectes utopistes ayant dressé les plans de bases lunaires sont mécontents de mon indifférence. De partout, ils viennent ; de partout, ils ont levé comme moi les yeux au ciel ; de partout, ils ont rêvé d'échapper à la terrible pesanteur de notre monde. Je recule, je ne pourrai pas leur rendre hommage individuellement, ils sont bien trop nombreux, je m'en veux de leur claquer au nez la couverture de ce livre, je n'ai pas le courage de transformer ce texte en fastidieux catalogue. Pour détourner leur attention, j'en rajoute un seul : Icare, le fils de l'architecte Dédale, ivre de son vol, battant des bras pour que les plumes fixées par de la cire le portent, j'écoute son rire, j'écoute les battements de son cœur, il est exténué, la sueur coule sur son torse où l'âge n'a pas encore fait pousser les poils, il possède certainement cette beauté un peu empâtée propre aux adolescents, une mollesse vive, il bat des bras, il peut d'un seul regard englober la Crête d'est en ouest, il traverse un nuage, rit de découvrir qu'il n'a pas plus de consistance qu'une brume sur la Méditerranée, des perles d'humidité accrochent ses cils, il frissonne, perfore le nuage, voit le soleil qui est – comme tout le monde le sait – une simple boule de feu clouée sur la voûte tendue par-dessus la Terre, il vole, ses muscles d'adolescent ont des réserves inépuisables d'énergie, il a de la force à revendre, sans nul doute rit-il de nouveau en s'orientant droit vers l'astre, des vents capricieux le frappent et manquent de le rabattre vers la terre, mais il s'obstine : plus il monte, plus il a froid, alors il veut aller se réchauffer au plus proche des flammes, son corps n'est plus qu'une tension, la sueur a séché, il s'enivre de son propre exploit. Voici Icare rendu à la hauteur des constellations, au bout de son poing droit il voit Orion le chasseur invincible, qui fut pourtant tué par un scorpion. Dans leur grande sagesse, les dieux ont placé la constellation du Scorpion à l'opposé exact de celle d'Orion. Plus jamais ces deux-là ne se croiseront dans le ciel. Sirius, en revanche, était le chien d'Orion et sa constellation se tient à jamais aux côtés de son maître. Peut-être qu'Icare a le temps de dénombrer une à une les étoiles, peut-être qu'il ne pense à rien, se contentant de faire, d'être dans l'effort de battre et battre et battre encore ses ailes, il vole, il besogne le ciel, son vol possède la puissance sexuelle inépuisable de la jeunesse, il avance, il a bien noté les conseils de son père, il a bien entendu qu'il ne doit pas trop s'approcher du soleil, mais franchement, à son âge, qui a envie de suivre les conseils de son paternel ? Icare est empli d'énergie, son sang et sa sève bouillonnent, il bat des ailes, s'approche de la jouissance, de la connaissance, et nous connaissons tous la fin de cette histoire. Comme souvent, les plus beaux élans des hommes et des femmes conduisent à leur chute.

Retour au présent, j'attends, j'ai tout mon temps, je suis assis, j'attends que mon interlocuteur – assis de l'autre côté du bureau – achève sa visioconférence, il est en retard, il a un souci de validation des ordres que l'on enverra depuis la Terre au rover *Perseverance* qui se posera sur Mars et dont la construction est en cours au moment où j'ai rendez-vous avec lui. Plusieurs fois, l'homme s'excuse à voix basse de m'obliger à patienter alors que je pourrais rester des heures là, sans rien faire d'autre que de l'écouter. Je suis dans la tanière de l'homme qui a vu le rover qui ira sur Mars, autant dire que je suis à une poignée de main de la planète rouge, alors je peux bien patienter aussi longtemps qu'il le faudra. Le foutoir qui encombre le bureau du responsable du programme exobiologie du Centre national d'études spatiales est assez comparable au mien : dossiers en piles instables, courriers à peine ouverts, collines de revues et d'ouvrages. Vétérinaire de formation, puis astronaute, l'homme assis en face de moi est le spécialiste français de la recherche de vie dans l'Univers. Sur sa cravate, un poisson bleu nage dans un océan saturé de couleurs.

Sa conversation s'achève, il coupe son ordinateur, nous entrons dans le vif du sujet après qu'il m'a répété à plusieurs reprises son plaisir de rencontrer un écrivain. Il y a selon lui autant besoin d'artistes que de scientifiques en ce monde. Nous buvons un café – heureusement qu'il a des capsules de déca, je vois des astrophysiciens toute la journée et bois café sur café en leur compagnie. J'ai deux questions, la première concerne les projets du NewSpace : la colonisation de Mars par exemple. Immédiatement, il s'enflamme. *Elon Musk est un criminel*, dit-il. Il n'y a pas de planète B, pas de plan de secours à ce qui se passe sur terre. Musk vend des espoirs infondés, comme le gourou d'une secte promettant le salut. L'exploration de Mars est un formidable moteur d'innovations techniques, c'est un pari intellectuel qui correspond à ce que souhaite à accomplir toute société humaine : inventer, explorer, rêver. Faire croire que l'humanité peut quitter l'endroit où il y a tout ce qui lui est nécessaire pour aller s'installer là où il n'y a rien, c'est en revanche criminel. Et de conclure : *on ne développe pas une civilisation dans des bulles et des scaphandres.*

Presque, il semble peiné pour moi : les écrivains qu'il rencontre ont tous des projets de romans d'anticipation se déroulant sur Mars, il est obligé de casser leurs espoirs. Je le rassure : je ne compte pas écrire là-dessus, ou pas comme ça.

J'en viens à la question centrale que je souhaitais lui poser : où commence la vie ? Il sourit, me laisse parler. J'ai lu dans la presse spécialisée que la sonde *Rosetta* a trouvé des acides aminés sur la comète Tchourioumov-Guérassimenko, ainsi que de la glycine et du phosphore. J'ai également parcouru des articles sur la présence de ribose – un sucre constitué de cinq atomes de carbone, élément essentiel de l'acide ribonucléique – dans des météorites. À chaque fois, ces éléments sont qualifiés de *briques de vie*. Les briques ne sont pas la vie, à quel moment alors des éléments chimiques deviennent-ils vivants ?

Longue et détaillée, la réponse fuse, j'écris aussi vite que je le peux. Il me dit tout d'abord que la définition de la vie n'est pas scientifique, mais philosophique. La science ne sait pas où commence la vie, il faut établir des critères et décider d'y accorder foi. Pour lui, la vie se caractérise en trois points :

1/ faire plus de soi-même par soi-même. La vie est un ensemble de réactions chimiques, un corps qui forme lui-même sa propre substance ;

2/ être contenu. Un corps doit être englobé par une membrane, être une entité limitée, un individu qui grossit, se scinde et développe une population. Ce corps contient en lui un système d'informations qui code l'ensemble des réactions métaboliques destinées à sa reproduction ;

3/ être capable d'évoluer. Il faut que ce système d'informations puisse connaître des bugs, c'est-à-dire que se produisent des mutations, c'est-à-dire qu'une évolution darwinienne soit possible.

Et c'est là que les points de vue divergent. J'apprends qu'un virus, par exemple, n'est pas vivant si on suit cette définition : il est un individu ne demandant qu'à engendrer une population, il mute, mais il ne sait pas produire de lui-même par lui-même. Un virus ne se scinde pas en deux, pas plus qu'il ne s'accouple à un autre virus, il ne sait qu'attaquer une cellule étrangère. Il n'est donc pas vivant.

Les briques de vie que l'on trouve un peu partout dans l'espace ne sont pas de la vie. Juste des éléments essentiels à la vie. Est-ce pour autant une validation de la théorie de la panspermie : la vie apparaîtrait dans l'espace et se déposerait sur les planètes par des météorites, un peu comme les abeilles ensemencent les fleurs ? La réponse arrive au conditionnel : cela ne ferait que repousser la question. Nous n'avons aucune idée de la façon dont la vie est apparue sur terre, rien n'expliquerait son apparition hors d'une planète. Il semblerait toutefois qu'un bouillon d'atomes soumis à la lumière solaire soit la réponse la plus probable. La vie apparaîtrait à la surface de mondes tempérés, la lumière et la chaleur jouant un rôle dans le processus chimique. La recherche actuelle converge vers cette théorie, ce qui invaliderait les hypothèses de présence de la vie sous les croûtes des océans glacés des lunes de Jupiter. L'éloignement du soleil et l'épaisseur de la glace plonge ces océans dans une totale obscurité.

Je sens qu'il fait des efforts pour simplifier sa pensée, la discussion roule sur la recherche de vie ailleurs. Il est de bon ton d'imaginer – je ne m'en suis pas privé – des gaz conscients ou des modèles de vie qui ne soient pas basés sur le carbone, comme toute vie connue sur terre, mais les éléments chimiques les plus courants dans l'Univers sont les CHNOPS – Carbone, Hydrogène, Azote, Oxygène, Phosphore, Soufre – et il semble normal qu'on les retrouve dans le vivant, la logique est celle de la probabilité. Lorsque l'on observe une lointaine exoplanète, on mesure sa taille, la distance à laquelle elle se situe de son étoile, son éventuelle rotation (un monde qui ne tourne pas sur lui-même présente une face cramée et une face glacée) et, ensuite, on cherche les biosignatures : une atmosphère contenant de la vapeur d'eau, du méthane, de l'ozone, des gaz carboniques, en sachant que 90 % des bactéries produisent du CO^2. On cherche des choses dont on a déjà un modèle sur terre. En s'excusant de devenir technique, l'exobiologiste évoque les acides aminés découverts sur des météorites :

ils ne sont pas organisés comme ceux dont la vie est constituée. Pour aller vite, les acides aminés sont des molécules chirales (elles ne sont pas superposables à leur image dans un miroir, elles sont comme les mains : une gauche et une droite, symétriques mais pas interchangeables). Et pour garder l'image de la main : la vie utilise l'acide aminé gauche et le droit sert à fabriquer les sucres. Le problème des acides animés trouvés dans l'espace, c'est que l'on trouve – par exemple – des sucres gauches. Il arrête là, sent bien que je vais atteindre le point de non-retour dans la compréhension des explications. Toute vie connue, trouvée, étudiée est carbonée, avec une base azotée, et le reste n'est que suppositions.

À un moment, il me demande si j'ai entendu parler de l'expérience de Miller-Urey. Je ne maîtrise pas les détails, mais je sais l'essentiel : deux chercheurs universitaires ont mis dans des tubes de verre des composés inorganiques, ils les ont chauffés, ils les ont bombardés d'éclairs, les ont refroidis, et au bout d'un certain nombre de cycles, ils ont obtenu des composés organiques. Mary Shelley ne s'était pas trompée en écrivant son *Frankenstein* : il faut de l'électricité pour produire la vie. De l'électricité, de la chaleur, de la lumière. Peu importent les détails, je lirai plus tard que Stanley Miller et Harold Clayton Urey ont mené cette expérience en 1953 à l'université de Chicago, et qu'elle est à l'origine de l'expression *soupe primitive* employée dès que l'on cherche à percer le mystère de la vie. De la lumière, des chocs électriques, de la chaleur, de l'évaporation, des atomes qui forment des molécules qui forment des cellules. C'est comme ça que ça a marché ici, et le reste n'est que conjectures.

Je pose une dernière question à mon interlocuteur, au sujet du retour controversé d'échantillons en provenance d'autres planètes : y a-t-il un risque de contamination de la Terre par un virus en provenance d'une autre planète ? Malicieux, il me répond que l'on n'en sait rien, et qu'il y a deux façons d'interpréter cette absence de connaissance : je ne sais pas, donc c'est dangereux. Ou : je ne sais pas, donc ce n'est pas dangereux. Mais, globalement, les précautions prises pour éviter toute contamination sont très élevées, aussi ce n'est certainement pas cela qui stoppera les ambitions martiennes d'Elon Musk. Et à vrai dire, le moindre forage entrepris sur terre pour trouver du pétrole ou du gaz présente un risque bien plus élevé de réveiller un virus inconnu contenu dans une poche souterraine que d'aller chercher un caillou sur Mars.

Alors qu'il me raccompagne vers l'ascenseur, le directeur du laboratoire d'exobiologie me redit une fois combien sa fonction fait rêver et combien son métier consiste à casser les rêves. Il espère que je ne suis pas trop triste, insiste bien sur le fait que ses propos reflètent l'état actuel de nos connaissances. Espère-t-il être contredit un jour ? Par la science, il n'en sait rien, par les artistes, il espère bien. L'ascenseur arrive, je serre la main de l'homme qui a touché *Perseverance* et je pars tenter de relire les pattes de mouche de mes notes.

Les hasards de préparation d'un atelier d'écriture théâtrale me font relire Beckett alors que je rentre en train de Paris le jour où j'ai réalisé cet entretien. J'ouvre *Fin de partie*, un peu oublié faute de l'avoir vu jouer sur scène. Aveugle et paraplégique, le personnage central, Hamm, s'écrit vers la fin de la pièce : *Mais réfléchissez, réfléchissez, vous êtes sur terre, c'est sans remède !* La citation me cloue brusquement dans ma lecture. C'est ce cri-là que j'aimerais pousser sur les barricades à la gueule de ceux qui s'acharnent à rendre notre monde un peu plus invivable chaque jour. *Réfléchissez* au lieu de vous enrichir toujours plus, *réfléchissez* plutôt que de réprimer avec violence les mécontentements, *vous êtes sur terre*, vous êtes sur un monde dont vous pressez les ressources jusqu'à la dernière goutte, dont vous négligez les signaux d'alarme, dont vous vous moquez, un monde que vous condamnez à l'étuve, à la montée des eaux, aux guerres ou aux famines, *c'est sans remède* pourtant, il n'y a pas de planète B, de monde de secours, et si elle existe, il faudra voyager durant des millénaires pour l'atteindre, *réfléchissez, réfléchissez*, vous sabordez le navire dans l'espoir de vendre au prix fort les dernières bouées de sauvetage, mais *vous êtes sur terre* et, quand la terre mourra d'être négligée et brusquée, ce sera *sans remède* pour vous aussi. Je note mentalement de faire parvenir la citation à l'exobiologiste interviewé plus tôt, Beckett et lui s'entendraient à merveille.

III

La légèreté

Qui verrait la Terre de loin pourrait – si l'envie lui en prend – observer les embouteillages sur le périphérique de l'agglomération nantaise, des voitures qui avancent mètre par mètre, des agacements, des malins qui tentent de doubler par la voie d'arrêt d'urgence, d'autres qui forcent centimètre par centimètre pour se rabattre et gagner une place, certains qui klaxonnent, une poignée d'impassibles qui textotent ou rêvent en attendant d'enfin franchir le pont enjambant la Loire, et là, parmi ces véhicules puants tournant au ralenti, ma voiture. Je mets plus d'une heure pour rentrer chez moi après un atelier d'écriture dans un collège.

Un immense rassemblement était organisé aujourd'hui. Oscillant entre désespoir et rage, les manifestants sont bien décidés à bloquer le pays. La police se charge d'étouffer les velléités de contestation sous des chapes de gaz lacrymogène. C'est la routine. La soumission des forces de l'ordre est un constant étonnement : les policiers ont matraqué les Gilets jaunes, ils ont matraqué les étudiants, ils ont matraqué les pompiers, ils ont matraqué des citoyens aux abois, ils matraquent maintenant les syndicalistes. Depuis deux ans, la liste des mutilations, des yeux crevés, des blessés graves s'allonge démesurément. Le doute progresse. Des milliers d'interpellations chaque semaine, des milliers de gardes à vue abusives, des centaines de comparutions immédiates, des mères descendues dans la rue acheter un paquet de couches qui sont raflées au hasard et gardées quarante-huit heures au poste pendant que les enfants qu'elles allaitent hurlent de faim, des lycéens assis au sol mains sur la tête et regard à hauteur des bottes coquées des CRS, des nasses, des interpellations, des intimidations, des lacrymogènes, des lacrymogènes, des lacrymogènes encore, des journalistes en garde à vue, des journalistes ciblés, des journalistes gazés. Toute cette violence répétée, régulière, familière, finit par user les nerfs et les déterminations. Des lois d'urgence ont été votées pour permettre de délivrer de très lourdes contraventions afin d'éviter les gardes à vue. D'ailleurs, juges et avocats commencent eux aussi à grogner, ils n'arrivent plus à endiguer le tsunami des comparutions pas plus que celui des plaintes pour violences policières.

Pas un jour sans outrance ni brutalité. L'Inspection générale de la police nationale, saisie des milliers de fois par des plaintes pour brutalités policières, publie chaque semaine les conclusions d'enquêtes fantaisistes d'où il ressort que jamais nulle part un policier n'a outrepassé ses droits. Et ces communiqués sont des crachats à la gueule de ceux dont le visage n'est déjà plus qu'une plaie ouverte. Les ONG ne savent plus où donner de la tête. Les agences de notation internationales, elles, continuent d'accorder leur confiance à la France et de lui décrocher un triple A, puisque, malgré la profonde crise traversée, les entreprises réalisent des bénéfices records : souplesse des licenciements, précarisation de l'emploi, baisse des allocations, baisse des retraites et des prestations sociales permettent à une petite minorité de s'enrichir encore et encore, au-delà de toute décence. Les dépossédés sont dans la rue, ils n'ont plus rien à perdre, pas même un œil, et les marchés financiers continuent de se frotter les mains. L'indignation s'écrit et s'affiche sur des réseaux sociaux ravis de voir leur fréquentation augmenter et de pouvoir eux aussi en profiter pour accroître leur fortune d'une peccadille supplémentaire. Qui verrait la Terre de loin aurait sans nul doute du mal à comprendre nos agitations de fourmis.

Aujourd'hui, encore une fois, les trains, les routes et les transports en commun sont paralysés. J'ai décidé de tenir mon engagement, cet atelier d'écriture théâtrale était préparé depuis des semaines par les enseignants, j'ai déjà rencontré les élèves à deux reprises. La première fois, j'ai été reçu avec ce mélange de curiosité et de respect que je connais si bien. Même les élèves qui lisent peu trouvent nécessaire l'existence des livres. Comme toujours on m'a demandé quel message je veux faire passer, comme toujours j'ai répondu qu'écrire des romans, ce n'est pas défendre une thèse, je ne donne pas de leçons, je ne propose pas d'exemples à suivre. Je ne suis pas même certain que l'on apprenne des choses à lire mes livres. J'explique que j'écris des histoires en espérant donner du plaisir aux lecteurs, je n'écris pas pour délivrer un message, j'écris avec mes valeurs. La littérature permet de partager des expériences, de vivre d'autres vies. Je cite un essai de Jean-Paul Engélibert, il dit que la littérature *procure une expérience de l'altérité qui nous est nécessaire pour revenir à notre vie mieux armés pour affronter le monde*. Je cite Kafka, comme toujours : *Toi aussi, tu as des armes*.

Aujourd'hui, les professeurs étaient grévistes, ils ont repris le travail pour me recevoir, pour que l'on continue le travail d'écriture, c'est pour cela que je me suis déplacé. Pour cela et pour le sourire d'élèves scolarisés dans un établissement catalogué comme difficile avec qui il est possible de librement parler de littérature, de choix de vie, de vision du monde et de plaisir.

J'allume l'autoradio pour passer le temps. Le gouvernement s'est mis en boule, il attend que le tumulte social retombe. Car il finit toujours par retomber. Les grévistes doivent se nourrir, régler leurs traites, acheter les cadeaux de Noël. Le gouvernement se cramponne en espérant l'essoufflement qui viendra forcément. *La politique est le moyen pour des hommes sans principes de diriger des hommes sans mémoire*, n'est-ce pas ?

Dans le poste, ils expliquent les montées de l'extrême droite en Europe comme en Amérique du Sud. Un peu partout en Europe, un nouveau mouvement de contestation naît : des hommes se déguisent en Don Quichotte pour porter secours à des migrants ou vandaliser des agences bancaires, ils bricolent des armures avec des plaques de fer-blanc et vont perturber les conseils municipaux au moment où un maire propose d'adopter un arrêté anti-migrants ou anti-mendicité, ils barbouillent de crottin d'âne les vitrines des entreprises les plus polluantes, ils paraissent innombrables et – derrière la mascarade – finissent par incarner une véritable figure de la lutte contre le business et la veulerie politique. Suit un bilan des manifestations, d'où il ressort que la dette des pays de l'Union européenne va bientôt correspondre au double de leur PIB. J'écoute plusieurs extraits d'interventions du président, du Premier ministre ou de responsables de l'opposition. Les discours politiques suintent le clientélisme à la petite semaine.

Et pourtant les contestations qui ont mis le pays à genoux depuis des mois refluent. Les gens sont épuisés. La révolution attendra. Sans doute les manifestants ont-ils trop peur d'y perdre leur vie. Si une révolution devait se produire, elle serait fatalement violente et brutale. Les journalistes parlent encore du peuple dans les rues, alors que la moindre étude sérieuse montre que les manifestants appartiennent aux classes moyennes, accablées de ne plus vivre comme elles ont cru pouvoir vivre. Le peuple des fameuses classes populaires n'a plus assez d'oxygène pour hurler de colère. Les plus pauvres triment trop pour se révolter.

Dans le poste, les ministres invités parlent de juste répression, de mains tendues refusées par les manifestants, de bien-fondé de leur programme. Depuis des mois et des mois, les manifestations occupent à ce point l'espace médiatique que l'on pourrait croire que les océans ne montent plus, que la canicule ne tue pas massivement les populations de l'autre hémisphère, que les tempêtes ne se multiplient pas, comme les tremblements de terre et les raz-de-marée – que l'on nomme tsunamis dorénavant en Europe, en utilisant un vocable lointain, pour mieux les éloigner. Personne n'évoque encore le fait qu'en Chine, dans la lointaine province de Wuhan, que bientôt tout le monde saura placer sur une carte, des gens meurent d'une curieuse infection respiratoire.

Les leaders des partis populistes européens parlent de fermeture des frontières, de traque des homosexuels, de pénalisation de l'avortement, d'aides financières pour inciter les femmes à rester au foyer.

Je voudrais mettre le monde sur *pause*, me couper de tout, avoir le loisir et la liberté d'explorer l'Univers sans être encombré par le poids de ma vie.

Parvenu à quelques dizaines de mètre de la sortie du périphérique, je coupe la radio. Les CRS sont en train d'évacuer des contestataires, la bretelle de sortie est noyée dans un épais nuage de lacrymogènes. Je stoppe la ventilation, m'assure que les fenêtres sont bien remontées et attends avec les warnings sur la bande d'arrêt d'urgence de pouvoir rentrer chez moi. Des hommes courent pour échapper à la charge. Plus loin, quelqu'un est étendu, seul, au sol, sans bouger, depuis plusieurs minutes. La violence du monde me répugne. Inquiet, je ne descends pas de ma voiture, j'en ressens une terrible culpabilité, je me reproche de ne pas être dehors, avec les manifestants, du bon côté de la matraque. Je me contente de scruter les visages, mes élans bloqués par l'étalage constant des mêmes injustices et des mêmes chagrins ; un trouble violent s'agite en moi, je sais qu'à force de martèlement continu j'en perds le langage, j'ai peur de ma propre violence, j'ai peur de ma propre inaction – à moins que cela soit pure lâcheté de ma part –, j'ai peur de l'envie de plus en plus souvent revenue de me jeter stupidement contre un CRS, à mains nues, sur son armure, comme un con, comme un bloc, comme l'impuissant que je suis. Je ne bouge pas, me contentant juste de scruter les manifestants à la recherche du visage de mon fils.

Ce n'est plus possible.

Il faut que je fasse quelque chose.

Combien de fois je l'ai répétée, cette phrase ?

Il faut que je fasse quelque chose.

C'est là, dans la voiture à l'arrêt, que je prends ma décision.

Allez, salut, je m'en vais. J'en ai marre.

Je n'en peux plus et je n'en veux plus.

Tout à l'heure, quand je suis arrivé au collège, la professeure de français m'attendait au portail, elle voulait me prévenir du drame qui s'est joué dans sa classe. Deux élèves absents. Deux frères, renvoyés dans leur pays *manu militari*. Ils suivaient les cours depuis la rentrée et mardi matin ils n'étaient plus là. Toute la famille embarquée et flanquée de force dans un avion. Le mois dernier, l'un d'eux était pour la première fois sorti de son mutisme, il avait écrit un court texte pour répondre à ma consigne : *décris un endroit où tu te sens bien, ta cabane, ta cachette, ta place forte*. Cet endroit, c'était la France.

À la radio, maintenant, alors qu'enfin la route est dégagée, j'apprends que le nombre de milliardaires français (41) a été multiplié par quatre depuis la crise financière de 2008. Ensuite, il est question de construire une clôture flottante de 2,7 km de long au large de l'île de Lesbos en Grèce afin d'empêcher les migrants d'y accoster. L'expérience est évaluée à 500 000 euros et pourrait – avec l'aide de l'Europe – être étendue à d'autres îles méditerranéennes.

Alors, ciao la compagnie, je m'en vais.

J'entre dans l'un des vastes parkings qui bordent le périphérique, me gare tout en haut, près d'un pathétique petit bois, je coupe le moteur, ma décision est prise, je l'avais prise depuis quelque temps, je me suis équipé, tout est dans le coffre de ma voiture. Je sors, les lacrymogènes empuantissent l'air, je regarde le ciel, les nuages si haut, j'imagine un regard me regardant, une conscience cascadant jusqu'à moi.

Je retiens mon souffle.

J'ouvre le coffre, elle est là, soigneusement rangée dans un caisson, la combinaison spatiale que j'ai empruntée au CNES soi-disant pour mieux décrire les perceptions sensorielles d'un cosmonaute.

Le parking est désert, je me déshabille, enfile la lourde combinaison, verrouille ce qui doit être verrouillé, pressurise, respire lentement. J'ai trouvé une issue de secours, alors je me glisse à l'intérieur. Rien ne trahirait au regard d'un fort peu probable observateur mon extraordinaire tension, mes mains ne tremblent pas, je m'engouffre d'un pas décidé entre les broussailles et les branches basses, j'avance d'un pas lent mais assuré, et si des tics animent mon visage, le heaume réfléchissant de ma combinaison spatiale les dissimule. J'avance vers le seuil du nouveau monde, je m'apprête à accomplir ce que personne n'a accompli avant moi : une prouesse inimaginable. Je vais rendre possible l'impossible ; ou bien échouer, et mon échec ne sera connu que de moi, puisque je suis seul au courant. Peu d'hommes ont vécu un tel moment, on ignore le nom de l'inventeur de la roue, on sait plus ou moins qui furent ceux qui perfectionnèrent les premiers chariots pour les transformer en automobiles. On garde en mémoire les vies d'une poignée de bricoleurs et d'inventeurs ayant révolutionné la technologie ou la vision que leurs contemporains avaient du monde, on sait qu'ils n'étaient pas isolés et qu'ils ont bien souvent tiré gloire d'un laborieux travail d'équipe. Avant ce jour, il n'est jamais arrivé qu'une invention radicale soit le fruit d'un esprit solitaire.

Je ne suis ni un scientifique, ni un génie, juste un homme qui décide d'aller vivre dans un livre, un homme éprouvé par la violence de notre société cherchant l'hospitalité d'une lointaine planète.

1

Je ferme les yeux.

2

Je compte jusqu'à trois.

3

Et je suis ailleurs.

Je viens de chavirer au-delà de notre galaxie, c'est effroyable de complexité et de simplicité.

Je rouvre les yeux et contemple le cœur battant les longues volutes nacrées d'un ciel où ne souffle aucun vent, le kaléidoscope des reflets tourne une seconde dans ma tête ; pour peu, je bondirais en arrière, rejoindrais la sécurité de notre bonne vieille terre, abandonnerais là mon projet d'exploration. Mais je tiens bon, j'écarquille en grand les yeux, je suis protégé par la fragile coquille de ma combinaison, je n'ose faire un pas, j'attends que mon corps se calme, que reflue le tournis, et que se dissipe une étonnante sensation de familiarité à laquelle je n'étais pas préparé. Je me sens *de retour*. Alentour, un monde d'une radicale nouveauté se déploie. En un repli de mon cerveau, il me semble le reconnaître, ce qui n'est pas faux, je finis par confondre les vrais souvenirs et ceux de mes lectures. C'est comme si j'étais déjà venu ici, comme si j'avais déjà enjambé les galaxies.

Un vertige, sans doute.

Et, lentement, sous le foisonnement d'un ciel miroitant, dans la poussière d'un monde inconnu, je

fais

un

pas.

Voilà, nous y sommes.

Là où la physique traditionnelle ne permettait plus d'expliquer comment le monde tient debout, l'homme a été obligé d'inventer d'autres théories. Il a parlé de mécanique quantique pour expliquer qu'une particule se trouve en un point A puis en un point B sans s'être déplacée entre les deux points, sans mouvement observable, et il a été obligé d'ajouter qu'il est possible que la même particule se trouve simultanément aux deux endroits. Les esprits qui ont mis un chat mort et vivant dans une boîte se tenaient sur le seuil de la solution et ils ont détourné la tête pour chercher à concevoir de nouvelles machines. Le voyage dans l'espace est un état d'esprit, une évidence que l'on ne peut recevoir que si l'on oublie tout préjugé. Je repense à cette blague de physiciens : une porte doit être soit ouverte, soit fermée, soit les deux en même temps. Nous y voici, les états se superposent.

Hop.

J'ai décollé du temps.

Je suis sur Tralfamadore, mettons. Ou Ultra-Mars.

En vérité, j'ignore totalement comment se nomme cette planète, il est possible qu'aucun télescope n'ait jamais pu l'apercevoir, qu'elle soit si éloignée de la Terre que la lumière reflétée par son atmosphère n'a pas pu voyager jusqu'à nous. Les scientifiques s'empressent de nommer les objets célestes à mesure qu'ils les découvrent. Cette planète-là est peut-être trop lointaine pour avoir reçu une quelconque immatriculation.

Vacillant, l'esprit chaviré, je viens de parcourir des distances que l'esprit humain ne sait concevoir. Même à la vitesse de la lumière, il m'aurait fallu des millions d'années pour parvenir là où je viens d'imprimer la trace de mon pas. J'ai oublié de prévoir une phrase historique à prononcer. Le petit pas de l'homme et le pas de géant de l'humanité attendront. La Lune, c'était un tout tout tout petit pas comparé au mien.

Je respire.

Dans le cinéma de science-fiction, on emprunte un trou de ver pour aller d'un point à un autre dans l'Univers, on saute dans l'hyper-espace ou bien on ouvre des portails. Même l'image du trou ou du portail serait une simplification abusive. En vérité, je ne sais pas comment ça marche, l'important, c'est que cela fonctionne.

J'ai deux heures d'autonomie en oxygène, la combinaison pèse quatorze kilos et, malheureusement, les premiers pas sur ce monde lointain révèlent une gravité semblable à celle de la Terre. Logiquement, l'atmosphère, la gravité, l'acidité, la température, la pression atmosphérique sont identiques aux conditions terrestres. La combinaison est un luxe, une précaution. Et puis cela m'a demandé un travail de fou de me la faire prêter, alors autant l'utiliser. J'ai assez vu de films de science-fiction où les astronautes baguenaudent sur une planète prétendument amicale et se mettent subitement à saigner du nez et à sentir des choses se déplacer sous leur épiderme, avant d'exploser dans un geyser de sang et de viscères.

Un deuxième pas.

Trois pas.

Ma tête cesse de tourner, les vertiges refluent, les petites lumières virevoltant sous mes yeux s'éteignent une à une. Seul le sentiment de *déjà-vu* demeure. Le saut hors du temps est totalement indolore, insensible, imperceptible. Si je n'avais pas ouvert les yeux, je pourrais encore me croire dans le petit bois, en contrebas du périphérique, où j'ai trouvé un endroit isolé et abrité pour cacher mon départ à de possibles regards indiscrets.

Mais

oh

c'est extraordinaire

totalement extraordinaire

j'ai sauté dans le trou

je pense à Alice et au terrier du lapin plus qu'aux lourdes envolées des cosmonautes

tout autant je suis passé au-delà du groupe local des galaxies, je pourrais me trouver à

150 milliards d'années-lumière de la Terre. Ce chiffre-là ne dit rien à personne, il est une abstraction facile qui permet de penser que l'Univers est mesurable, une roublardise mi-sérieuse, mi-farceuse des scientifiques, qui ne veulent pas laisser une chose en paix sans faire semblant de savoir la mesurer, la compter ou la peser.

Encore un pas.

Je marche en toute quiétude, mon malaise a reflué, je n'ai pas peur, j'avance lavé de mes appréhensions. Climatisée à 22°, la combinaison pèse sur mes épaules, contient mes mouvements, mais je souris, oh oui, je souris comme l'idiot qui contemple le reflet mouvant d'un cristal projeté sur un mur blanc. Cette planète est une immensité colorée : je me suis posé au centre d'une plaine violacée, des gaz jaunes et bleus flottent en suspension et cachent autant qu'ils révèlent de lointaines montagnes rouge orangé. Chacun de mes pas soulève un petit nuage de poussière qui retombe mollement. Nulle trace de végétation ni d'une quelconque activité. En m'accroupissant, j'ai la confirmation que le sol est recouvert d'une bonne dizaine de centimètres de sable très fin, très pulvérulent. J'y plonge la main, elle disparaît jusqu'au poignet et – enfin – je perçois au travers des gants une matière dure. Mes bottes sont enfoncées jusqu'aux mollets. J'observe dans ma main le sable – ce pourrait tout autant être une espèce de cendre violette – couler entre mes doigts et retomber en pluie jusqu'au sol. Dans mon dos, toute trace de mon passage a disparu. Si des animaux vivent ici, ce n'est pas en imprimant dans le sol les empreintes de leurs pattes ou tentacules ou Dieu sait quoi qu'ils se trahiront.

Un autre pas,

puis un pas.

J'avance dans ce paradis mort, entouré de poussière et de nuées aux couleurs impossibles. Personne ne peut se représenter le bonheur de ces pas.

Je l'ai fait. Il était temps, je n'en pouvais plus de la Terre. J'ai osé le faire. Je suis parti. J'ai lu quelque part que, après le succès du programme *Apollo*, cette crapule de von Braun avait répondu aux journalistes qui lui demandaient ce qui était le plus important pour aller sur la Lune : *La volonté de le faire.*

Lorsque j'ai compris qu'il était possible de fuir à l'autre bout de l'Univers, cette volonté a failli me manquer. Ce n'était pas seulement la peur – en vérité, je suis terrifié –, c'était la mauvaise conscience. Partir, c'était accepter la défaite. Je me souviens de ce que les lycéens ont écrit quand je leur ai proposé de faire un bond au-delà des étoiles. J'ai hésité, douté, puis je l'ai fait. Et maintenant, j'avance, délivré de mes absurdes atermoiements, de mes frayeurs, de mes incertitudes, de ma crainte du ridicule et de l'échec. La plaine qui s'offre à moi est sans relief jusqu'aux montagnes entourant l'horizon, je progresse lentement dans un paysage ensablé, cobalt, corail, orange, citron, menthe, crûment coloré et figé. Le pays des merveilles surpris en pleine glaciation.

Je suis loin, si loin que le langage n'a pas de mots pour exprimer la distance. On dit *infini*, on dit *éternité*, on dit *illimité*, on emploie des mots auxquels on a collé des préfixes privatifs : sans fin, sans temps, sans limite. Alors que ce n'est pas ça du tout, oh non, il faudrait des mots accomplis, des mots neufs qui ne signifient pas l'absence de limites, mais bien l'immense étendue de tous les possibles. Des mots positifs, ouverts et légitimes.

Quand je le déciderai, je frapperai dans les mains et m'en retournerai à mon point de départ : il ne se sera littéralement rien passé, je n'aurai pas plus parcouru un millième de millimètre qu'il ne se sera écoulé une milliseconde. J'ôterai la combinaison pour la fourrer dans le coffre de la voiture, et je rentrerai tranquillement chez moi.

Ceux qui regardent le ciel nocturne avec l'espoir d'apercevoir les lumières d'une soucoupe volante se trompent sans doute. J'aimerais rêver, j'aimerais que le voyage interstellaire soit bien plus compliqué et simple que cela. Ce ne serait en rien affaire de machines, de propulsions, de moteurs et de blindages. Nous aurions fait fausse route en concevant des fusées et en envoyant des sondes à l'autre bout du système solaire. Lancée le 5 septembre 1977, *Voyager 1* se trouvait à 21 179 542 206 kilomètres de la Terre quarante ans plus tard. Les ingénieurs de la NASA qui applaudissent leur propre exploit ne voient-ils pas que parcourir 0,002 année-lumière en quarante ans est un record futile. Croient-ils sérieusement que l'on atteindra d'autres systèmes solaires ou de lointaines galaxies en jetant des cailloux dans le ciel ? Notre propre système solaire est en grande partie inconnu, il ne ressemble plus aux neuf planètes disposées en cercle sage autour du Soleil dont on nous a enseigné le schéma à l'école. Pluton n'est plus une planète, mais un objet mineur, et nous ignorons en grande partie ce qui se tient derrière la ceinture de Kuiper. En envoyant des machines propulsées, il nous faudrait des siècles pour cartographier la proche banlieue de notre terre, des millénaires pour atteindre les limites de l'influence de notre étoile. L'humanité veut explorer l'espace comme on pénètre dans une forêt, pour savoir ce qui se trouve de l'autre côté. Or – au risque de me répéter – l'espace n'est pas fait pour l'homme. Il est hostile, froid, sillonné de particules létales qui traversent les blindages et causent des dommages irréversibles au corps humain ; et il est gigantesque. Tellement gigantesque que le langage ne possède pas les mots pour le dire. Il faut s'imaginer faire le tour du monde à pied, franchir les océans à la nage, grimper les plus hautes montagnes, parcourir les déserts avec une gourde d'eau tiède pour se dire que tout cela n'est rien comparé à l'espace. Il est une étendue qui ne peut se franchir.

S'il est confronté à un problème, l'homme pense qu'une mécanique l'aidera à le résoudre. La roue, l'arbre à cames, le rotor, l'hélice, le moteur à explosion sont des bricolages géniaux à la mesure d'une planète, mais ils n'ont aucun intérêt d'un point de vue spatial. On a beau inventer des mécaniques toujours plus fiables, toujours plus rapides, on se heurte à des distances que la lumière mettra des millions d'années à parcourir. Et mieux vaut ne pas parler d'infini. Nous ne savons pas ce que c'est, nos esprits ne peuvent concevoir quelque chose sans bordure ni limite. Nous entendons le mot *infini*, nous savons ce qu'il signifie, nous savons que l'espace est sans limite, mais nous ne pouvons pas le ressentir, nous ne pouvons pas assimiler ce savoir. Il est trop étranger à toute expérience sensible. Les astrophysiciens oublient tout de l'infinité de l'Univers lorsqu'ils jouent avec leurs enfants.

Si on veut voyager dans l'espace, ce n'est pas de machine qu'il faut changer, mais de perspective.

En luttant contre l'émotion qui brouille ma vue et affole mon cœur, j'écoute le silence. Immobile, je tends l'oreille pour percevoir un très léger frôlement : cajolerie d'un vent soyeux ou vibration lointaine ? La combinaison rend impossible l'évaluation des odeurs. Il me faudrait le cran de dégrafer les sécurités de mon casque et de l'ôter d'un coup. On voit les acteurs américains faire ça dans les films. Ensuite, je l'ai déjà dit, les seconds rôles meurent dans d'atroces souffrances, tandis que les personnages principaux se bagarrent pour survivre.

Il m'a fallu des mois et des mois de mensonges et de démarches pour obtenir le prêt d'une combinaison spatiale. Je pensais naïvement qu'être en résidence d'écriture au Centre national d'études spatiales me faciliterait les choses, la réalité s'est avérée plus compliquée : les combinaisons coûtent une fortune, elles sont faites sur mesure et j'étais trop grand pour les modèles déjà portés. J'ai bataillé, j'ai sournoisement expliqué qu'il me fallait vivre le port d'une combinaison pour décrire au plus juste les sensations d'un astronaute, j'ai accumulé les courriers, j'ai évoqué la nécessité littéraire, et j'ai fini par récupérer une tenue d'entraînement. Prêt d'une semaine à condition que je ne quitte pas Paris avec. J'ai souri, j'ai accepté, j'ai assuré prendre le plus grand soin de la combinaison, je l'ai fourrée dans le coffre de ma voiture et j'ai foncé vers la campagne nantaise.

Les nuages étrangement colorés ne donnent pas l'impression de se déplacer. Longtemps, je les fixe pour m'assurer qu'ils ne sont pas pétrifiés. Ils ondulent imperceptiblement en stationnant quasiment à ras du sol, je me dirige vers l'un d'eux, jaune et effiloché, situé à une distance que j'estime d'une centaine de mètres. Dans le ciel, nulle trace de soleil, pas d'ombre portée, et pourtant une étoile réchauffe et éclaire cette planète, elle est hors de vue pour l'instant. Avancer n'est pas chose aisée, le poids de la combinaison oblige à de petits pas. J'ai lu quelque part que les premières tenues spatiales pesaient plus de soixante-dix kilos ; en apesanteur, elles ne posent aucun problème, mais, en gravité normale, elles se transforment en piège. Un faux pas, et le fier aventurier devient une tortue sur le dos.

Le sol est strictement plat, mon pied ne bute sur aucune pierre ou aspérité. Au loin, les montagnes miroitent, elles accrochent et réfléchissent une lumière dont la source demeure toujours invisible. Équipé d'un filtre polarisant, le heaume m'évite d'être ébloui. À mesure que j'approche du nuage immobile, je constate que sa couleur est plus subtile que je ne l'aurais présagé en l'observant de loin : des veines blanches, roses, bleues, parfois vertes, strient ses volutes jaunâtres. Quels phénomènes atmosphériques ou telluriques peuvent produire ce genre de traînées ? La géographie et la météo ici n'obéissent pas aux mêmes règles que sur terre. Je marche lentement, en régulant ma respiration, en évitant de forcer mes mouvements. J'économise mon souffle pour prolonger la réserve d'oxygène.

Voici deux étés, j'ai passé deux mois à Marseille, à l'invitation de la Marelle, structure d'accueil d'écrivains située dans la Friche de la Belle de Mai, j'ai rencontré un artiste qui m'a raconté une histoire terrible. Adolescent, il pratiquait la plongée sous-marine dans un club et, un jour, au large de Marseille, en plongeant avec des camarades, ils avaient découvert une épave. Ils étaient six : cinq élèves déjà aguerris et un moniteur. Ils avaient exploré l'épave – un bateau assez récent, mais déjà recouvert par des sédiments et des vases – sans réaliser que l'un d'entre eux s'agitait trop. Nul n'a compris pourquoi. Peut-être avait-il pensé à un navire très ancien, à quelque trésor antique ? Toujours est-il que l'élève n'avait pas su maîtriser son énervement, il avait consommé en dix minutes sa demi-heure d'oxygène et était remonté sans prévenir personne. Le moniteur n'avait rien vu, les déplacements des plongeurs soulevaient les vases, la visibilité était difficile. Ce n'est que lorsqu'ils remontèrent qu'ils découvrirent le corps de leur camarade flottant entre deux eaux. Ils avaient plongé à plus de 25 mètres, le garçon était remonté d'un coup après avoir ouvert sa réserve d'oxygène de secours, sans tenir compte des paliers. Il était mort à cause de sa panique, de son excitation. Et la responsabilité en était retombée sur le moniteur.

Conscient des dangers, je m'efforce de respirer lentement, de ne pas céder à l'exaltation ni à l'énervement. À mon poignet, un dosimètre crachote doucement : pas de radioactivité apparente, bien que des particules puissent totalement échapper à l'analyse ; en cette seconde, il est possible que je sois bombardé par des saloperies qui provoqueront le développement d'une tumeur, mais je refuse d'y penser. Je marche, tendu et concentré, heureux et un peu hébété, j'aborde un monde inconnu. Colomb a confondu une île avec un continent, mais il savait globalement où il se trouvait, Armstrong avait appris par cœur la topographie du coin de lune où il a mis les pieds.

Les montagnes lointaines ont disparu derrière les circonvolutions vaporeuses, je m'avance à quelques mètres du nuage le plus proche et celui-ci brusquement se déplace, s'agglomère en quelques secondes pour venir se coller à moi. Je pousse un cri de surprise. Des poussières minuscules se déposent sur toutes les parties métalliques de la combinaison. Le feulement feutré enfle en une sorte de crissement plus dense. Les nuages ne sont pas gazeux, ils sont composés de très fins grains de métaux aimantés, des grains si fins qu'ils volent ? Peut-être, sous mes pas, existe-t-il un puissant champ magnétique ? Je m'éloigne et – à ma grande surprise – chaque grain de poussière se décolle de la combinaison pour reprendre sa place dans la nuée, exactement comme si la structure du nuage n'avait pas été affectée par mon approche. Chaque parcelle de poussière paraît avoir regagné son emplacement exact.

Le son baisse en intensité : à peine la caresse d'un souffle.

Je note mentalement de ne plus avancer vers ces agglomérats métalliques. S'ils venaient à s'aimanter trop massivement, je pourrais tomber et – alourdi par leur masse – ne plus me relever. Si je meurs ici, jamais personne ne saura où chercher mon cadavre.

Les volutes mousseuses stagnent, se mêlent et se démêlent en suivant des routes qui semblent tracées à l'avance. Le nuage pourrait tout autant être un organisme, une association de poussières métalliques consciente ? À nouveau, je respire trop vite, l'aimantation du nuage m'a effrayé, mon rythme cardiaque est élevé. Je ferme les yeux une, deux, trois, quatre secondes, je respire. Rien sur cette planète ne va de soi, il faut rester vigilant. Lentement, j'avance en questionnant la moindre évidence. Je dois garder confiance en ma capacité à résoudre les problèmes au fur à mesure qu'ils ne manqueront pas de se présenter. En maîtrisant mon souffle, je progresse encore, au hasard, je fais semblant de procéder avec méthode. En réalité, j'improvise à l'arrache. J'ai beau avoir une combinaison spatiale, je me sens nu, vulnérable, à la merci de mille dangers. Comme un enfant à la naissance. Dans une minute, le sol peut s'ouvrir, m'avaler, se refermer, et je deviendrai une statistique dans un fichier de police. Porté disparu. Point final. J'ignore tout des règles du jeu où je mise ma vie. Je recule, observe le ciel bleuté marqué de hautes striures jaunes et vertes, vérifie l'heure et constate qu'il ne s'est pas écoulé plus d'un centième de seconde depuis mon arrivée, ce qui pose un problème certain : si le temps est figé sur cette planète, je ne dispose d'aucun moyen d'évaluer mes réserves d'oxygène. Une fois cette peur installée dans mon crâne, je ne parviens plus à la chasser, j'imagine des asphyxies, des malaises, des endormissements progressifs provoqués par le dioxyde de carbone. La peur occulte toute autre pensée. Et c'est peut-être assez de nouveautés en une fois, je réintègre le temps. Je ferme les yeux, les rouvre et me retrouve sur terre, dans le petit bois, un peu stupide après tant d'événements extraordinaires, ne parvenant plus à prendre au sérieux ce que je vois : les arbres grisâtres, les détritus au sol, ma caméra sur trépied filmant l'endroit d'où j'ai disparu et où je suis réapparu, le ciel bas et translucide. Cette vieille et familière planète Terre. Le décor semble une plaisanterie.

En tremblant nerveusement, je déverrouille le casque. Le bruit du périphérique monte jusqu'à moi, l'odeur âcre des pots d'échappement stagne dans la saignée des voies express, les camions de CRS qui stationnaient en contrebas ont disparu.

Plus tard, l'observation de ce qui restera comme oxygène me permettra d'évaluer la durée de mes premiers pas hors de notre galaxie : un peu moins de trente minutes.

Pour l'instant, le tremblement dans mes mains s'apaise, je suis euphorique. Je l'ai fait. J'ai décollé du temps et de l'espace.

En remontant tant bien que mal jusqu'au parking où j'ai laissé la voiture, je remarque le chat. L'animal gît dans le fossé qui sépare le parking de l'enceinte d'une usine délabrée. Ce qui l'a tué ne lui a pas laissé le temps de refermer les yeux, il fixe le ciel et ses iris s'obstinent à briller lorsqu'ils accrochent la lumière faiblarde du soleil. À l'agitation bruyante de la rocade proche, le chat offre le contrepoint de son immobilité. Pourtant, il paraît vivant, il se serait couché sur le dos en attente d'une caresse.

Le parking immense, ponctué de lampadaires, est bordé au sud par le périphérique. La présence du chat me force à relever la tête : quelques rares voitures, le boulevard, la zone industrielle proche, les allées formées par de maigres buissons, les quelques arbres plantés çà et là pour rappeler qu'autrefois cet endroit était une campagne, un champ cultivé bordé de fermes ou un pacage pour les bêtes.

En bas, plus aucune trace des manifestations, les voitures roulent malgré les blocages des raffineries, malgré les barrages aléatoires et ponctuels, elles roulent.

Je ne m'explique pas vraiment pourquoi cet endroit est plus favorable qu'un autre. Il se forme dans la trame de ce que l'on nomme réalité des points nodaux d'où il est plus facile de creuser un trou dans le temps et l'espace. Ces points particuliers, je les ressens comme mon grand-père paternel sourcier ressentait la présence d'eau souterraine dans les vibrations de sa baguette de frêne ; ils apparaissent n'importe où, il pourrait en exister un au coin de chaque rue, derrière chaque arbre. Celui que j'utilise, je l'ai trouvé par hasard, en me garant ici une fois, au retour d'une réunion en ville, un jour où j'ai éprouvé le besoin de prendre l'air avant de rentrer chez moi, j'avais besoin d'un sas de décompression pour ensuite faire semblant d'avoir passé une bonne journée, j'avais besoin de mettre à distance le stress, la pression, l'ineptie de la réunion qui n'aboutirait sur rien ; un jour de trop-plein.

Des points permettant de sauter à travers l'espace vers une issue de secours, j'en ai déniché d'autres, mais ils sont exposés ; il en existe un dans un passage piéton du centre-ville, un dans un centre commercial. Un à l'intérieur du musée des Beaux-Arts. Celui du petit bois fait l'affaire, les probabilités de croiser un promeneur en bordure de périphérique sont rares.

Parvenu à la voiture, je contemple un instant les quatre voies de la rocade. Je ne saurai jamais ce que le chat a cru trouver ici, hormis la mort. Et vite, j'enfourne la combinaison dans le coffre.

Je repense à mon entretien avec le juriste spécialisé dans le droit de l'espace. Il m'avait offert une copie des *traités et principes relatifs à l'espace extra-atmosphérique*, je suis en infraction avec l'article IX. La règle, c'est d'éviter toute contamination d'un corps céleste par des virus terrestres et inversement. Inconscient, assassin en puissance, je ne me lave pas même les mains avant de fourrer une combinaison spatiale usagée dans le coffre de ma voiture. Je suis peut-être celui qui détruira la civilisation maya en important la syphilis en Amérique.

Ce que j'écris peut paraître étrange ou farfelu, pourtant tout cela est la stricte vérité, sinon cette histoire ne serait pas imprimée dans ce livre.

Il ne peut rien arriver de mal.

Il ne peut rien arriver de terrible.

Il ne peut rien arriver de mauvais.

Trois fois je répète la phrase, comme un mantra, une invocation magique, comme le sorcier qui jette trois cailloux, deux os, un éclat de verre et deux plumes sur un tapis tressé pour entreprendre d'y lire la bonne fortune.

Le dosimètre ne signale aucune radioactivité, il fait 21°, l'air de cette planète est respirable. Je gonfle les poumons et bloque ma respiration. Je dépressurise la combinaison. Je relève la visière. Instinctivement, j'ai fermé les yeux. J'ai besoin d'un effort de volonté pour les rouvrir. La plaine m'environne, les nuages flottant au sol s'enroulent lentement sur eux-mêmes, avec lenteur et nonchalance. Un éclair jaillit du cœur de l'un d'eux et monte à l'assaut du ciel. Je n'arrive pas à respirer, j'ai bloqué mon souffle. Une douce chaleur me réchauffe la peau, je ferme à nouveau les yeux, la luminosité forme des taches vibrantes sous mes paupières. Je viens de mettre la tête dans la gueule du lion. C'est mon second saut, je n'aperçois pas de soleil, il se peut qu'il soit masqué par un haut nuage. Si le temps ici est infiniment ralenti, ce qui durerait l'espace d'une minute sur terre prendra une éternité à se dénouer ici. Mes poumons brûlent, je dois respirer, je rouvre les yeux, ouvre la bouche, mais un réflexe me retient d'inspirer. Ma peau est nue, livrée aux mystères d'un monde situé à des millions d'années-lumière de l'endroit où je suis né ; des virus exotiques en profitent peut-être pour me contaminer en cette seconde précise, j'étouffe, mes yeux pleurent, et un sursaut d'instinct de survie provoque l'éboulement des barrières : j'inspire,

là

c'est fait

une grosse goulée d'air extraterrestre

puis une autre

l'air est doux, sans parfum particulier, inodore et insipide,

mais tellement bon.

Et hop,

je saute en arrière, me retrouve haletant dans le petit bois, le cœur affolé, plié en deux d'appréhension. Ma main trouve un tronc où s'accrocher. Mes jambes ne me portent qu'à grand-peine. Je viens peut-être de faire une des plus grandes conneries de ma vie. L'espace est hostile. J'ai pris la ferme décision de m'appliquer une quarantaine. Les braves Aldrin, Collins et Armstrong ont passé vingt et un jours enfermés dans un conteneur étanche au retour de la Lune, les autorités craignaient qu'ils n'introduisent sur terre un virus sélénite pouvant provoquer une terrible épidémie. Les 400 kg d'échantillons de sol lunaire rapportés par les différentes missions américaines et russes ont été isolés et longuement étudiés avant d'être exposés, offerts, vendus, perdus parfois. Je lis dans la presse que des scientifiques demandent que soient stérilisés d'éventuels échantillons futurs du sol martien. J'ai déjà pris assez de risques, je m'offre une semaine de mise à l'écart avant de retourner à l'autre bout de l'Univers. Malgré les blocages, les embargos et les pénuries, j'ai stocké les vivres. Je vais rester seul, je suis aidé par le brusque arrêt de la rotation du monde : le virus venu de Chine est maintenant partout, les gouvernements un à un ordonnent à leurs populations de se confiner. Mon épouse a décidé de partir à la campagne, dans sa famille, je reste seul, soi-disant pour écrire. Ce premier confinement devrait durer quinze jours, je ne sais pas encore que je serai seul durant un mois et demi. Si je suis contaminé, cela me laisse le temps de le découvrir. Je surveillerai ma température, mon pouls, ma tension.

Lentement, je me redresse, j'ai froid. Je suis peut-être porteur d'un virus autrement plus mortel que celui dont tous les journaux parlent. Le petit bois sent l'hiver, l'humidité, la moisissure et le gaz carbonique venu du périphérique. Je n'ai perçu aucune odeur particulière sur cette planète que je nommerai dorénavant Ultra-Mars en l'honneur d'Hélène Smith ; l'air était celui d'un printemps, les odeurs en moins. Il est possible que mon odorat ne soit pas éduqué pour capter les parfums inédits d'une planète étrangère. Vite, je remonte vers la voiture. Si je dois mourir, autant que cela soit dans mon lit. Ce matin, le périphérique est désert, les commerces sont fermés. Je roule vers le village où j'habite. Je roule avec prudence le long de routes abandonnées, je vais mettre la tête sous l'oreiller pendant sept jours au moins, j'ai besoin d'une armure de coton pour m'isoler du grondement qui de partout monte vers moi.

J'ai respiré l'air d'Ultra-Mars, j'ai passé la tête dans l'issue de secours, je suis entré de plain-pied dans le non-retour. Je viens de définitivement fracasser l'article IX du Traité relatif à l'espace extra-atmosphérique adopté par les Nations unies. Tout seul, sans l'aide de personne. C'est une chose de faire le mariole, c'en est une autre de mettre autrui en danger.

Volets fermés, j'attends.

Heure après heure, jour après jour.

Je ne sais pas quoi attendre.

Qu'un alien jaillisse de mon abdomen en me fracassant le sternum ?

Qu'un virus extraterrestre me transforme progressivement en masse gélatineuse ?

Qu'une conscience étrangère s'empare de mon esprit ?

Que mon organisme mute, qu'il me pousse des écailles, des crocs et des griffes ?

Que je meure sans en comprendre la cause ?

Que je rapetisse ou grandisse prodigieusement ?

Que je m'embrase et qu'il ne reste de mon corps qu'un tas de cendres tièdes ?

Le problème, c'est que j'ai vu bien des films et que j'ai lu bien des romans. Le cinéma comme la littérature de science-fiction nous ont préparés au spectaculaire ; nous avons des millions d'images en tête, des mutations monstrueuses, des combustions, des altérations douloureuses. Pour ceux qui écrivent ou filment, l'espace est menaçant, le danger partout présent : insidieux, invisible, fourbe. Aller sur une autre planète, c'est s'assurer de sacrés ennuis. Les rencontres sont rarement pacifiques, peut-être parce que les gens de la rue partagent la conviction des producteurs d'Hollywood ou des philosophes : *le silence éternel de ces espaces infinis effraie*. Ou peut-être parce que l'homme transpose partout sa propre image et qu'il n'a cessé d'envahir et d'attaquer les territoires de son voisin depuis qu'il sait manier un outil et tracer une frontière. Peut-être aussi parce qu'il est plus spectaculaire d'imaginer une invasion qu'un amical serrage de main comme à la fin des *Rencontres du troisième type*. La guerre toujours plus photogénique que la paix.

Un jour, j'attends.

Deux jours.

J'en profite pour écrire ce texte.

Trois.

Quatre.

Je m'ennuie un peu.

J'ai envie de sauter au plus vite dans l'issue de secours.

Cinq.

Toujours rien sinon les vagues d'angoisse provoquées par des crises d'hypocondrie. Être vingt-quatre heures sur vingt-quatre à l'écoute de son corps, prendre sa température huit fois par jour, vérifier sa tension, regarder la couleur de son urine et scruter la tessiture de ses selles, rien de tel pour s'inventer une bonne quinzaine de maladies. La moindre douleur articulaire – à laquelle en temps normal je n'aurais accordé aucune attention – occupe soudainement le centre de mes pensées, elle enfle, enfle, envahit le moindre espace, finit par comprimer mon souffle, par joindre le plancher au plafond, par devenir une terrible anomalie.

Je tousse une ou deux fois, je crains subitement d'avoir chopé l'autre virus, celui qui paralyse le monde entier. Mais non, là aussi, ça repart comme c'était venu. Ma température demeure normale.

Sixième jour, toujours rien de probant.

J'ai mal à une cheville, les articulations de mes doigts craquent davantage qu'à la normale – me semble-t-il – et, pour parachever le tout, je m'enrhume. Comment différencier un banal rhume et l'agression de mon organisme par une bactérie létale née à l'autre bout de l'univers ? Rien dans le mucus expulsé ne trahit une infection inconnue, j'ai beau retourner les kleenex en tous sens, inspecter ma morve, je suis enrhumé parce que j'ai un rhume.

Septième jour, j'allume la radio, le monde entier surveille son souffle en raison du virus venu de Wuhan.

Je suis encore vivant, occupé à tourner en rond, à prendre mon pouls et à me glisser un thermomètre dans l'anus. Une saloperie extraterrestre peut mettre un mois avant de se développer, ou un an, ou dix. Les gens qui ont été irradiés à Hiroshima ont parfois attendu vingt ans avant qu'une tumeur ne les emporte. Cette histoire de passer sept jours en quarantaine m'apparaît comme une mauvaise farce. Sept jours durant, je ne réussis pas à m'intéresser au contenu d'un livre, je tourne en rond comme un lion au zoo, j'attends, attends, attends, sept jours, soit 164 heures. 10 080 minutes.

C'est à se taper la tête contre les murs. J'avais appris qu'un ver prisonnier des glaces depuis 24 000 ans s'était réveillé vivant. Sur Internet, je découvre que des spores peuvent patienter 250 000 ans en attendant des conditions favorables de développement, et que des bactéries peuvent sommeiller durant 500 000 ans. Le SARS-CoV-2 pourrait incuber durant trois semaines, dit-on à la radio. Personne n'est vraiment capable de donner des informations précises sur un virus qui infecte le monde entier, alors comment imaginer quoi que ce soit sur mon potentiel virus extraterrestre ? Si j'ai respiré une saleté, Dieu sait combien de temps elle mettra à se réveiller. Et si au moins je pouvais me reposer. Mais non, il suffit que je tousse ou me mouche pour passer les heures suivantes assis dans le lit, à tenter d'écouter la mort creuser des tunnels dans mon corps, et à inventer des protocoles pour prévoir l'imprévisible. Le bilan de la quarantaine volontaire est une longue mise à sac de mes nerfs et de ma patience.

Dehors, le temps va vers un redoux si j'en crois ce que j'aperçois par la fenêtre les rares fois où j'ai entrouvert les volets. Les nouvelles du monde sont terribles : on nous promet l'effondrement de l'économie, on ignore réellement comment se protéger du virus chinois, les experts se contredisent à l'antenne, on est en plein roman d'anticipation catastrophique.

Qui verrait la Terre de loin s'étonnerait peut-être de ce qu'elle soit si paisible, enfin : peu de véhicules, peu d'avions, peu de marcheurs. Il semblerait que l'air n'ait pas été aussi pur depuis des dizaines d'années, le bruit de fond de l'activité humaine aussi faible, la pollution aussi discrète. Et pourtant, j'ai hâte de repartir sur l'autre planète. J'étouffe sur terre.

C'est long, très long, sept jours enfermé chez soi, à aller du fauteuil au lit, du lit à la chambre, de la cuisine au salon, en refaisant les mêmes pas et les mêmes gestes. Et à regarder un reflet dans le miroir de la salle de bain pour savoir si mon visage est toujours à sa place. Même ça, c'est compliqué : à force de m'examiner, je vois affleurer à la surface de mes traits une sorte d'étrangeté, je ne suis plus certain que ces linéaments sont exactement les miens, que ce regard soit mon regard, familier, non altéré. Le processus est sans doute normal : si on fixe avec intensité n'importe quelle chose ou n'importe quel être, on finit par ne plus le reconnaître ; ou par remarquer des choses qui nous ont toujours échappé. Ce grain de beauté, minuscule, sous l'œil gauche, il a toujours été là ? Il est à moi ? Est-il l'indice d'une attaque de l'atmosphère ultramartienne ? Impossible de le savoir. Je compare avec de vieilles photos ; la prise de vue, la pixellisation ne permettent pas de juger si oui ou non je possède un grain de beauté sous l'œil depuis des années.

J'arrête là le récit de ce confinement volontaire, depuis le printemps 2020, c'est désormais une connaissance que nous partageons tous, nous savons la stupeur hébétée produite par notre enfermement dans l'attente de la maladie.

La prochaine fois, j'irai sans la combinaison, je ne serai plus limité à deux heures d'autonomie. De toute façon, je dois la rendre au CNES si je ne veux pas attirer l'attention et me faire engueuler.

J'ai posé une bulle sur une planète qui n'existe pas, une issue de secours s'ouvrant sur un précipice. Maintenant que je sais pouvoir respirer l'atmosphère d'Ultra-Mars et m'y rendre en comptant jusqu'à trois, je peux m'y installer, je peux partir vivre dans un rêve de littérature. C'est aussi simple que cela. J'ai mis du temps à comprendre ce que j'avais perdu en passant de l'enfance à l'âge adulte, je le sais maintenant : j'avais perdu un futur. Lorsque j'étais enfant, puis adolescent, puis jeune adulte révolté, j'avais encore foi (un peu) dans le progrès et foi dans la politique. L'un comme l'autre étaient des horizons inscrits dans un futur. Maintenant, j'ai 50 ans, et je n'ai plus de futur. La politique a renoncé, la révolution ne viendra pas, et le progrès n'existe plus. Je l'ai écrit, je me répète : même l'exploration spatiale qui aurait pu être un objectif fédérateur international n'est plus qu'une entreprise privatisée. Le futur est synonyme de catastrophe et de régression. Il n'est plus un élan, il est un mur, un gouffre, une apocalypse assurée.

Heureusement me reste la littérature. J'ai décidé d'y trouver refuge et d'inviter ma famille, mes amis, celles et ceux qui le souhaitent, à m'y rejoindre.

Durant l'année scolaire 2017-2018, j'étais intervenu dans cinq collèges de Loire-Atlantique pour un atelier se déroulant de septembre à juin. Aux élèves, j'avais proposé d'imaginer une migration sur une lointaine exoplanète. Ils avaient réfléchi à un vaisseau, à un voyage, à ce qu'ils pouvaient bien emporter avec eux, et – surtout – au modèle de société qu'ils voudraient instaurer une fois parvenus sur le sol d'un autre monde. C'était ce qui m'intéressait dans ce projet, la science-fiction regorge de migrations, de longs voyages dans l'espace où météorites et attaques d'alien viennent fournir matière à rebondissement. Nous avions évacué ce genre de péripéties. Une fois l'imaginaire installé, nous avions réfléchi à un modèle de société à inventer. J'avais laissé les élèves très libres, ils étaient 150 au total, le constat fut terrible : presque tous écrivirent que la démocratie ne fonctionne pas. Des adolescents de 11 à 14 ans m'expliquèrent que, si on devait repartir de zéro sur un autre monde, il faudrait soit mettre en place une dictature éclairée, soit un monde sans dirigeants, soit tirer au sort les classes politiques pour éviter que ministre ou président ne devienne un vrai métier : le tirage au sort pour un temps limité éviterait la trahison des promesses de campagne. Voter, ils n'en voyaient pas l'intérêt dans un monde où le politique ment, favorise ses proches et l'enrichissement d'une minorité. Certains textes d'adolescents étaient convaincants. Tout comme l'écoute des informations à la radio, ces expériences permettent de ne pas s'assoupir, de ne pas se laisser gagner par l'inertie, l'à-quoi-bonisme ou la satisfaction du confort médiocre dont on dispose. Que penseraient ces adolescents de la privatisation du rêve spatial ? Ce ne sont pas des utopies que l'on cherche à implanter sur le sol martien ou dans un autre système solaire, ce sont des comptoirs Amazon et des chaînes de fast-food. Je me souviens d'une image qui avait fait le tour des réseaux sociaux lorsque *Curiosity* avait émis ses premières images du paysage martien : un farceur avait ajouté une enseigne McDonald's au-delà d'une colline rougeoyante. À l'époque, j'avais ri, maintenant, en repensant à ce montage, j'y vois autre chose qu'une plaisanterie : j'y vois une prédiction.

Je m'en retourne au point de départ, le petit bois. Je cherche au passage le cadavre du chat aperçu dans le fossé. Il ne s'y trouve plus, la terre ne garde aucune trace de lui. Un miaulement me fait sursauter, puis rire. Je vois le chat, il est en vie, il se tient plus haut, moitié caché dans des broussailles où – à défaut de feuilles – des sacs plastique s'accrochent aux branches. Il se décomposait en bord du chemin, il est maintenant vivant, je suis certain qu'il s'agit du même animal, sa mort se superpose à sa vie.

Je respire.

Je ferme les yeux.

Je procède à mon sempiternel compte à rebours.

Trois, deux, un.

Et je saute.

Débarquer là-bas sans aucune protection me flanque un grand coup d'adrénaline. La chair de poule tire les poils de mes avant-bras, une boule d'appréhension joue au yo-yo dans mon estomac. Je respire, de l'air extraterrestre pénètre dans mes narines, descend par ma gorge jusqu'à mes poumons, où des molécules d'oxygène entrent dans mon sang au travers de minuscules veines perméables. Trop tard pour faire demi-tour. Le temps de me calmer, j'ai respiré une bonne douzaine de fois, cela signifie que j'ai à peu près déjà inspiré six litres d'atmosphère ultramartienne.

Les nuages aux couleurs irisées semblent identiques d'une observation à l'autre. Je m'accroupis pour capturer entre mes doigts libres le sable qui forme une couche d'une dizaine de centimètres en suspension et masque la vue du sol. Impossible. Je ferme le poing, le relève et l'ouvre pour constater qu'il est vide, comme un enfant persuadé d'avoir saisi une mouche en plein vol. Je fais plusieurs tentatives vaines. La matière qui flotte n'est pas gazeuse, mais se comporte comme telle. Les grains sont si fins qu'il est impossible de les saisir.

Je me redresse, débarrassé de mon heaume, j'écoute le silence relatif de cette planète – silence assemblé de vents, de grattements rocheux, de grondements aériens ou telluriques.

J'ai passé une semaine en quarantaine à guetter la venue d'une maladie ou de la mort en vain. Je suis nerveusement épuisé et physiquement reposé. J'ai chaussé des baskets de marche, enfilé des vêtements légers, je suis équipé d'un dosimètre, d'une boussole, d'eau, d'un peu de nourriture, à peine quelques kilos de matériel dans un sac sanglé sur mes épaules.

L'aiguille de la boussole désigne la gauche quand je place la boussole à gauche, la droite si je l'oriente à droite, l'avant si je la tends en avant, l'arrière si je me retourne, le ciel si je la bascule vers le haut, et le sol si je la baisse vers le bas. L'instrument ne sera d'aucune utilité.

Cela fait dix minutes maintenant que je respire l'atmosphère de cette planète. Je me sens parfaitement en forme, mais, si je pense aux épidémies et empoisonnements, ça me démange, j'ai l'illusion de fourmillements irritant mes bronches, et dans une moindre mesure j'ai la tête qui tourne.

À nouveau, le sentiment de déjà-vu est présent. Comme si une part de moi ne s'étonnait pas d'avoir pu voyager si loin. C'est diffus, trouble, à la lisière de l'esprit, c'est un faisceau sensible d'impressions fragiles. La chaleur plus élevée ici que sur terre me fait me moucher abondamment. L'atmosphère de cette planète est en train de guérir mon rhume. Cela ne m'empêche pas de jeter un œil soupçonneux dans le fond des mouchoirs : pas de sang, pas d'indices d'une infection, rien qui bouge tout seul. De la morve ordinaire.

Avec précaution, je glisse les kleenex souillés dans un sac en plastique. Je ne vais pas commencer à contaminer le sol de ce monde, je respecte vaguement l'article IX du traité des Nations unies. Cette fois-ci, j'ai emporté des jumelles. Je scrute l'horizon au-delà des nuages violacés qui tournoient mollement sur eux-mêmes. Des montagnes au loin, toute une chaîne, orangée.

Le sac ajusté sur mes épaules, je pars. Débarrassé de la combinaison, j'ai des ailes, je pourrais avancer au petit trot, sprinter, faire des roulades au sol. Bien entendu, je m'interdis de prendre des risques, m'impose prudence et vigilance, recul et détachement scientifiques, dont je me demande – dans le fond – à quoi ils peuvent bien servir. Rien ni personne ne m'empêcherait de galoper ou d'éclater de rire.

Je repense à Gerard O'Neill, dont j'ai déjà évoqué les rêves de colonisation totalitaire des corps célestes, il était obnubilé par l'idée que l'espace était une mine de ressources et de matières premières. Lors d'une conférence abondamment citée dans l'édition du 13 mai 1974 du *New York Times*, il plaidait que coloniser l'espace offrirait l'accès à *des ressources pratiquement illimitées* et que l'on pourrait se les approprier *sans fusiller d'Indiens*. Je repense à tous les scientifiques que j'ai interrogés pour écrire ce livre : rien n'est moins sûr que de trouver de la vie extraterrestre, bien qu'elle soit statistiquement probable. Que se passerait-il si je tombais nez à nez avec un alien ? M'accueillerait-il bras ouverts ? Comprendrait-il le danger que je représente : éclaireur d'une civilisation qui bouffe en sept mois ce que sa planète met un an à produire ? J'ai bien peur que, si nous rencontrions des aliens, nous ne cherchions à leur vendre immédiatement quelque chose, à défaut de les envahir. La science-fiction, qui depuis H.G. Wells prédit des attaques coloniales extraterrestres, ne nous met-elle pas en garde contre notre propre penchant destructeur et invasif ? J'ai été objecteur de conscience à 18 ans, refusant de tenir une arme, je ne fusillerai personne pour fournir une porte dérobée à la folie de mon espèce.

Je chasse mes pensées, elles m'alourdissent.

Sans visière ni casque, la splendeur psychédélique de ce monde n'en est que plus vive : les couleurs irradient comme un rêve sous acide. De très fines poussières volettent çà et là et n'en finissent plus de tramer des arcs-en-ciel moirés. Depuis des années, je lis tout ce qui se publie sur l'espace. Il y aurait entre 100 et 400 milliards d'étoiles dans notre galaxie. Il y aurait 200 milliards de galaxies dans l'univers observable. Cela implique des milliards de milliards de planètes. Il n'est pas étonnant que les lois physiques ne soient pas partout identiques, que dans cette vaste confusion un monde semblable à Ultra-Mars existe. L'infini permet ça : il est statistiquement possible que la moindre chose imaginable existe dans un univers sans bornes. J'aime cette nouvelle de Jorge Luis Borges dans laquelle une bibliothèque contient tous les livres possibles. Il s'agit d'une bibliothèque infinie et les livres sont générés aléatoirement par permutation des lettres de l'alphabet et des signes de ponctuation. Si la bibliothèque est infinie, alors, au milieu de centaines de milliards de livres illisibles, il sera possible de trouver *Don Quichotte* ou *Macbeth*. C'est la même chose avec l'Univers : s'il est infini, alors il existe forcément une planète tempérée, dotée de la même atmosphère que la Terre, fortement métallique, agitée de phénomènes magnétiques. Reste juste à comprendre quel phénomène physique produit de l'oxygène puisque nulle part je n'aperçois de végétaux.

Je pose mon sac qui seul contient des éléments métalliques et m'approche d'un nuage en suspension : les particules ne réagissent pas, je tente d'en saisir entre les doigts, c'est comme serrer du talc, rien n'indique qu'elles soient métalliques, elles sont douces, pulvérulentes, minuscules. Je mouline l'air pour les déplacer, parvient à générer de petits tourbillons, et chaque poussière reprend sa place dès que j'interromps mes grands gestes.

L'horizon est encore loin, en souriant, je m'y dirige.

Déboussolé, j'avance.

Les pierres roulent sous mes pas.

Chercher.

À tâtons.

J'ai atteint les contreforts des montagnes depuis des heures.

Le sang martèle mes tempes,

J'ai l'élan de mes espoirs, une énergie comme je n'en ai pas possédé depuis des années,

Je grimpe, dépasse l'arête, me dirige au jugé.

Loin derrière, la plaine scintille, repère dérisoire. Fausse familiarité d'une chose que je ne comprendrai sans doute jamais.

J'avance.

Un nuage vient me saluer :

,
,,, ,,, , ,, ,
, , ,,, ,, , ,,, , ,
, ,, , ,
,, , ,,, ,
, , ,, ,
, ,, ,, ,
, ,
,

Roulé en boule, premier repos dans une anfractuosité à flanc de ce paysage volcanique, le sol agrégé, saillant, friable, fragile.

Fermer les yeux, oublier la fatigue,

M'enfoncer dans la pierre comme dans un moelleux tuffeau.

Le tuf creuse une cavité pour mon corps,

Je dors et je ne sais plus si je rêve ou si je marche à nouveau.

Perdu les points de repère.

Confusion minérale, chaos caillouteux.

Aller voir derrière la montagne.

Des éclairs montent du sol, s'affermissent, sculptent des colonnes de lumière.

Le ciel est porté par l'électricité, il s'y appuie de tout son poids.

Loin, la plaine a disparu, masquée par l'orage, il pleut, je crois bien. Nouveau cycle ?

Mon corps prolonge le sol, où foisonnent des concrétions verticales. Des pierres comme des os.

Je marche dans une frénésie joyeuse.

Marcher.

Marcher.

Marcher.

La poussière de l'ascension enveloppe mes plaies, de brusques lames rocheuses tailladent ma peau.

Je n'ai pas emporté assez d'eau pour le retour. Ma marche est à sens unique.

La soif.

Et l'indifférence du ciel souple qui se tord entre deux nuées.

Encore un éboulis, glissade sur une centaine de mètres dans l'étonnante tendresse de la poussière. La chute laisse deviner une saignée entre deux pans.

Partout le roc se fendille, s'ouvre.

Une faille.

Un passage ?

Cascade de bulbes volcaniques, légers et coupants.

Me laisser couler le long d'un pierreux.

Passer la montagne.

Oh.

De l'autre côté.

Vert, bleu, rouge.

Une autre plaine.

Le chatoiement du végétal.

Des fruits.

Dans la plaine de l'autre côté.

À perte de vue, des fruits.

Ligneux, fibreux.

Des bulbes juteux.

Ne plus être prudent.

Manger.

Boire.

Poison ?

J'ai tracé la voie.

La catastrophe s'incline devant la magie, enfin.

De la nourriture, à profusion, qui pendouille par grappes le long de lianes pétrifiées.

Je digère.

Comme un goût de betterave sucrière.

Une issue de secours.

Repu, j'ai traversé des plaines surchargées de fruits, je ne crains plus rien : la nourriture pousse à profusion sur ce monde. J'ai bu de l'eau à un ru sinuant entre les végétaux, fraîche et désaltérante, elle m'a redonné des forces. Je sais qu'aucune bactérie ne menace ma vie, c'est ainsi, ce monde-là est parfait. Il peut nourrir des foules. J'ai lu un article qui m'a plongé dans un grand silence voici quelques mois, je ne sais s'il était d'une grande rigueur, il avait au moins le mérite de frapper les esprits. Selon le think tank Global Footprint Network, l'humanité vit à crédit. Chaque année, une date fatidique indique à quel moment nous avons consommé autant de ressources naturelles que la Terre peut en renouveler en un an. En 2020, cette date est tombée le 29 juillet. Global Footprint Netwook est un groupe de chercheurs basé aux États-Unis militant pour un ralentissement de la consommation. En 2020, l'humanité a consommé l'équivalent de 1,75 planète Terre. L'article précisait que cette moyenne différait en fonction des pays. Si brusquement l'humanité entière adoptait le mode de vie de l'Inde, elle consommerait 0,7 planète. Non seulement les ressources globales ne seraient pas entièrement absorbées, mais constituer des réserves serait possible. La déforestation ralentirait, ainsi que l'érosion des sols, la biodiversité cesserait de s'appauvrir, il y aurait moins de carbone dans l'atmosphère, moins de gaz à effet de serre, le climat se réchaufferait moins, et ainsi de suite. D'après le think tank, nous autres Français aurions besoin de 2,7 planètes pour vivre sans rien changer à nos comportements de consommateurs. Et les plus dépensiers sont sans surprise les Américains des États-Unis, qui consomment chaque année comme s'ils disposaient de 5 planètes pour eux seuls.

Je marche sur Ultra-Mars, ce monde neuf et vierge ne suffirait pas à l'appétit des hommes. Je garde cette donne à l'esprit. Il n'y a pas de miracle absolu. L'endroit vers lequel je me dirige se précise peu à peu, au début c'était un simple miroitement, plus je marche, plus je constate qu'il s'agit de structures gigantesques. Leur éclat et leur éloignement m'ont empêché de comprendre leurs formes, puis – à mesure que je m'approche – je réalise qu'ils sont nombreux, similaires, et disposés selon un plan géométrique : ce sont des dômes irisés, moirés, érigés à intervalles réguliers dans une plaine située en bordure d'une forêt fermant l'horizon.

Avec prudence, je scrute le ciel, mes pieds, le sol, la végétation exubérante ; ce monde est saturé de couleurs et de silence. J'inspire et expire lentement, pour éviter de paniquer. Peu à peu se précise l'architecture régulière des dômes. Ce sont des sortes de joyaux à facettes monumentaux aux parois soigneusement taillées. Les cristaux sont sphériques, hauts d'une douzaine de mètres, avec un rayon identique. Des demi-ballons posés au sol, une bonne trentaine de structures visibles évoquant une ville ou l'une de ces architectures utopiques spatiales : l'image que l'on se fait d'une base lunaire dessinée par un artiste dans les années 1950.

Après la Seconde Guerre mondiale, la bulle a été l'utopie militaire et civile de la construction mobile, protectrice et légère. Russes comme Américains ont imaginé des villes sous cloche ; dans le Sahara, en Antarctique, la bulle serait le moyen idéal de maintenir une atmosphère tempérée, de cultiver les sols, de bâtir des villes. La science-fiction s'est tout de suite emparée de ces utopies architecturales pour en faire des bases lunaires ou martiennes. En 1959, un éphémère projet a voulu coiffer Manhattan d'un dôme. Peu à peu, la bulle a disparu des horizons, à part quelques radômes pressurisés protégeant des radars ou des architectures provisoires, comme le pavillon de l'architecte américain Victor

Lundy, destiné, en 1960, à promouvoir l'idée que l'énergie atomique était sans danger. On a oublié la bulle, pourtant celles que je contemple me sont familières, comme si j'étais déjà venu ici, je les connais, je les ai vues dans les livres de science-fiction que je lisais adolescent, je les ai vues dans le traité *L'Exploration de l'espace* d'Arthur C. Clarke et dans bien d'autres ouvrages. Je les porte en moi, elles ont nidifié dans mon imaginaire.

Vers la gauche se trouve la plus proche de ces boules à facettes, j'approche encore. Je respire doucement. Je sais que celle-ci est la mienne. Ma cabane, ma cachette. J'avance à sa hauteur, quelques mètres encore, je respire, j'y suis.

Les parois sont constituées d'une matière mi-opaque, mi-transparente. Avec d'infinies précautions, je lève une main et touche la structure. Elle est solide. Elle brille parce qu'elle réfléchit l'abondante diversité des couleurs du ciel, du sol et des nuages magnétiques. Elle réfléchit également ma main. Je m'approche encore, appuie la tête contre sa surface. Je m'y reflète comme dans un miroir. Je suis absolument certain que cette structure – quelle qu'elle soit – a été fabriquée, même si je ne remarque ni jointure, ni raccord ; c'est comme si elle avait été moulée d'un bloc. Je respire. Ce ne peut être une illusion. Quelqu'un (ou quelque chose) a bâti ces boules à facettes et les a disposées dans cette plaine.

Ce que je contemple serait une ville ? Une ville édifiée par une civilisation extraterrestre ? Je vacille. Voyager à l'autre bout de la galaxie est une chose. Tomber pile sur une preuve de vie consciente et organisée en est une autre.

Je contemple le rêve de Camille Flammarion, celui de Bernard de Fontenelle, d'Hermann Oberth ou de ce pauvre Franz von Paula Gruithuisen. Je suis arrivé là où ses visions conduisaient Hélène Smith.

Je respire.

Calmement.

Très calmement.

Pour faire taire les battements de mon cœur.

Cette sphère couturée en bordure d'une forêt m'attend. Je fais une visière de mes mains pour observer au travers de la paroi miroitante et j'y vois sans surprise l'intérieur de la maison de mes arrière-grands-parents, ceux qui vivaient dans les Landes, dans un lieu-dit perdu au bout d'un chemin de terre sableuse, sans accès à l'eau hors le puits de la cour. Je contemple le sol garni de tomettes rouges usées, les murs tapissés de grandes fleurs brunes, les poutres sombres, l'escalier sur la droite auquel je n'ai jamais eu le droit de monter, l'évier taillé dans un bloc de pierre, la cheminée dans le fond, la table en chêne et les chaises lourdes, le buffet encombré de photos de famille, et je me vois, moi, enfant, j'ai quel âge ?, 6 ou 7 ans certainement, je suis au sol, je joue, les adultes sont dehors, au jardin, au soleil, je suis resté seul dans la maison, c'est l'après-midi, la vaisselle a été faite par ma grand-mère et ma mère, mon arrière-grand-père et mon grand-père se sont allongés, une sieste d'une demi-heure, comme après chaque repas un peu trop arrosé, et l'enfant que je suis joue aux Lego en prenant soin de ne pas coincer de petites pièces dans les joints terreux des tomettes. Plus tard, je m'en souviens, je me ferai engueuler, la cire qu'utilise l'arrière-grand-mère pour faire briller le carrelage salit les vêtements aux coudes et aux genoux, on m'a répété que je n'ai pas le droit de m'allonger au sol, mais pour l'instant je joue et les tomettes rouges forment un parfait sol martien. J'ai assemblé une sonde spatiale, un rover étudie le terrain, bientôt un vaisseau se posera et ses astronautes Lego pourront imprimer leurs pas sur le sol de Mars. Je me regarde enfant, j'étais rond à l'époque, conséquence d'une mauvaise alimentation, trop riche en graisses et en sucres. *Vaut mieux faire envie que pitié* servait de maxime à ma famille. Je suis impeccablement coiffé, une mèche tirée en arrière, dessinée chaque matin par ma mère d'un adroit coup de peigne. En vérité, je ne me reconnais pas, le visage que l'on porte n'est pas celui que l'on imagine. Cet enfant rond et docile n'est pas celui que je transporte dans mes souvenirs, pourtant cela ne fait aucun doute : je suis cet enfant, le souvenir de cette après-midi à la campagne a toujours été là, si énorme que je ne le voyais pas. Obstinément dissimulé en pleine lumière. Ma mémoire se déverrouille à mesure que j'observe la scène. Je retrouve chaque geste, chaque seconde. Ce que je ressens est plus fort qu'un déjà-vu, c'est un *déjà-vécu*, littéralement, c'est comme un effritement du temps. Cisaillé, je suis simultanément l'adulte observant et l'enfant observé.

L'enfant que j'ai été joue dans la solitude d'un dimanche après-midi de printemps. La scène se déroule quarante-cinq ans en arrière. Le rover perd une roue, l'enfant concentré la clipse, puis déploie ce qui dans son imagination était des panneaux solaires. Il est possible que l'enfant entende au loin la voix des adultes. Dans son dos, une horloge comtoise marque l'avancée du temps à chaque coup de balancier. Plus tard, plus âgé, j'aurai le droit d'approcher une chaise et de remonter le mécanisme à l'aide d'une clé creuse rangée dans le meuble de l'horloge. Pour l'instant, je joue, j'explore Mars, je ferme les yeux – et l'adulte que je suis devenu sent les poils de ses avant-bras se soulever, un frisson coule de ma nuque au bas de mes reins – l'enfant maintenant compte jusqu'à trois et d'un coup disparaît

oh

c'est si clair

comment ai-je pu oublier ?

comment est-ce possible que j'aie cru inventer adulte une chose trouvée par hasard enfant ?

Je suis déjà venu sur Ultra-Mars, j'ai effectué un bond, enfant, je me suis retrouvé terrifié et hors d'haleine à quatre pattes sur le sol d'un monde psychédélique.

Sous le dôme, l'enfant est de retour, sa bouche grande ouverte, il se relève d'un coup. La sonde en Lego chute et explose contre les tomettes. L'enfant peine à reprendre son souffle, il glisse une main dans son pantalon : lors de ce bond accidentel, il a connu son premier orgasme, un court-circuit émotionnel et sensitif. D'un coup, enfant, je m'étais retrouvé dans un paysage totalement aberrant alors que mon corps me foudroyait d'un plaisir radical et inconnu. Je vois l'enfant s'évanouir. Mes parents arriveront plus tard, ils le découvriront, s'affoleront, il se réveillera dans les bras de sa mère, qui porte ce jour-là une robe imprimée de nuages colorés et psychédéliques, un médecin lui prescrira un électroencéphalogramme pour détecter une éventuelle prédisposition à l'épilepsie. Les examens médicaux ne donneront rien et mes parents concluront que j'ai dû me cogner la tête et m'assommer tout seul. En vérité, j'avais été foudroyé par un extraordinaire tumulte mêlant terreur, plaisir, honte, angoisse et exaltation. Ce premier bond m'avait retourné comme un gant, et je n'avais eu d'autre choix que de l'oublier pour ne pas devenir fou.

La scène change, c'est un jardin entier qui se trouve sous le dôme, et je suis là, le nez vers le ciel, ma tête tourne, c'est la nuit, je ferme les yeux, disparais, réapparais, j'ai à nouveau bondi, j'ai à nouveau décidé d'oublier.

Je fais deux pas en arrière, m'approche à nouveau. Je suis adolescent, j'ai les *Chroniques martiennes* entre les mains, je me balance sur ma chaise en lisant, je me souviens brusquement de l'épisode : je vais bientôt me casser la gueule, m'assommer au coin de l'armoire, je suis dans la chambre de l'immeuble où j'ai vécu jusqu'à mes 17 ans, j'ai perdu de l'empâtement de l'enfance, je laisse pousser mes cheveux par défi, et là – d'un coup – je perds l'équilibre, disparais, réapparais, heurte l'arête de l'armoire. Je connais la suite : ma mère me trouvant évanoui, les urgences, les points à l'arrière du crâne, puis la fine cicatrice blanche où jamais les cheveux n'ont vraiment repoussé, le nouvel électroencéphalogramme pour vérifier si tout va bien, parce qu'à mon réveil j'ai murmuré avoir fait un bond sur une autre planète. Et l'oubli à nouveau. J'aurais passé ma vie à oublier mes venues sur ce monde.

L'oublier et tenter confusément de le retrouver.

L'issue de secours est en moi. Fébrile, je fais quelques pas autour du dôme, je ne veux plus m'observer. J'ai ma bulle. Le bleuté du ciel s'irise de veines vertes, un éclair monte au loin et zèbre les nuages d'une flamme jaune. Cette planète vit sa vie, paisible. Toute ma vie, j'ai cherché une chose que je tenais dans ma main. J'éclate de rire, un rire naturel, aussi triste que désespéré. De nulle part, j'entends gonfler une clameur, des corps invisibles s'agitent, des mains claquent, des pieds heurtent des bancs qui ne sont pas là. Des voix acclament, des milliers de gorges émettent de curieux cris de joie, des sifflements se mêlent aux rires, un peuple imperceptible me félicite d'être parvenu par mes propres moyens sur cette planète, ça siffle, ça rit, ça ovationne, ça applaudit. Les vivats de la foule ne parviennent pas à m'effrayer. Ce déferlement n'est pas hostile, on m'acclame comme on a acclamé les hommes qui ont réussi le premier voyage sur la Lune, les exclamations qui déjà refluent sont un long cri de bienvenue.

Dans ce roman de science-fiction où le narrateur parviendrait à se déplacer instantanément sur une autre planète pour découvrir des bulles de cristaux construites par une civilisation joueuse, la fin serait un assemblage d'articles de presse. Le premier relaterait l'évaporation en une nuit de 250 migrants tassés depuis des mois dans un gymnase insalubre en banlieue nantaise. Faute de logements d'urgence ou d'abris, ils campaient dans un provisoire devenu permanent depuis quinze semaines. Ce sont des militants d'associations fournissant les vivres, s'occupant de faciliter les démarches administratives et dispensant des cours d'alphabétisation qui auraient donné l'alerte. Un matin, le gymnase serait vide. La préfecture indiquerait que les migrants ont certainement levé le camp pour trouver un autre abri. Les militants, eux, demeureraient perplexes. Dans le petit monde souterrain de solidarité qui se tisse peu à peu pour pallier les manquements des services publics, tout le monde connaît tout le monde. 250 personnes s'évanouissant dans la nature, c'est tout de même un mystère insondable.

Quelques jours plus tard, le Secours populaire publierait un inquiétant communiqué de presse. Depuis plusieurs mois, l'augmentation de la précarité et la baisse des aides contraignent les bénévoles à refuser l'accès aux dons alimentaires à de nombreux nouveaux demandeurs. Un matin, à l'ouverture des locaux, personne ne se présenterait. Les familles démunies qui n'ont d'autre solution que de chercher de la nourriture auprès de l'association auraient brusquement cessé de venir. Les bénévoles tenteraient en vain de joindre certaines personnes. Interviewé, un travailleur social déclarerait que c'est *comme si tout le monde s'était évaporé.*

Puis, d'entrefilets en entrefilets – la disparition d'assistés, de nécessiteux, de clandestins, de demandeurs d'asile ne captivant pas les pouvoirs publics –, il deviendrait évident qu'une chose massive et souterraine, joyeuse et utopique, serait en cours. Un matin, un journaliste raconterait que la police devant déloger des migrants d'un squat dans une ancienne antenne de Pôle emploi aurait trouvé les locaux déserts. Un centre d'accueil d'urgence pour filles-mères perdrait d'un coup la grande majorité de ses occupantes. Il n'aurait pas été possible de recueillir les témoignages des rares jeunes femmes encore présentes.

Partout, ce serait la même chose : il n'y aurait plus grand monde demandant de l'aide aux associations ou aux travailleurs sociaux. Le président d'un collectif très engagé dans la création et la mise en place d'un centre d'accueil d'urgence pour jeunes homosexuels rejetés par leur famille expliqueraient que les lits sont vides depuis plusieurs semaines.

Le roman se terminerait par une déambulation dans les rues de Nantes et une chose serait frappante : malgré la douceur des températures printanières, il n'y aurait plus aucun mendiant. Ni hommes, ni femmes, ni familles. Sur le bord du périphérique, le terrain vague où un campement d'urgence était installé depuis maintenant un an serait vide. Il resterait seulement quelques poubelles, indice que les lieux étaient encore occupés voici peu de temps.

Les gens auraient le nez dans la menace toujours vive du virus, ils ne prêteraient pas réellement attention à cette hémorragie de population. Partout, les plus démunis disparaîtraient, les collectivités ne s'en inquiéteraient pas : la précarité d'un point de vue politique et comptable n'est qu'un souci et un coût. Les gens continueraient leur vie, sans doute soulagés de ne plus déposer un euro dans une main crasseuse ou de détourner la tête. Peut-être que les tensions incessantes s'allégeraient, le phénomène invisible s'étendrait de ville en ville, de pays en pays ; et les barques surchargées ne se retourneraient plus puisqu'elles ne prendraient plus la mer. Le plus grand nombre, jamais, n'aurait connaissance de l'existence d'une issue de secours. En définitive, ce roman de science-fiction que j'écrirai peut-être serait une véritable utopie, au sens le plus commun, non un *lieu qui n'existe pas*, mais bel et bien *un pays imaginaire où un gouvernement idéal règne sur un peuple heureux*.

J'ai évoqué, dans les premières pages de ce livre, une lettre adressée par Alejandra Pizarnik à son ancien analyste, León Ostrov. M'avait frappé ce passage où l'autrice déclare habiter la Lune avec frénésie. Après avoir expliqué combien elle se sent étrangère au monde et combien le monde le lui rend bien en l'effrayant, Pizarnik poursuit sa missive de cette manière : *Que ferai-je une fois plongée dans mes mondes fantastiques et incapable de remonter à la surface ? Parce que c'est bien ce qui risque de m'arriver. Je partirai et ne saurai pas revenir. Je ne saurai d'ailleurs pas qu'il existe un «savoir revenir». Et je n'en aurai peut-être tout simplement pas envie.*

Qui verrait la Terre de loin aurait sans doute grand mal à revenir s'intéresser aux violences inégalitaires du monde. Il souffrirait de le faire et n'en aurait pas l'envie, c'est une évidence. Alors restons au loin, dans l'utopie des possibles. Je n'ai pas lu le journal ce matin, ni écouté la radio. Je ne me suis pas connecté sur les réseaux sociaux. Ce livre est une parenthèse, une tentative naïve et enfantine de rêver d'un ailleurs hospitalier, je n'ai pas envie de la refermer ni même de la conclure par un point final

Je ne veux pas d'avenir, je veux du présent. Cela me paraît valoir plus. On n'a d'avenir que quand on n'a pas de présent, et quand on a un présent, on oublie complètement même de penser à l'avenir.

Robert Walser

Notes et remerciements

Pour la rédaction de cet ouvrage, j'ai bénéficié d'une résidence d'écriture de la Région Île-de-France que je remercie vivement. Ma résidence se déroulait au sein de l'Observatoire de l'espace, le laboratoire culturel du Centre national d'études spatiales, je tiens à remercier son directeur, Gérard Azoulay, ainsi que son équipe – et en particulier Guenièvre Kervella Delachaussée – pour l'accueil, la documentation, les pistes de travail et les réponses claires à des questions qui ne l'étaient pas toujours. Merci à Frédéric Masson, Philippe Clerc et Michel Viso du CNES.

Cet ouvrage doit aussi beaucoup à de nombreux romans, essais, articles ; dans le désordre, j'ai pioché çà et là idées, réflexions et enthousiasmes chez Geneviève Piot-Mayol, Théodore Flournoy, Ernest Hello, Angelo Pastrovicchi, Pierre Lagrange, Mireille Couston, Perrine Barthomeuf, Arnaud Saint-Martin, Sebastian

Vincent Grevsmühl, Harold Spencer Jones, Camille Flammarion, Bernard Le Bouyer de Fontenelle, Alexandre Ananoff, Pierre-François Mouriaux, Philippe Varnoteaux. Merci à Jean-François Clervoy et son équipe de la société Novespace, Marion Montaigne pour son coup de pied, Andreï Tarkovski, Jean-Paul Engélibert, H.G. Wells, Stanislas Lem, Arcadi et Boris Strougatski, Christopher Priest, Clifford D. Simak, Philip K. Dick, Arthur C. Clarke, Isaac Asimov, Ray Bradbury et Kurt Vonnegut à qui j'ai volé un zoo humain sous globe sur un lointain monde.

Pour les discussions, l'émulation, un grand merci aux membres du comité de rédaction de la revue *Espace(s)* : Sylvie Bonnot, David Christoffel, Raphaël Dellaporta, Michel Gouéry et Karin Serres. Pour l'hospitalité lors de mes allées et venues, merci à Laurence et Pascal Vienot. Une pensée pour une autre hospitalité, celle de la Marelle à Marseille, où les premières pages de ce texte sont arrivées bien avant qu'il ne soit un véritable projet.

En parallèle du travail sur ce livre, j'ai animé un atelier d'écriture sur l'imaginaire spatial au lycée Lavoisier, Paris. Merci à Sylvie Cadinot Romerio pour sa disponibilité et son enthousiasme.

Pas de synthétiseurs dans l'espace, l'entremêlement polyphonique du *Lux æterna* de György Ligeti m'a servi à peupler de musique le silence éternel des espaces infinis. J'ai aussi écouté en boucle les bandes originales de trois films : *Solaris*, *Interstellar* et *Premier contact*, respectivement composées par Cliff Martinez, Hans Zimmer et Jóhann Jóhannsson. J'ai également écouté un peu d'électricité avec Joseph Van Wissem.

Des extraits de ce texte ou du travail en cours ont paru dans diverses revues ou sur différents sites, je remercie tout particulièrement Remue.net qui a accueilli un journal de résidence, ainsi que la revue *Espace(s)*. Toute ma gratitude également à la Maison de la poésie de Nantes pour sa commande sur l'imaginaire spatial en octobre 2019, des échos de cette invitation sont dans ce livre.

Du même auteur (suite) :

Jeunesse

Quelque chose de merveilleux et d'effrayant, avec Quentin Bertoux, Thierry Magnier, 2012
Plus haut que les oiseaux, L'École des Loisirs, 2012
Et les lumières dansaient dans le ciel, L'École des Loisirs, 2014
Aussi loin que possible, L'École des loisirs, 2015
La plus grande peur de ma vie, L'École des loisirs, 2016
Dans la forêt de Hokkaido, L'École des loisirs, 2017
Les étrangers, avec Olivier de Solminihac, L'École des loisirs, 2018
L'homme qui voulait rentrer chez lui, L'École des loisirs, 2019
Tenir debout dans la nuit, L'École des loisirs, 2020
Teenage Riot, avec Olivier de Solminihac, L'École des loisirs, 2021
La gueule du loup, L'École des loisirs, 2021
Le poème de Fernando, Thierry Magnier, 2022

Cet ouvrage a été imprimé en France par
CPI Bussière
Z.I. rue Pelletier Doisy
18200 Saint-Amand-Montrond (France)

pour le compte des Éditions Fayard
en février 2022

Photocomposition Belle Page

Dépôt légal : février 2022
N° d'édition : 77-3371-4/01 - N° d'impression : 2063289